KB048105

대한민국 문재인 정부에게 청한다.

김달삼에 관한 취재를 이어가야 하니

북한 방문을 허해 달라.

강기희 장편소설

위험한 특종

김달삼 찾기

4·3 70주년

강기희 장편소설

위험한
특종
김달삼 찾기

20년 전 김달삼이라는 인물을 처음 만났을 때, 나는 끓어오르는 흥분을 감추지 못했다. 제주와 평양, 양양에서 영덕과 영천, 포항에 이르는 백두대간 마을을 내달리며 바람처럼 불꽃처럼 살다간 파르티잔 김달삼과의 만남이라 더욱 그랬다. 하지만 김달삼에 대해 알면 알수록 그는 내게서 그만큼씩 멀어져 갔다. 김달삼에 관한 자료를 모으고 분석하는 동시에 증언자를 만나고 그가 머물렀던 현장을 찾아다녔지만, 그에 대한 기본적인 자료조차 각기 달라 어느 것이 맞는 것인지 나 스스로도 헷갈릴 정도였다. 그러던 중 2008년엔 산중 누옥이 전소되는 불운까지 있었다. 애써 구한 자료와 원고를 그렇게 한순간에 잿더미로 만들기도 했으니 김달삼과의 인연은 불일치의 연속이었다.

화재로 모든 것이 소멸되었음에도 김달삼을 포기할 순 없었다. 다시 자료를 모으며 현장을 찾아다니기를 또 몇 년. 그렇게 시간이 지나고 어느 정도 숙성이 되었다 싶어 집필에 들어갔지만 이번에는 구성을 두고 고민에 빠졌다. 애초엔 정통 대하소설을 생각했었다. 하지만 그 생각을 파기한 것이 벌써 10년 전의 일이었고, 김달삼이 정선에서 사살되었다는 국방부 발표를 믿지 못하면서부터는 소설 구성이나 문체 또한 전면 수정해야만 했다.

소설에서 언급한 것처럼 김달삼에 관한 자료는 적어도 남한 땅에서는 전무했다. 일제 강점기나 해방 공간에서 재판을 받거나 경찰에 검거당한 사실이 없는 탓이기도 했지만 한 시대를 떠들썩하게 만든 인물 치고는 그에 대한 연구는 물론이고 하룻밤 몇 백리 산길을 뛰었다는 전설 같은 이야기도 없었다. 공식적 문서라고는 국방부의 김달삼 사살 발표나 김달삼이 대정중학교에 낸 이력서가 유일한데, 이 또한 믿을 수 있는 게 아니었다.

그간 김달삼을 취재하기 위해 제주를 몇 번 찾았지만 김달삼에 관한 제주 사람들의 시선은 곱지 않았다. 무모하게 4·3을 일으켜 무고한 양민들까지 희생시켰다며 김달삼의 소영웅주의를 비판하는 이야기도 있었다. 양민 학살에 관한 문제는 학살 당사자인 미국과 이승만에게 그 책임을 물어야 하는 것임에도 마치 김달삼에 의해 생긴 일인 양 '김달삼 탓'을 했다.

이렇듯 제주 사람들은 당시 미군정이 만든 레드 콤플렉스에서 자유롭지 못했다. 그들은 김달삼과 '빨갱이'를 연동시켜 놓았으며, 자신들에게 씌워진 '빨갱이' 혐의 또한 김달삼에게 전가시키려는 의도가 다분해 보였다. 덕분에 역사는 평론이 아니라 현실이라는 것. 또 역사는 당시의 시대를 직시하는 것이 아니라 제주 4·3를 비롯하여 여순사건과 광주민주화운동이 그러했듯, 음지로 흐르기도 한다는 것도 알았다. 곁눈질로 본 역사는 왜곡된 역사를 만들고, 왜곡된 역사가 결국 진실이 되는 교묘하고도 어두운 대한민국의 흑역사와 마주하는 건 괴로운 일이었다.

소설 속 주인공들처럼 나도 북쪽에 가고 싶어 압록강을 어슬렁거리고 두만강 유역을 염탐한 적이 있었다. 어디로 넘고 어디로 건너야 목적지에 무사히 당도할 수 있는가에 골몰하며 밤마다 잠입 지도를 그렸다 지우기도 했었다. 지금이라도 북쪽에 갈 수만 있다면 못다 쓴 김달삼의 이야기를 마무리하고 싶은 마음 간절하다. 하지만 촛불혁명으로 정권이 바뀌었다고 하나, 남북 정상회담이 추진되고 있다고 하나, 민간인의 북한 방문은 여전히 힘들고 지난하다.

올해가 제주 4·3 70주년이다. 광풍 같은 살육의 흔적은 아직도 선연하지만,

70년이 흐른 지금까지 제주는 '사건'이라거나 '항쟁'이라거나 하는 공식적 명도 없다. 그저 4·3이라고 칭해야만 하는 제주의 유채꽃 같은 이야기는 지금도 여전하고 그 사이 제주에는 미군 기지가 들어섰다. 통일이 되면 번듯하니 제이름을 찾을 수 있겠다지만 스스로 운명을 결정짓지 못하는 대한민국 현실을 보면 그것도 하세월이다. 때문에 이번 소설로 김달삼과 제주 4·3에 관한 담론이 수면 위로 많이 나왔으면 하는 바람이 크다.

20년 세월 품고 있던 '김달삼'을 이제야 세상에 내놓는다. 나로서는 최선을 다했다. 이제 대한민국에서 김달삼을 추적하는 일은 더 이상 의미도 없다. 지난 세월 나는 최나한이고 서나래였다. 김달삼이 정선 반론산에서 토벌대에 의해 사살되었다는 사실을 알고 난 이후였으니 긴 세월이었다. 이 소설이 나오기까지 도움을 주신 분들이 많다. 소설이 나오기까지 오랜 시간 지켜보아 준이들에게도 고맙다는 인사를 전한다.

고작 70년 전의 이야기를 700년 전의 이야기보다 힘들게 썼다.

더하여 이 자리를 빌려 대한민국 문재인 정부에게 청한다. 김달삼에 관한 취재를 이어가야 하니 북한 방문을 허해 달라.

2018. 3

덕산기 숲속책방에서
강기희

| 차례 |

나는 포로다

해질녘 탑골공원에서 칼부림이 있었다. 노인들끼리 다투던 과정에서 생겨난 일이었다. 가해자는 현장에서 검거되었고, 피해자는 인근 병원으로 후송되었나. 가해자는 종로2가 파출소로 연행되었으며 사건 조서는 밤이 이슥할 때까지 이어졌다. 자정이 가까워질 무렵 노인을 태운 순찰차가 사이렌을 울리며 종로 거리를 질주했다. 종각 사거리에서 조계사 방향으로 우회전을 한 순찰차는 안국 사거리를 빠르게 지나 종로경찰서로 들어갔다. 3월 1일, 거리에 내걸린 태극기가 만장처럼 펄럭이는 날이었다.

"할아버지, 어서 내리세요!"

정복을 입은 경찰이 뒷문을 열며 조금은 큰소리로 말했다. 노인이 순찰차에서 내리자 경찰은 노인의 허리춤을 잡고 경찰서 건물로 들어갔다. 수사과로 들어간 경찰은 노인을 의자에 앉혀 두고는 당직 근무자에게 경례를 붙였다.

"김 반장님, 피의자를 데리고 왔습니다."

"어, 그래 수고했어. 파출소 근무는 할 만해?"

가죽 잠바에 머리를 짧게 깎은 김 반장이 물었다.

"취객이나 노숙자들 때문에 신경은 쓰이지만 여기보다야 편합니다."

정복을 입은 경찰이 서류와 증거품이 든 비닐봉지를 건네며 답했다.

"허허, 그런가? 가만, 무슨 조서에 피의자 인적사항이 없어?"

서류를 훑어보던 김 반장이 고개를 갸웃했다.

"주민등록증도 없고 횡설수설하는 통에 별 수 없었습니다."

정복을 입은 경찰이 목덜미를 긁적이며 말했다.

"아따, 그럼 노숙자 아니야. 거서 해결할 것이지 바빠 죽겠는데 저런 노인네를 여기까진 뭐한다고 데리고 와."

김 반장이 노인을 힐긋 보며 말했다.

"그래도 살인 미수에 해당되는지라……."

"살인 미수? 그래 피해자는?"

"전인석이라는 노인인데, 무슨 일인지 곧바로 퇴원했다고 합니다."

"피해자 조서는 왜 없어?"

"병원을 나온 피해자가 행방을 감춰버려서 받지 못했습니다."

"내참 기가 막히는군. 피해자 조서도 없는 걸 사건이라고 서署까지 가지고 오면 어떡하나. 여기가 무슨 노숙자 합숙손 줄 알아?"

김 반장이 답답하다는 듯 그렇게 말하곤 정복 경찰을 향해 "알았으니 그만 가봐." 라며 손을 홰홰 저었다.

정복 경찰이 경례를 붙이고 떠나자 김 반장은 노인을 바라보았다. 노인은 피곤했던지 고개를 숙인 채 졸고 있었다. 김 반장이 스스로도 한심하다는 듯 서류를 밀쳐두곤 밖으로 나갔다.

경찰서 뒷마당에서 담배 한 대를 태운 김 반장은 "어구 춥네." 하며 자리로 돌아왔다. 파출소 근무자가 놓고 간 증거품을 물끄러미 바라보던 김 반장은 졸고 있는 노인을 향해 소리쳤다.

"할아버지, 경찰서에 잠자러 왔어요!"

김 반장의 고함에 노인이 고개를 번쩍 들었다. 김 반장이 노인을 향해 손짓을 했다.

"이리 오세요!"

노인이 엉거주춤 다가오자 김 반장은 의자 하나를 노인에게 내주었다.

"별일 아닌 것 같으니 빨리 끝내자구요. 진술만 잘 하시면 댁에 돌아가실 수 있으니 생각을 잘 하셔서 대답해 주세요. 예?"

김 반장이 의자를 당겨 앉으며 말했다. 노인은 고개를 끄덕이며 김 반장이 알아들을 수 없는 소리로 뭐라 중얼거렸다. 김 반장은 이거 괜한 일을 시작하는 건 아닌가 하며 조서를 받기 시작했다.

"할아버지, 성함이 어떻게 되세요?"

김 반장이 컴퓨터 자판을 두들기며 물었다.

"마랏 카제이."

"예? 마랏 카제이? 이 노인네가 지금 뭐라카노?"

"소련에 마랏 카제이라는 빨치산 소년병이 있었다는 걸세. 1944년 독일군과 전투 중 포로로 잡히자 수류탄을 열어 독일군과 함께 자폭했지. 당시 열네 살에 불과했는데 아주 용맹한 병사였어. 우리 동지들 중에도 그런 영웅이 있었지. 암!"

노인은 무슨 생각에라도 잠긴 듯 눈을 지그시 감으며 말했다.

"지금이 어떤 세상인데, 소련 병사 이야기가 나와요. 할아버지 성함을 대란 말이에요!"

"거 귀찮게 구네."

노인이 감았던 눈을 뜨며 미간을 찌푸렸다.

"아이고, 영웅이고 뭐고 할아버지 이름을 대라고요!"

"난 리승만이오."

김 반장은 "예?" 하더니 같은 이름이 있을 수도 있지, 하며 노인의 이름을 받아쳤다.

"주민등록번호 알죠? 대 보세요."

"그런 거 없소."

노인이 등받이에 기대고 있던 허리를 꼿꼿하게 세우며 말했다.

"대한민국 국민으로 주민등록증이 없는 사람도 있나요. 장난하지 마시고 번호 대세요. 그래야 빨리 끝납니다."

"이보시오, 나는 대한민국 국민이 아니오."

노인이 눈을 부릅뜨며 소리쳤다. 노인의 정색에 김 반장이 웃으면서 받아쳤다.

"허허, 성함이 있으시면서 대한민국 국민이 아니라니요. 할아버지, 조서를 받아야 하니 장난은 그만하세요."

"허어, 장난이라니. 난 미국에서 온 리승만이라니까. 당신은 누구요? 머리가 짧은 걸 보니 혹 악질 친일 경찰인 노덕술인가?"

노인의 말에 옆 자리에 있던 형사들이 낄낄거리며 웃었다. 김 반장이 어이가 없다는 듯 노인을 바라보더니 책상을 내리쳤다.

"이봐요! 여기가 어디라고 장난을 칩니까! 내가 대충 조서 꾸며선 검찰로 넘길까요?"

김 반장의 고함에 노인은 겁먹은 표정을 하며 허리를 등받이에 기댔다.

"다시 시작할 테니 제대로 답변하세요! 이름?"

김 반장이 자판에 손을 얹으며 물었다.

"김달삼이오."

노인의 답에 김 반장은 이제야 제대로 진술을 하고 있다는 듯 고개를 끄덕였다.

"주민등록번호는?"

"그런 거 없다고 말했잖소."

"아, 참. 왜 또? 빨리 대세요!"

김 반장이 미간을 찌푸렸다.

"없다고 하지 않소!"

노인도 답답하다는 듯 울상을 지었다.

"내 참 미치겠군. 아, 좋아요. 그건 일단 넘어가기로 하고. 생년월일은요?"

"1925년 을축년 소띠 5월 초하루요."

김 반장은 노인의 생년월일을 근거로 주민번호를 찾아보았다. 하지만 노인이 말한 생년월일에 해당되는 사람 중에 김달삼은 없었다. 김 반장은 노인이 거짓말을 하고 있을지도 모른다는 생각에 노인의 지문을 대조해보았다. 이번에도 노인과 일치하는 지문은 나타나지 않았다. 주민등록증을 만들지 않았다는 노인의 말이 맞을지도 모른다는 생각이 들자 김 반장은 목덜미가 뻐근해짐을 느꼈다.

"1925년생이면 아흔이 넘었다는 건데, 혹 나이를 속이시는 거 아닌가요?"

"속이긴, 젊어 보여서 그런 게지. 그래서인지 탑골공원에 나오는 영감들도 다들 나만 보면 새장가 가라는 말은 합디다."

"그래요? 그럼 지금 거주하는 곳은?"

"돈의동 쪽방촌이오."

"하는 일은?"

"남조선 인민유격대 사령관이오."

노인의 말에 형사들이 또다시 웃음을 터트렸다.

"이봐요! 장난치지 말라고 했잖아요!"

김 반장이 벌떡 일어나며 소리쳤다.

"사실이오. 난 남조선 인민유격대 사령관 김달삼이오."

김 반장의 고함에도 노인의 음성은 차분했다.

"할아버지! 지금이 어느 시댄데, 유격대가 어쩌고저쩌고 하는 겁니까? 할아버지가 지금 하고 있는 일을 대란 말이에요. 무직이면 무직! 폐지라도 주우면 폐지 수집! 아셨어요?"

젊은 놈만 같아도 옆구리를 걷어차고도 남을 일이었다. 하지만 상대는 검버섯이 피어 있는 노인네였다. 김 반장의 얼굴이 붉으락푸르락해질 무렵이었다.

"반장님, 김달삼이라는 사람은 인민유격대 사령관이 맞는데요."

깜짝 놀라 돌아보니 서나래 기자였다. 그녀는 한때 종로경찰서를 출입하던 사건 담당 기자였다.

"어? 서 기자님이 어쩐 일입니까?"

"인사동에 모임이 있어 왔다가 지나는 길에 들렀지요. 그동안 잘 지내셨어요?"

서나래가 가죽 장갑을 벗으며 악수를 청했다.

"나야 뭐 보시다시피 맨날 이 지랄이지요 뭐."

김 반장이 나가서 이야기하자며 서나래를 휴게실로 이끌었다. 자판기 커피를 뽑아 서나래에게 건넨 김 반장이 담배를 피워 물었다.

"한 1년 됐나요?"

"호호, 벌써 3년째 접어들었습니다. 김 반장님은 시간 가는 줄도 모르는 모양입니다."

"여기 생활이 워낙 그렇다 보니 허허."

"사무실로 내복 챙겨 오시는 사모님도 여전하시지요?"

서나래가 커피 잔을 두 손으로 감아쥐며 물었다.

"허허, 경찰 마누라 지겹다며 떠났어요."

김 반장이 머리를 긁적였다.

"떠나요? 이혼?"

"아뇨, 지난해 가을 암으로 떠났어요."

김 반장이 연기를 훅 뿜으며 말했다.

"아, 그런 일이 생긴 줄은 꿈에도 몰랐어요. 아픈 델 건드렸네요. 미안합니다."

"미안하긴요. 다 지난 일인데."

"아참, 아까 그 할아버지 어떤 죄를 지으셨기에 여기까지 오셨어요?"

서나래가 커피를 홀짝 마시며 물었다.

"파출소에서 넘어온 조서를 보니까 탑골공원에서 어떤 노인네를 찔렀나 봐요. 그래서 여기까지 왔는데, 정신이 오락가락하는지 횡설수설해요."

"반장님만 괜찮으시다면 조서 받는 과정을 지켜보고 싶은데 안 될까요?"

"뭔가 감이 잡히는 게 있습니까?"

"아뇨, 그냥요."

서나래가 설핏 웃으며 고개를 저었다.

"허허, 오랜만에 오셨는데 그리하세요."

김 반장이 담배를 비벼 끄며 일어났다. 김 반장이 다시 사무실로 들어갔을 때 노인은 의자에 앉아 졸고 있었다. 김 반장이 책상을 탁탁 치며 노인을 깨웠다. 놀라 눈을 뜬 노인은 여기가 어디여 하는 표정으로 사무실과 김 반장을 번갈아 보았다. 김 반장이 "자, 다시 시작합니다." 하며 자판에 손을 올렸다.

"어제, 그러니까 1일 오후 5시 30분경 탑골공원에서 피해자 전인석을 미리 준비한 칼로 찌른 사실이 있지요?"

"그렇소."

"당시 사용한 칼이 이 칼이지요?"

김 반장이 〈증거 1호〉라고 적혀 있는 비닐봉지를 들어 보였다.

"그렇소."

"이 칼은 상당히 오래된 칼로 보이는데 어디서 났습니까?"

김 반장이 비닐봉지 안에 들어 있던 칼을 꺼내 이리저리 살폈다.

"일본 놈들이 버리고 간 칼이오."

"일본인이요?"

김 반장이 이해가 되지 않는다는 듯 고개를 갸웃했다.

"해방되고서 일본 놈들이 지들 나라로 돌아가면서 버린 단검이라 이 말이오."

"그럼 이 칼이 일제 때 일본군이 사용하던 단검이라는 건가요?"

김 반장이 놀랍다는 듯 칼을 다시 한 번 살폈다. 손잡이가 나무로 된 칼은 시퍼렇게 날이 서 있었고, 보관을 얼마나 잘했던지 일제 때의 것이라고는 믿어지지가 않았다.

"그렇소."

"일제 때 단검이 어떻게 할아버지 손에 있습니까?"

"나 유격대 사령관 김달삼이오. 사령관이 그만한 단검 하나 가지고 있는 게 무슨 일이겠소."

노인이 별일도 아닌 걸 가지고 자꾸 묻는다는 듯 심드렁하게 대꾸했다.

"아, 예, 그렇겠군요. 그럼 전인석은 왜 찔렀습니까?"

"……."

노인은 대답 대신 고개를 돌려 뭔가를 적고 있는 서나래를 바라보았다.

"피해자 전인석하고는 어떤 관계입니까? 평소 아는 사이였습니까?"

"……."

"김달삼 씨, 말을 하세요!"

김 반장이 책상을 치며 소리쳤다. 서나래를 바라보던 노인의 시선이 급히 김 반장에게로 돌아왔다.

"이보시오. 검둥개 양반. 내 아무리 포로가 되었다고 해도 사령관이라는 직함이 있는데, 김달삼 씨라니. 날 사령관으로 예우하지 않으면 앞으로는 그 어떤 진술도 거부하겠소."

노인의 음성이라고는 믿기지 않을 정도로 단단한 말투였다. 노인의 정색에 김 반장은 물론이고 주변의 형사들도 어안이 벙벙하다는 표정을 지었다. 현직 국회의원이나 장차관쯤 되면 알아서 예우를 해 주는 경우야 있지만 노인처럼 황당한 요구를 하는 피의자는 처음이었다. 김 반장은 허허 웃으며 순간을 넘겼지만 사령관에 걸맞은 예우를 해 달라는 노인의 말을 어떻게 받아들여야 할지 고민하는 표정이 역력했다.

그 모습을 지켜보던 서나래는 노인이 말한 검둥개가 단순하게 검은 털을 지닌 개를 뜻하지는 않을 것 같아 검색을 해 보았다. 서나래의 짐작대로 검둥개란 빨치산들이 사용하는 은어로 '검은 제복을 입은 경찰'을 지칭하는 말이었다. 검둥개의 뜻을 확인한 서나래는 풋 하고 웃으며 김 반장을 올려다보았다. 서나래가 보기엔 김 반장이 검둥개의 뜻을 알아차린 것 같지는 않았다. 만약 그 뜻을 알아들었다면 당장이라도 반응이 나타나야 하는데, 김 반장은 이 노인네를 어떻게 할까 하는 생각에 골몰하는 눈치였다.

"할아버지! 누굴 간 보는 것도 아니고 자꾸 이러시면 저도 참기 힘듭니다. 예?"

김 반장이 눈을 부릅뜨며 책상을 탕탕 쳤다. 김 반장이 겁을 주기 위해 수갑까지 흔들어 보였지만 노인의 표정엔 변화가 없었다. 그 상황을 지켜보던 서나래는 김 반장의 휴대폰으로 문자를 보냈다.

— 반장님, 할아버지를 사령관이라 불러 보세요. 그럼 진술이 술술 나올지 누가 알아요.

김 반장이 문자를 확인하더니 답을 보냈다.

— 아, 그래 봐야겠군요. 감사합니다!

김 반장이 얼굴을 펴며 의자를 당겨 앉았다. 자판 위에 손을 올려놓은 김 반장이 질문을 다시 시작했다.

"김달삼 사령관님, 지금까지의 결례를 이해해 주십시오. 지금부터 사령관님을 제네바 협정에 의거 포로로 예우하겠습니다."

"고맙소."

노인이 고개를 끄덕이며 짧게 대꾸했다.

"사령관님은 어제 오후 5시 30분쯤 탑골공원에서 미리 준비한 일제 단검으로 전인석을 찌른 사실을 시인하셨습니다. 전인석을 칼로 찌른 이유는 무엇입니까?"

"그놈을 죽이려고 그랬소."

"전인석이 사령관님께 잘못한 일이라도 있었습니까?"

"그놈은 죽어 마땅한 놈이오."

"그래서 전인석을 살해하기로 결심했다는 거군요. 그 사연에 대해 구체적으로 말씀을 해 주시죠."

"1950년 3월에 있었던 일이니 오래전의 이야기요."

노인은 목이 마른지 말을 멈추고 자신의 입술을 핥았다. 그 모습을 본 김 반장이 생수병 하나를 건넸다. 목을 축인 노인이 이야기를 이어나갔다.

유격대장 김달삼

집으로 돌아온 서나래는 오늘 흥미로운 인물을 만났다고 생각했다.

'제주 4·3의 주역이자 인민유격대장 김달삼이 종로에 나타나다니. 이게 말이 되는 건가?'

서나래는 그렇게 중얼거리며 인터넷으로 김달삼을 검색해 보았다. 김달삼에 관한 자료는 생각처럼 많지 않았다. 물론 경찰서에서 노인이 진술한 내용이 들어 있는 자료 또한 없었다.

인물 검색에서 찾은 김달삼은 제주 사람으로 본명은 이승진이었다. 김달삼은 사회주의 항일 운동가였던 장인 강문석이 일제 때 사용하던 가명으로 사위인 이승진이 이어받아 활동했다. 1948년 제주 4·3 봉기를 일으킨 김달삼은 그해 8월 해주에서 열린 남조선인민대표자대회에 참석하면서 월북하였다. 이후 빨치산 양성소인 강동정치학원[1]을 나온 김달삼은 1949년 8월 백두대간을

---

1 남로당 계열의 활동을 지원할 정치공작대를 양성하기 위하여 1948년 1월 1일 평안남도 강동군에 설립한 북한의 군사교육기관으로 박헌영의 주도로 설립되었다. 학생은 모두 남한에서 월북한 자들로 구성. 창설 당시에는 대남공작요원 양성이 목적이었으나 남한에 제주도 4·3 사건과 여순사건이 발생하자 유격대요원 양성도 겸하게 되었다. 교육과정은 유격대요원을 양성하는 3개월의 군사 단기반과 정치공작요원을 양성하는 6개월의 정치반이 있었고, 북한은 10차에 걸쳐 강동정치학원을 수료한 인민유격대 2,385명을 남파하였지만, 대부분 한국 군경에 의하여 사살되거나 분산되었다. 북한 지도부는 강동정치학원 출신의 인민유격대가 남한 침투에 실패하였다고 판단, 1950년 6월 25일 한국전쟁과 동시에 강동정치학원을 폐쇄하였다. (출처: 한국민족문화대백과사전)

따라 남으로 내려왔다가 한국전쟁 전 사망했다고 되어 있다.

국방부 측 자료엔 김달삼이 일월산과 백암산, 보현산 등지를 오가며 빨치산 활동을 하다 1950년 3월 22일 강원도 정선 반론산에서 국군 토벌대에 의해 사살되었다고 기록되어 있다. 하지만 1950년 4월 10일 평양 주재 소련 대사관이 본국에 보고한 전문 내용엔 「남조선 신문과 라디오에서는 김달삼이 정부군과의 총격전으로 사망했다고 보도됐었다. 그러나 실제로 김달삼은 남조선에서의 새로운 빨치산 활동을 계획하기 위해 1950년 4월 3일 평양에 도착했다.」라고 되어 있었다.

김달삼에 관한 내용은 대충 이러했지만 당시 빨치산 활동을 했던 성일기(북한 국방위원장 김정일의 부인이었던 성혜림의 오빠)는 자신의 수기에서 1950년 4월 중순 38선 이북 지역인 양양에서 김달삼을 보았다고 증언하기도 했다. 김달삼의 생사에 관해 남과 북의 자료는 판이하게 달랐다. 남쪽에서는 김달삼이 죽었다고 되어 있고, 북쪽에서는 김달삼이 살아 있다는 거였다.

서나래는 소련 대사관에서 본국에 보내는 전문 내용이 거짓일 수는 없을 것이라고 생각했다. 어느 측의 말이 사실이고 진실은 무엇일까. 게다가 평양 근교 애국열사릉에 있는 김달삼의 묘에는 사망일자가 전쟁 중인 1950년 9월 30일로 기록되어 있다는 자료까지 있어 서나래는 몰려오는 흥분을 감추지 못했다.

'기록이 서로 다른 걸 보니 경찰서에서 본 노인이 김달삼일 수도 있단 말이네?'

잘만 하면 엄청난 특종을 건질 수 있겠다는 생각이 들었다.

노인은 경찰 조서에서 전인석이 자신과 함께 활동하던 빨치산 대원의 목을 쳤다고 했고, 그 목이 김달삼으로 둔갑되었다고 했다. 그 일로 남한에서는 김달삼이 죽은 사람으로 기록되었다는 것이다. 노인은 그때의 복수를 하기 위해 전인석을 찾아다녔다고 진술했는데, 1950년 3월 22일 강원도 정선 여량 땅에서 있었던 일이라고 했다. 믿기지 않지만 그렇다고 믿지 않을 수도 없는 이야기였다.

서나래는 자료 사진에 나와 있는 김달삼과 경찰서에서 몰래 찍은 노인의 얼굴을 비교해 보았다. 젊은 시절의 김달삼은 훤칠한 키에 희고 갸름한 얼굴을 하고 있었지만 노인의 얼굴은 검버섯이 피어 있고 광대뼈가 툭 불거져 있어 비슷해 보이기도 했고 전혀 다른 사람처럼 보이기도 했다.

조서를 끝낸 김 반장은 저 노인네의 말을 믿어야 하는지 난감하기만 했다. 이건 조사가 아니라 무슨 전쟁 영화 한 편을 보는 기분마저 들었다. 그도 아니면 노인은 어떤 소설 이야기를 하고 있는 것인지도 모를 일이라고 김 반장은 생각했다.

포로로 예우한 이후 노인은 총을 쏘는 시늉까지 해가며 신명나게 이야기를 했으나 김 반장으로서는 노인의 처리가 골치 아프기만 했다. 피의자라고 되어 있으나 노인에 대한 인적사항이 분명하게 밝혀진 것도 아니고 그의 진술을 곧이곧대로 믿기도 어렵기 때문이었다. 노인이 사람을 살해할 의도로 칼을 휘둘렀으면 상해죄나 살인 미수죄를 적용할 수 있겠으나 그것 또한 노인의 진술일 뿐 피해자 인적사항이나 피해 정도에 대한 조서조차 없는 상황이었다. 조서를 다시 한 번 읽어 내려가던 김 반장은 '내가 미쳤지. 정신 나간 노인네를 데리고 무슨 짓을 한 거야'라며 컴퓨터를 꺼 버렸다.

밖에 나가 담배 한 대를 피운 김 반장은 끓어오르는 화를 참으며 사무실로 돌아왔다. 사무실은 조용했고, 그 사이 노인은 꾸벅꾸벅 졸고 있었다. 노인의 얼굴에선 병정놀이를 끝낸 어린아이처럼 천진난만한 표정도 보였다. 경찰 하나를 잘 골려먹은 후 빠지는 단잠이라 생각했는지 노인은 코까지 골았다. 어느 순간 노인의 고개가 뒤로 젖혀지는가 싶더니 노인이 번쩍 눈을 뜨며 손으로 입가를 쓰윽 닦았다. 그 모습을 바라보던 김 반장이 책상을 탁탁 쳤다.

"할아버지, 댁에 가서 주무십시다."

김 반장이 노인을 일으켜 세웠다.

"끝났소?"

노인이 기지개를 켜며 김 반장을 올려다보았다. 병정놀이가 끝났다는 건지 경찰 놀려먹기가 끝났다는 건지 조서가 끝났느냐고 묻는 건지 김 반장으로서는 알 길이 없었다.

"예, 끝났으니 어서 가자구요."

바람이라도 쐬어야 정신이 들 것 같았다. 경찰서를 나온 김 반장은 노인을 자신의 차에 태웠다. 새벽 5시. 어둠은 아직 먼 하늘에 머물러 있었다. 김 반장은 잠시 어디로 갈까 생각하다가 인사동 길로 차를 몰았다. 하지만 인사동 길로 진입하기 무섭게 청소차가 김 반장의 앞을 막았다. 인사동 길은 일방통행인 데다 저들은 쉽게 길을 비켜주지 않을 것이었다. 김 반장은 멍하니 서서 청소차를 바라보았다. 청소차는 느릿느릿 움직였으며 쓰레기봉투를 들고 가는 청소부의 걸음 뒤로 등을 곧추세운 길고양이가 보였다. 먹이를 빼앗긴 고양이 입장에서 보면 청소부의 등장이 곱지만은 않을 것이었다.

길고양이의 행동을 주시하던 김 반장은 노인을 힐끗 돌아보았다. 노인은 눈을 지그시 감은 채 등받이에 몸을 깊숙이 묻고 있었다. 김 반장이 노인과 해장국이라도 먹어야겠다는 생각을 할 때 노인이 입을 뗐다.

"청소차가 길을 비켜주는갑네."

무슨 말인가 싶어 고개를 돌렸더니 청소부들이 지나가라며 손을 흔들었다.

"주무신 게 아니었어요?"

김 반장이 룸미러에 잡힌 노인을 보며 물었다.

"잠이 오겠소."

노인의 말은 짧고 간결했으나 회한이 담긴 듯 무거웠다. 김 반장은 지극히 정상적으로 말하는 노인을 보자 또 속고 있는 건가, 하며 낙원상가 앞으로 차를 몰았다. 해장국집 앞에 차를 세운 김 반장은 노인에게 "밤새 수고하셨는데, 식사나 대접하겠습니다. 저도 출출하거든요." 라고 말했다. 노인이 고개를 끄덕이며 김 반장을 따라나섰다.

"이왕 살 거면 소주도 한 병 내소."

선지 해장국을 달라는 김 반장의 주문이 있자 노인이 말했다. 김 반장이 알았다며 종업원을 향해 고개를 끄덕였다. 잠시 후 김치와 소주가 먼저 날라졌고, 노인은 해장국이 나오기도 전에 소주 반병을 비웠다. 펄펄 끓는 해장국이 나올 무렵 김 반장이 물었다.

"할아버지, 진짜 성함은 뭐예요?"

노인이 허, 하고 웃으며 답했다.

"개똥이라고 했잖소. 아니 소똥이라고 했던가?"

김 반장은 노인이 말할 때의 표정을 놓치지 않고 살폈다. 보통의 경우 상대의 음성만으로도 참말인지 거짓말인지 감이 왔으나 노인의 경우는 전혀 알 수 없었다. 형사 생활 이십 년 만에 이런 경우는 처음이었다.

"무슨 말씀을요. 유격대 사령관이라 불러달라며 호통을 치셨잖아요."

김 반장이 노인의 잔에 술을 따르며 말했다.

"에이, 사령관은 무슨! 공원에 오는 아줌마 중 하나가 맨날 자기가 박카스부대 사령관이라고 하더만. 난 아녀."

노인이 손사래를 치더니 문득 생각났다는 듯 말했다.

"아, 오늘 낮에 그 아줌마 만나기로 했는데 얼른 가서 한숨 자야겠구먼."

말을 마친 노인이 벌떡 일어서며 "잘 먹었수." 하고 해장국집을 나섰다. 김 반장이 노인을 급히 따라나서며 오만 원권 지폐 한 장을 바지 주머니에 찔러 넣었다.

"박카스아줌마 만나는 데 쓰세요. 거도 돈 받잖아요."

"허, 이만 원이면 되는데…… 암튼 고맙소."

돈을 확인한 노인이 김 반장을 향해 웃어 보였다. 노인이 등을 돌려 걸어갈 때 김 반장이 한마디 던졌다.

"할아버지, 아직 조사가 끝난 건 아니니 다시 뵐 날이 있을 겁니다. 그때까지 건강하게 지내셔야 합니다."

특종

　아침이 되도록 잠을 이루지 못한 서나래는 그길로 집을 나와 서초동에 있는 중앙도서관으로 갔다. 개관과 함께 입장을 했으나 휴일이어서 그런지 도서관은 오전부터 붐볐다. 서나래는 김달삼과 관련된 자료라면 뭐든지 찾아냈다. 복사만으로 해결될 자료는 복사를 했고, 제주 4·3과 빨치산 관련 책은 대출 신청을 했다. 책이 나오길 기다리는 동안 서나래는 의자에 앉아서 복사한 자료를 뒤적였다. 몇 장을 넘기던 그녀는 긴 하품을 늘어놓으며 등받이에 몸을 기댔다. 잠이 쏟아지는지 그녀의 몸은 한없이 가라앉았다. 하품을 몇 번 더 늘어지게 한 그녀는 끝내 몰려오는 잠을 이기지 못하고 눈을 감았다. 서나래의 고개가 젖혀졌다 숙여지는 사이 콧등에서 미끄러진 그녀의 안경은 입 언저리까지 흘러내렸다. 서나래의 안경이 떨어질 듯 흔들리고 있을 때 최나한이 한심하다는 듯 혀를 끌끌 찼다.

　"이봐, 서 기자. 아침부터 전화질이더만 고작 잠이나 자려고 도서관에 왔나?"

　"아, 최 피디 왔어?"

　서나래가 안경을 급히 제자리로 올리며 말했다.

　"도서관에서 뭔 잠이냐고."

　"한숨도 못 잤다고 했잖아."

　서나래가 복사한 자료를 최나한에게 건네주곤 도서대출대로 갔다. 그녀가 신청한 책은 이미 나와 있었고, 서나래는 그 책을 최나한의 품에 안겼다.

"최 피디, 오늘은 그대 오피스텔에 가서 잠 좀 자자. 그래도 되지?"

"허, 왜 이러시나. 총각 인내심 테스트하자는 것도 아니고."

"호호, 최 피디는 내가 아직도 여자로 보이는구나?"

서나래가 딴생각 말고 앞장서라는 듯 최나한의 등을 쳤다. 도서관을 나온 두 사람은 주차장으로 걸음을 옮겼다. 차에 오른 최나한은 곧장 자신의 오피스텔로 향했다.

"아침부터 웬 호들갑이야? 이 자료들은 또 뭐고."

오피스텔에 도착한 최나한이 물었다.

"깜짝 놀랄 일이 있으니 차나 한 잔 내놔."

서나래가 오피스텔을 둘러보며 말했다. 한강이 내려다보이는 최나한의 오피스텔은 방음이 잘되어 조용했다. 규모가 크진 않지만 침대가 하나, 컴퓨터가 놓여 있는 책상이 두 개, 주방 그리고 소파와 냉장고 등이 갖추어져 있었다. 그 사이 최나한은 커피를 내렸고, 찻잔을 비운 서나래가 말했다.

"해직 피디가 사는 오피스텔치곤 너무 럭셔리한 걸."

"어, 왜 그래? 나 이젠 좀 나가는 다큐 감독이야."

"알았다 알았어. 최 피디, 나 한숨 잘 테니까 여기 메모리칩에 녹음한 것부터 들어 보고 도서관에서 가져온 자료들 다 읽어 봐. 그런 다음 이야기하자구. 무슨 말인지 알지?"

"뭐야, 이러자고 여기 온 거야? 섹스 같은 건 안 하고?"

메모리칩을 받아든 최나한이 어깨를 으쓱하며 말했다.

"하여튼 수컷들이란 틈을 주면 안 된다니까. 나 잘 테니까 말 시키지 말고 자료나 훑어봐."

외투를 벗어던진 서나래가 침대에 몸을 뉘며 말했다.

서나래는 금방 곯아떨어졌다. 옅게 코를 골기도 하고 뭔가를 먹는지 입을 쩝쩝거리기도 했다. 한참이 지나서는 이를 부드득부드득 갈기도 했는데, 최나한은 그녀의 잠버릇이 우습기도 하여 혼자 키득거리며 웃었다. 그러다간 이불을 슬며시 들춰 그녀의 봉긋하게 솟은 가슴과 몸매를 훔쳐보기도 했는데, 최나한이 보기에도 서나래의 몸매는 남자라면 누구나 탐낼 만했다.

최나한과 서나래는 대학 동기로 오랜 친구 사이였다. 대학 동아리에서 만나 지금까지 친구로 지내니 그 세월만 십 년이 훌쩍 넘었다. 최나한으로서는 좋아하는 감정이 없을 리 없겠지만 "친구 사이에 무슨 연애냐." 라는 말 한마디로 눙쳐 버리는 서나래를 어찌할 순 없었다. 그렇게 세월이 흐르면서 서나래는 언론사 기자가 되었고, 최나한은 방송사 피디에서 해직된 이후 지금은 다큐멘터리 감독으로 활동 중이었다.

최나한이 혼자 컵라면을 끓여 먹으며 자료를 훑어보는 사이 서나래는 한 번도 깨지 않았다. 서나래가 잠에서 깬 건 짧은 하루해가 기울 무렵이었다. 그녀는 목이 마른 듯 음료수나 한 병 달라고 했다.

"와우, 여기서 보는 노을도 제법 쓸 만한 걸. 노을이 어쩌고 영화가 저쩌고 하면서 머리에 바람 든 여자들 여럿 자빠뜨렸겠구만."

서나래가 기지개를 한껏 켜며 창가로 갔다.

"괜한 사람 바람둥이로 만들지 마라. 여기서 늘어지게 잔 여자는 너밖에 없다."

"호호, 그렇담 감사하다고 해야 할 일인가?"

서나래가 담뱃불을 댕기며 말을 이었다.

"자료는 다 봤어?"

"대충 훑긴 했는데, 이 자료에 나오는 김달삼이라는 사람을 정말 만났단 말야?"

"그렇다니까. 자기가 김달삼이라며 그렇게 불러 달래."

"허참. 김달삼이라는 사람이 보아하니 엄청난 인물인데, 어떻게 서울 바닥에 살고 있냐고. 그게 말이 되냐고. 응?"

"노인이 경찰서에서 진술한 내용과 김달삼이 대정중학교에 낸 이력서에 적힌 생년월일이 똑같아. 더구나 본인이 김달삼이라고 하는데 믿지 않을 도리가 없잖아. 그래서 말인데, 우리 그 노인네 한번 다뤄 보지 않을래?"

"다뤄? 뭘 어떻게?"

최나한의 눈이 동그랗게 커졌다.

"뭘 어떻게야. 취재를 해서 그 노인이 김달삼이 맞다면 난 특종을 건지는 거고 최 피디는 역사에 길이 남을 다큐 하나를 만드는 거고. 어때?"

서나래가 눈가에 웃음을 달며 말했다.

"현직 국회의원이 내란 음모죄로 잡혀가고 진보를 표방했던 정당이 하루아침에 해산당하는 나라야. 괜히 그런 거 했다가 개봉도 못 하고 잡혀 들어가는 거 아냐?"

"호호, 최나한이 쫄았구나. 걱정 마. 내가 다 책임진다. 그럴 리야 없겠지만 만약에라도 잡혀 들어가면 이 누나가 변호사도 대주고 사식도 빵빵하게 넣어 준다."

"누나 좋아하고 있네. 역사고 나발이고 난 안 할래. 그 짓하다가 해직된 거 몰라? 이 분야에서 이제 겨우 자리 잡았는데, 다시 복잡하게 엮이는 건 싫다."

"어허, 사내가 뭐 그렇게 새가슴이냐. 그러니 내가 너한테 홀딱 빠지지 못하는 거야. 어디 사내로서 든든한 구석이 있어야 말이지."

"홀딱? 빠지려면 방송사 파업할 때 빠졌어야지. 그때 내가 얼마나 외로웠는데."

"그때야 우리 회사도 파업하느라 나도 정신이 없었잖아."

"좋아, 인정. 그럼 내가 이거 하면 나한테 기획 주는 거야?"

"그럼. 애인이라는 건 말이야 같은 길을 걸을 때 가능한 거 아니겠어?"

서나래가 눈을 찡긋해 보이며 말했다. 최나한이 "애인?" 하더니 서나래에게 "흐흐." 하고 웃어 보였다.

"좋다. 마침 일도 없는데, 까짓 거 한번 붙어 보지 뭐."

쪽방촌에 내리는 눈

종로2가와 3가 사이에 있는 돈의동은 화려한 도심 속에 섬처럼 숨어 있었다. 오래된 건물과 한옥들이 처마를 맞대고 있는 돈의동 한쪽엔 벌집 같은 쪽방촌이 자리 잡고 있었는데, 사람들은 돈의동에 그런 곳이 있는지조차 모르고 지냈다. 좁은 골목에 다닥다닥 붙어 있는 건물들은 낡아도 수리가 되지 않았고, 세상과 등 돌린 부처 같은 인생들이 몸만 겨우 뉠 수 있는 방 한 칸씩을 빌려 쪽잠을 잤다.

누구도 선뜻 발을 들여놓기 싫어하는 그 쪽방촌에 눈발이 날렸다. 새벽부터 시작한 눈발은 한낮이 되어도 그치지 않았다. 때아닌 봄눈에 쪽방촌 사람들은 외출마저 주저했다. 눈이 내리는 골목은 겨울 풍경처럼 고요했고 기침 소리 하나 들려오지 않았다. 쪽방촌 사람들이 모습을 보이기 시작한 건 도시락 가방을 든 급식센터 직원들이 골목을 훑고 간 후였다.

"뭘 찍는데, 방송 카메라가 여기까지 왔대?"

지나가던 이가 카메라를 보며 불편하다는 듯 한마디 했다. 술병을 든 품새로 보아 시비를 붙고 있는 게 틀림없었다. 우산을 쓴 채 뷰파인더를 들여다보고 있던 최나한이 얼른 고개를 들며 말했다.

"아, 골목 풍경을 담고 있었습니다. 사람 얼굴은 찍지 않을 것이니 염려하지 않으셔도 됩니다."

쪽방촌 사람들이 카메라를 기피한다는 것 정도는 서나래를 통해 잘 알고 있었다. 이들의 심기를 건드렸다가는 골목 출입도 할 수 없을 것이라는 서나래의 당부까지 있었으니 최나한으로서는 조심할 수밖에 없었다.

"서울에 골목이 천진데 하필이면 왜 여기 와서 지랄이여!"

사내 입에서 거친 말과 함께 술 냄새가 훅 풍겼다. 여차하면 들고 있던 술병으로 내리칠 기세라 최나한이 웃으며 대답했다.

"눈이 와서요."

"눈? 눈?"

사내가 같은 말을 두어 번 반복하더니 하늘을 올려다보았다.

"시팔, 맞네."

사내가 떡진 머리 위로 떨어지는 눈을 툭툭 털며 말했다. 그러는 사이 때가 꼬질꼬질한 사내의 무스탕 잠바에도 눈이 떨어졌고, 떨어진 눈이 녹아들면서 잠바엔 거뭇한 물점이 여기저기 생겨났다. 사내가 코를 찡그리며 잠시 감상에 젖어 있을 때 최나한이 담배를 건네며 물었다.

"이 동네 사시죠?"

"그려, 왜?"

사내가 담배를 받으며 되물었다. 눈 때문이었던지 목소리는 많이 누그러져 있었다. 담뱃불을 댕겨 주면서 본 사내의 얼굴은 곳곳에 상처 자국이 나 있고, 나이는 짐작도 되지 않았다. 앞니조차 성한 게 없어 말할 때마다 혀가 입술을 쓸고 지나갔으며, 몸에서는 쉬지근한 냄새가 풍겼다. 최나한이 골목 끝자락에 있는 집을 가리키며 물었다.

"혹시 저기 김성한 씨 댁 3층에 사는 할아버지, 아세요?"

"몰러. 여기 사는 사람들 서로 아는 체 안 해. 그러니 누가 누구고 누가 어느 집에 살고 그런 건 신경도 안 써."

"왜요?"

"사는 게 다들 그 모양인데, 남의 일은 알아서 뭐하겠어. 근데, 그 영감은 왜? 이산가족 찾기라도 시작됐나?"

"할아버지에게 이산가족이 있었어요?"

"북에 딸인지 부인인지 살아 있다더만."

"그래요?"

"그런 것도 모르면서 영감은 왜 찾아. 에이, 괜한 말을 꺼냈네."

말을 마친 사내는 술병을 따 술을 벌컥벌컥 들이켰다. 그러곤 담배를 두어 번 빨더니 또다시 술을 벌컥 들이켰다.

"기왕 나온 말인데, 말씀 좀 해주세요."

"난 몰러. 궁금하거든 영감에게 직접 물어봐."

사내가 퉁명스럽게 말을 뱉고는 술을 또 들이켰다. 눈은 계속해 내렸고, 사내의 머리는 더욱 번들거렸다. 사내가 트림을 큭 하며 하늘을 올려다볼 때 최나한의 휴대폰이 울렸다. 서나래였다.

— 최 피디 어딨어?

최나한은 쪽방촌에 있다고 말했다.

— 그럼 당장 창신동 여량여인숙으로 와. 할아버지가 여기 나타나셨어.

— 오케이!

전화를 끊은 최나한이 우산과 카메라를 급히 접으며 말했다.

"오늘 말씀 감사합니다. 또 뵙겠습니다."

최나한이 피우던 담뱃갑을 사내에게 건네곤 골목을 뛰었다.

여량여인숙

최나한을 태운 택시가 로터리를 돌아 동대문호텔 앞에 도착했다. 눈은 그치지 않았고, 빨간색 우산을 쓴 서나래가 최나한을 향해 손을 흔들었다.

"할아버지는?"

"방금 여인숙으로 들어가셨어."

"전인석 할아버지를 만났단 말야?"

"아니, 전인석 할아버지는 그날 이후 나타나지 않았대."

"그런데 거길 왜?"

"전 할아버지를 기다려 보겠다는 거겠지."

"두 분이 원한이 있는 것은 분명하군."

"그렇지? 정신이상자들의 놀음이 아니라니까. 이건 그야말로 대박이야 대박."

"대박이든 쪽박이든 일단 시작을 했으니 끝은 봐야지."

최나한이 서나래를 향해 주먹을 불끈 쥐어 보였다. 여량여인숙으로 가는 길은 돈의동 쪽방촌으로 가는 길보다 더 복잡하고 길었다. 오래된 집들 사이로 좁은 골목이 이어졌고, 처마까지 담을 높이 올린 붉은 벽돌집들이 줄을 이었다. 목욕탕 표시가 있는 낡은 여관 하나를 지나자 골목은 거미줄처럼 퍼져 있어 되돌아 나올 길을 찾는 것도 쉽지 않아 보였다. 담과 담은 끝도 없이 구불구불 이어졌고, 긴 담장엔 꽃 그림과 풍경 그림이 벽화로 장식되어 있었다.

"햐, 이 동네 수준 있는 걸."

최나한이 담벼락에 적힌 정지용의 시 '향수'를 보며 말했다. 한 사람이 겨우 지나갈 만한 좁은 골목 담에는 시인들의 시들이 적혀 있고, 맞은편 벽엔 시와 어울리는 그림이 그려져 있었다.

"삶의 수준을 높일 생각을 해야지 이런다고 가난의 때가 지워지겠어?"

서나래가 페인트로 덧칠된 골목이 못마땅하다는 듯 말했다.

"왜 보기 좋잖아."

"보기 좋은 거 좋아하시네. 여기서 며칠만 살아 봐. 골목 다니는 게 얼마나 무서운데."

서나래와 최나한은 벌써 며칠째 노인의 행방을 쫓고 있었다. 취재를 시작한 첫날 탑골공원에서 노인을 만난 이후 노인은 쪽방에도 탑골공원에도 모습을 보이지 않았다. 그때부터 최나한은 쪽방촌을 비롯해 탑골공원 등을 돌며 노인을 찾았고, 서나래는 노인에게 칼부림을 당한 전인석 노인이 머물렀다는 여량 여인숙에 잠복하고 있던 중이었다.

"하하, 쪽방촌보다 분위기 있는데 뭘 그래."

사실 카메라를 들고 쪽방촌을 기웃거리는 일은 신경 쓰이는 게 여간 많지 않았다. 쪽방촌에서 생활하는 이들의 대부분이 노인이거나 하루 벌어 하루를 살아가는 이들인 데다 세상으로부터 소외되고 있다는 생각들이 강해 어떤 상황이 벌어질지 짐작조차 되지 않았다. 더구나 쪽방촌 인근에는 모텔촌까지 있어 불안의 그림자는 언제나 존재했다.

"하긴, 나도 거긴 부담스럽더라."

서나래가 두 마을 중 창신동을 고집한 것도 쪽방촌이 주는 이미지 때문이었으니 할 말은 없었다.

"가만, 우리끼리 갈 것이 아니라 박카스아줌마를 모시고 가면 어떨까?"

앞서가던 최나한이 문득 생각났다는 듯 걸음을 멈췄다.

"갑자기 박카스아줌마는 왜? 여인숙 간다니 포르노라도 찍고 싶은 거야?"

서나래가 이해할 수 없다는 표정을 지었다.

"왜 이래. 동물이나 곤충이 교미하는 건 즐겨 찍어도 인간들이 씩씩거리며 교미하는 건 취미 없거든."

"그럼 박카스아줌마는 왜 부르자는 거야?"

"아, 서 기잔 현장에서만 일해서 그런지 아직 모르는 게 많구나."

"뭘 몰라?"

"지난번 탑골공원에서 할아버지를 만났을 때 왜 할아버지께서 말씀이 없으셨잖아."

"그랬지. 과묵할 정도로."

"그게 말야. 인간이든 곤충이든 동물이든 이 지구상의 모든 수컷들은 말야. 수컷 본능이라는 게 있어. 그게 암컷 앞에서 더욱 잘 표현되고 발현되는데, 그 이론을 활용해 보자는 거지. 할아버지도 박카스아줌마가 옆에 있으면 이야기를 술술 풀어낼지 어찌 알겠어?"

"호오, 제법이네. 그런 생각을 다 할 줄 알고."

"생각이 아니라 내가 이미 그 짓을 하고 있거든. 자연 다큐나 찍던 놈이 생뚱맞게 유격대 사령관인지 뭔지 하는 노인네를 찾아 헤매는 것이나 급진 좌파라도 된 듯 빨치산과 관련된 자료를 뒤적이는 것이나 이게 다 서나래라고 하는 뛰어난 매력을 지닌 암컷이 있기 때문 아니겠냐."

"호호, 그만 웃기고 아줌마에게 전화나 해봐."

서나래의 말에 최나한이 박카스아줌마에게 전화를 걸었다. 최나한과 박카스아줌마는 이미 몇 차례 만난 터라 통화는 수월했다. 최나한은 그녀에게 노인을 취재하기 위해 가는 중인데 함께 가지 않겠냐고 물었다. 그녀는 마침 동대문 근처에 있다며 당장 달려오겠다고 했다. 세운상가에 창녀촌이 있던 시절부터 이 지역에서 몸 파는 일을 했던 박카스아줌마였다. 최나한이 현재 위치를 말해 주자 거기가 부산여인숙 가는 길이라며 그 자리에 가만히 있으라고 했다. 잠시 후 그녀가 도착하자 최나한은 두어 시간만 함께 있어 달라며 오만원을 건넸다.

"이 정도면 오늘은 탑골에 안 나가도 되겠네. 자, 여량여인숙은 내가 안내할 테니 따라와요."

복잡하다는 창신동 골목도 그녀에겐 손바닥 안이었다. 그녀의 말처럼 골목 하나를 돌아드니 부산여인숙이 나타났고, 벽화가 그려진 골목길을 이리저리 돌자 붉은 벽돌로 된 여량여인숙 건물이 보였다. 단층 건물인 여량여인숙은 언뜻 보기에 영업을 하는 집 같아 보이지는 않았다. 건물 처마로 거미줄이 가득했고 여인숙임을 알리는 아크릴 간판도 절반이나 깨진 상태였다. 여량여인숙은 지방 손님들이 많던 시절 자주 찾았던 곳이라며 박카스아줌마는 스스럼없이 현관문을 열었다. 박카스아줌마가 앞장을 서고 최나한과 서나래가 뒤를 따랐다. 여인숙에 들어서니 작은 마당이 있고 'ㄴ'자로 된 건물엔 객방이 줄줄이 이어져 있었다. 박카스아줌마가 들어서자 마루에 앉아 있던 노인이 벌떡 일어났다.

"어, 양 사령관이 여긴 웬일인가?"

노인이 박카스아줌마와 서나래를 번갈아 보며 무슨 영문인가 했다.

"영감님께서 여기 계시다 하여 왔지요. 요 며칠 안 보이신다 했더니만 여기 계셨군요."

노인과 박카스아줌마는 아주 오랜만에 만난 사람처럼 손을 맞잡고 이야기를 나눴다.

"할아버지 저 기억하시죠? 탑골에서 뵀잖아요."

서나래가 인사를 꾸벅했다.

"어, 그렇소만. 여긴 어떻게 오셨소?"

김 노인이 고개를 갸웃했다.

"할아버지께서 어딜 가셨나 하고 찾아왔어요."

"허, 왜 또?"

"할아버지 연애시켜 드리려고요."

서나래가 입가에 웃음을 달며 말했다.

"허, 지금은 그럴 때가 아닌데."

노인이 난감하다는 얼굴로 주위를 두리번거렸다. 분위기가 잠시 어색해지자 박카스아줌마가 나섰다.

"영감님, 여긴 무슨 일로 오셨어요?"

"전가 놈을 만나러 왔네."

노인이 들고 있던 사진을 흔들며 말했다.

"아, 이분이 영감님과 탑골에서 다투었던 그 노인넨가요?"

박카스아줌마가 사진을 들여다보며 물었다.

"그려, 이놈이 여기 묵고 있단 소릴 들었어. 근데, 쥔 아주마이는 전가 놈이 여기에 묵은 적이 없다 하네."

노인이 내실을 흘겨보며 투덜거렸다. 그 말을 들은 주인 여자가 미닫이문을 빼꼼 열더니 노인을 향해 소리쳤다.

"아, 난 그런 사람 모른다니까요! 그러니 괜히 소란 피우지 말고 얼른 나가요!

알았어요?"

"또, 또, 저런다니까. 이놈이 여기 묵고 있다는 얘길 분명히 듣고 왔는데 왜 자꾸 그래."

노인이 전인석의 사진을 들어 보이며 말했다.

"이렇게 영업을 방해하면 경찰을 부를 겁니다. 농이 아니에요. 예?"

주인 여자의 목소리가 집 안을 쩌렁쩌렁 울렸다.

"허참, 여기저기 밥이나 빌어먹고 다니는 전가 놈은 왜 감싸고 지랄이어. 이 놈하고 배라도 맞춘 겨 뭐여."

노인의 목청도 주인 여자에 못지않았다.

"뭐라고요? 이런 쌍놈의 영감탱이가 누굴 개갈보로 아나!"

주인 여자가 참을 수 없다는 듯 문을 열어젖혔다. 이어 팔소매를 걷어 올린 주인 여자가 삿대질을 하며 노인을 몰아붙이기 시작했다. 노인도 지지 않고 주인 여자를 향해 맞대꾸를 했다.

"개갈보가 아니면 전가 놈을 불러오던가!"

두 사람의 말싸움이 이어지자 투숙객이 문을 활짝 열며 "야이, 씨부럴 종자들아. 돈 받아 처먹었으면 잠이라도 자게 해야 할 거 아냐!" 소리를 버럭 질렀다. 투숙객까지 나서자 주인 여자의 눈꼬리가 더욱 올라갔다.

"이것 봐! 당장 피해가 오잖아. 당신들 당장 여길 나가지 않으면 내 경찰에 신고할 테니 그리 알아!"

주인 여자가 휴대폰을 꺼내들며 소리쳤다. 상황이 그쯤 되자 서나래가 박카스아줌마의 옆구리를 쿡쿡 찌르며 눈치를 줬다. 그녀가 무슨 말인지 알아들었다는 듯 노인의 팔을 잡아끌었다.

"영감님, 여긴 그런 사람이 없다잖아요. 아무래도 날을 잘못 잡은 거 같으니 나갑시다. 예?"

"난 전가 놈 모가지를 꺾어 놓을 때까지 죽어도 못 나가! 내 이놈을 찾기 위해 얼마나 고생을 했는데, 우리 대원들의 복수를 하기 전엔 죽어도 못 나가!"

노인이 그렇게 소리치고는 마루에 벌러덩 누웠다.

"에구, 영감님. 여가 영업집이라잖아요. 그러니까 나가자구요. 내 영감님을 즐겁게 해 드릴게. 우리 집으로 갑시다."

"이봐, 양 사령관! 전가 놈헌티 목 잘린 대원들이 열이나 돼. 그들이 하늘에서 지금도 울고 있어. 통일 조국 만들어 보겠다고 청춘을 바친 대원들이 울고 있다고 알아?"

노인의 음성에서 물기가 느껴지는가 싶더니 이내 귓등으로 눈물이 주룩 흘렀다. 그 모습을 본 박카스아줌마가 손수건을 꺼내 노인의 눈물을 닦아 주었다.

"에구, 뭔 원이 그렇게 많고 한도 그렇게 많은지……."

박카스아줌마의 손길이 지나가도 노인은 큭큭 울음만 토할 뿐 말이 없었다.

"아, 여기가 뭐 당신들 소꿉놀이 하는 덴 줄 알아요? 빨리 안 나가고 뭐해요? 신고를 할까요?"

주인 여자의 앙칼진 목소리가 여인숙 마당을 울렸다. 그때까지 눈은 그치지 않고 있었다. 서나래가 노인의 손을 잡으며 말했다.

"할아버지, 저희가 약주 한잔 대접할 테니 가시죠?"

"그래요. 갑시다, 가요. 전가 놈이 무슨 봉변을 당하려고 여길 또 나타나겠어요."

박카스아줌마가 노인을 일으켜 세웠다. 최나한이 노인의 등을 받치고 서나래가 한쪽 팔을 잡았다. 노인의 몸피는 야위었으나 몸은 나무 등걸처럼 단단했다.

"난 전가 놈을 잡아야 해. 그놈의 목을 꺾기 전엔 한 발짝도 뗄 수가 없어."

노인은 파출소 근무자들이 출동한 후에야 여량여인숙을 나왔다. 여인숙 주인 여자가 저런 늙은이는 콩밥을 먹여야 한다고 거품을 물었지만 파출소 근무자들은 그럴 만한 죄는 아니라며 그냥 돌아갔다. 그즈음 눈은 그쳐 갔고, 최나한은 카메라 배터리를 충전시켜야 한다는 신호를 서나래에게 보냈다. 서나래는 노인과 박카스아줌마를 모시고 근처의 식당으로 갔다. 빈 방을 찾아들어간 서나래는 부대찌개와 소주를 주문했다. 잠시 후 안주가 나오자 빈 소주잔에 술을 채웠다. 배터리를 교환한 최나한이 카메라 전원을 켜며 서나래에게 사인을 보냈다. 서나래가 물었다.

"할아버지 고향은 어디예요?"

"제주도라고 하더만. 대정 어디라고."

박카스아줌마가 대신 답했다.

"남제주군 대정면 영락리요. 하모리에서도 살았소."

술잔을 비운 노인이 낮은 음성으로 말했다. 노인의 목소리는 여전히 젖어 있었다.

"자료에 보니까 김달삼 사령관의 고향도 영락이던데, 그렇다면 할아버지 성함이 김달삼이 맞으신 거네요?"

서나래가 다시 한 번 확인을 했다.

"허허, 그렇소. 내가 인민유격대장 김달삼이오."

노인의 말에 최나한의 눈이 번쩍 떠졌다.

"그렇다면 그동안 어디서 어떻게 살아오셨습니까?"

서나래가 물었다.

"전인석이, 그놈을 찾는다며 온 시간을 다 보냈소."

"대원들의 복수 때문에요?"

"그렇소."

"제주를 떠난 지는 몇 해나 되셨나요?"

카메라를 들고 있는 최나한이 물었다.

"1948년 8월에 제주를 떠나 해주로 갔으니……."

노인이 손가락을 꼽으며 지난 세월을 되짚어 내려갔다.

"70년이 다 되었네요?"

"벌써 그렇게 되었소?"

노인이 믿기지 않는다는 듯 고개를 천천히 저었다.

"그 사이에 한 번도 다녀오지 않으셨어요?"

서나래가 물었다. 노인은 대답 대신 고개를 끄덕였다. 잠시 뭔가를 생각하던 노인이 입을 떼었다.

"가고는 싶지만 주민등록증이 없으니 배를 타기도 비행기를 타기도 어려웠어요."

"이제라도 주민등록증을 만드시면 되잖아요."

"그래요. 영감님도 주민증 만들어요. 그래야 노령연금도 받고 의료보험 혜택도 받고 그러지요. 이러다 덜컥 아프기라도 하면 빈털터리 영감님을 어느 병원이 치료해 주겠어요."

"허허, 그래도 싫어요. 대한민국은 친일파와 미제국주의가 만든 나라이지 조선 인민의 힘으로 만든 나라가 아니잖소. 그러니 통일된 조국이 만들어지기 전엔 내 이리 살 거요. 당대에 통일이 이루어지지 않으면 무국적자로 살다 가는 거고."

전쟁이 끝나고 포로수용소를 나온 이들 중에 남쪽이든 북쪽이든 어느 쪽도 선택하지 않은 이들이 많았다. 이념으로 갈라진 남과 북 어느 쪽도 마음에 들지 않았던 그들은 제3국행을 선택했고, 미련 없이 이 나라를 떠났다. 서나래는 문득 최인훈의 소설 『광장』에 나오는 주인공 이명준이 떠올라 급히 물었다.

"무국적자로 살고 싶다함은 북도 싫고 남도 싫다는 말씀이신가요?"

"이제 와 생각하면 북도 남도 우리가 원하고 바라던 나라가 아니긴 마찬가지요. 그나마 반민특위만이라도 잘 굴러갔으면 내 이렇게 무국적자로 살진 않았을 것인데, 하지만 이승만이는 친일파를 숙청하지 않았어요. 이승만이란 놈이 아주 나쁜 놈이지요."

말을 마친 노인은 목이 마른 듯 술잔을 훌쩍 비웠다.

"아고, 영감님 천천히 드세요. 안즉은 훤한 대낮이라고요. 이러다 취하면 푹 쓰러지고 말지, 이년 품을 힘이라도 있겠어요?"

"허허, 양 사령관. 젊은 사람들 앞에서 뭔 주책이여."

노인이 얼굴을 붉히며 서나래를 힐긋거렸다.

"호호, 오늘 할아버지 연애시켜 드리러 왔다고 말씀드렸잖아요. 그러니 오늘은 마음 푹 놓고 즐기셔도 됩니다."

서나래가 노인의 잔에 술을 채우며 말했다.

"허허, 젊은 사람들이 못 하는 말이 없네."

"아고 영감님. 이렇게라도 챙겨 주는 걸 고맙게 생각하세요. 요즘 나이든 노인네 잠 값 챙겨 주는 젊은이들이 어디 있겠어요."

박카스아줌마가 노인 곁에 바싹 붙어 앉으며 말했다.

"아, 혹시 전인석 할아버지 고향은 어딘 줄 아세요?"

서나래가 물었다.

"아, 이놈. 이놈 고향은 정선 여량 땅이오."

노인이 품속에 넣어두었던 사진을 꺼내며 말했다.

"여량이면 할아버지께서 말씀하신 그 동네 아닌가요? 토벌대에게 당했다던 그 동네 말이에요."

"그렇소."

"그럼 아까 그 여인숙이 여량여인숙이던데, 전 할아버지와 무슨 관계가 있는 곳 아닌가요?"

"옛날에 한동네에서 살았다고는 하는데, 쥔 아주마이가 자세한 말을 안 해 줘요."

노인은 다시 술잔을 비우다 말고 벽에 걸려 있는 달력으로 시선을 옮겼다. 최나한의 카메라가 먼저 노인의 시선을 쫓았고, 박카스아줌마와 서나래의 시선도 따라 움직였다. 달력을 바라보던 노인이 혼잣말로 중얼거렸다.

'또 그날이 다가오는구먼⋯⋯.'

"영감님, 방금 뭐라고 하셨어요?"

박카스아줌마가 귀를 쫑긋 세우며 물었다.

"우리 대원들이 죽어가던 그날이 다가온다고."

"그날이 언젠데요?"

"3월 22일."

"마침 주말인걸요?"

서나래가 달력을 확인하며 말했다.

"할아버지 저희가 모실 테니까 바람도 쐴 겸 그날 정선에 갈까요?"

최나한이 노인에게 물었다.

"영감님, 정선이라면 저도 데리고 가요. 예?"

박카스아줌마가 노인의 팔을 흔들며 말했다.

여량

"여기가 여량이란 말인가? 사람도 집도 물도 마을도 산도 다 변했구먼. 없던 기찻길도 생기고, 어디가 어딘지 하나도 모르겠어. 하나도……."

여량에 도착하자 노인은 사방을 둘러보며 말했다.

"영감님, 이 동넨 몇 년 만에 오셨어요?"

박카스아줌마가 물었다.

"1949년 여름부터 지나다녔으니 68년 만이 아니던가."

"아유, 그렇다면 몰라볼 만도 하네요."

"저기쯤에 우리 세포의 집이 있었는데, 기찻길이 지나가면서 흔적조차 없어져 버렸어. 그땐 논이 있어 논두렁길로 내달리던 때가 엊그제 같은데 벌써 저승 문턱에 서 있구먼."

노인이 기찻길을 가리키며 말했다. 마침 레일바이크를 탄 여행객들이 철길을 따라 줄줄이 아우라지역으로 들어섰다. 노인은 그 모습을 신기한 듯이 바라보며 회한에 젖었다.

"영감님, 그런데 세포가 뭐예요?"

박카스아줌마가 물었다.

"빨치산의 활동을 돕는 마을 조직원을 세포라고 하지. 각 마을 마다 세포들이 있는데, 그들의 도움 없인 마을에서 그 어떤 활동도 못해. 만약 그들 중하나라도 배신을 한다면 다른 세포들은 물론이고 산사람들까지 한꺼번에

몰살을 당할 수 있거든. 그래서 아주 믿을 만한 자가 아니면 세포로 임명하진 않아."

"반대쪽 사람들 입장에서 말하자면 끄나풀인 거네요."

"허허, 그런 셈이지."

노인이 허허롭게 웃으며 걸음을 옮겼다. 강변으로 걸음을 옮기자 어디선가 노랫소리가 들려왔다. 느린 데다 한이 섞여 있는 그 소리는 정선아리랑 전수관에서 흘러나왔다. 전수관 안에는 학생으로 보이는 젊은이들이 예닐곱 명 앉아 있고, 나이가 지긋한 소리꾼이 장구를 치면서 소리를 가르치고 있었다.

아우라지 뱃사공아 배 좀 건네주게
싸리골 올동박이 다 떨어진다
떨어진 동박은 낙엽에나 쌓이지
사시장철 님 그리워 나는 못 살겠네

노인은 전수관에서 흘러나오는 정선아리랑을 입안으로 웅얼거리면서 다리를 건넜다.

"영감님도 정선아리랑을 부를 줄 아세요?"

박카스아줌마가 놀랍다는 듯 물었다.

"우리 부대 간호부에 덕산이라고 정선 출신이 하나 있었어. 일제 때 사이판까지 끌려갔다 구사일생으로 살아 돌아왔다는데, 소리를 아주 잘했지. 나도 그 여성대원에게 소리를 배웠는데 어쩌다 정선을 지나갈 적엔 덕산이 고향을 지나간다며 다들 한 번씩 흥얼거렸지. 이렇게 말이네."

사발 그릇이 깨어지면은 두세 쪽이 나는데
삼팔선이 깨어지면은 한 덩어리로 뭉치네
일본 놈이 물러가니 미국 놈이 오구요
일본 놈의 앞잡이가 미국 놈의 앞잡이 되었네

노인이 아우라지강을 바라보며 노래를 불렀다. 강변엔 나룻배 하나가 서 있었고, 길손이 없어서인지 뱃사공은 담배만 뻑뻑 빨고 있었다.

"가사가 의미심장한걸요."

박카스아줌마가 말했다.

"사실이 그랬거든."

"그 정선 출신이라는 대원은 어떻게 됐나요?"

"덕산인 일월산 전투에서 죽었네."

"그때 아우라지도 지나갔나요?"

서나래가 물었다.

"여량은 다른 산촌 마을과 달리 먹을 게 풍부해서 지날 때마다 꼭 들렀어요. 저 위에 무덤이 몇 기 있을 텐데, 그 무덤가에 우리들만 아는 표시를 해둬요. 돌이 하나 있으면 안심하고 강을 건너라는 신호이고 돌이 두 개면 위험하니 돌아가라는 말이고 송기가 각개표로 되어 있으면 대기하라는 신호거든요. 그 표시에 따라 아우라지강을 건너 마을로 들어가는 건데, 마을로 들어서면 그때부터 세포가 안내를 해요. 그날그날에 따라 선전 활동도 하고 보급 투쟁도 하고 어떨 땐 지서를 습격하기도 하고 그랬어요."

"정선을 지날 때는 주로 어떤 루트를 이용했나요?"

"그때만 해도 38선이 양양군 현남에 있었지요. 그래서 남진하기에 큰 어려움이 없었는데요. 오대산을 넘을 때는 가리왕산을 넘어 영월 직동으로, 직동에서 부석으로, 부석에서 영양으로 가기도 했고, 오대산에서 상원산을 넘을 땐 여량으로 해서 반론산과 고양산을 넘어 태백산으로 향하기도 했지요. 또 백두대간을 탈 때는 임계 백복령을 지나 고양산으로 해서 함백산과 태백산을 넘어 일월산으로 갔어요. 퇴로도 비슷했고요."

노인이 옛길을 더듬으며 말했다. 하룻밤에도 수십 리 길을 달려야 하는 산사람들의 삶이란 언제나 생과 사의 갈림길에 있었다. 누가 불러서 간 길도 아니고 누가 시켜서 한 일도 아니었다. 총 맞아 죽을 각오와 굶어 죽을 각오 그리고 얼어 죽을 각오를 하지 않으면 뛰어들 수 없는 길이기도 했다.

노인은 세포와 신호를 주고받던 무덤가로 갔다. 무덤가에는 아우라지 가사비가 세워져 있었고, 무덤은 여전했다.

"소낭구가 많이 컸구먼."

노인이 무덤가에 있는 소나무를 안아 보며 말했다. 최나한의 카메라가 소나무를 안고 있는 노인을 클로즈업했다. 노인은 눈을 지그시 감은 채 나무에게 작은 소리로 말했다.

"반갑구나, 반가워. 너는 살아서 이리도 푸른데, 우리 대원들은 다 쓰러져 버렸구나."

나무는 노인을 알아보기라도 한 듯 바람 소리를 더욱 크게 내며 솔잎을 털어 냈다.

"이 소낭구는 알 것이오. 우리가 어떻게 이 길을 지나고 저 강을 건넜는지. 누가 총에 맞아 죽었고, 누가 총을 쏘았는지도 다 알 것이오."

노인이 소나무를 어루만지며 말했다.

"영감님, 바람이 차요. 이러다 고뿔 걸리겠어요. 들어가십시다."

박카스아줌마가 옷깃을 여미며 노인의 팔짱을 꼈다.

"그래요. 내일 일정도 있고 하니 오늘은 여독도 풀 겸 그만 쉬시지요."

서나래가 잔뜩 찌푸린 하늘을 올려다보며 말했다. 노인은 박카스아줌마에게 이끌려 가면서도 아우라지를 힐끔거렸다. 마을로 들어선 서나래는 아우라지강이 훤히 바라보이는 곳에 위치한 펜션을 구했다. 방은 차가웠지만 주인이 서둘러 벽난로에 군불을 때어 훈기는 금방 돌았다. 노인은 피곤했던지 요를 깔고 누웠다. 박카스아줌마가 노인의 다리를 주물러 주며 말했다.

"경치는 정말 좋네요. 이런 곳에서도 서로 총부리를 겨누며 죽고 죽이고 했다니 믿어지질 않네요."

박카스아줌마의 말에 노인은 아무런 대꾸를 하지 않았다. 잠시 후 노인은 잠이 들었고, 서나래는 최나한과 함께 펜션을 나왔다.

"이 동네에서 빨치산의 목을 쳤다는 게 사실인지 확인해 봐야겠어."

서나래가 말했다.

"할아버지의 말이 사실이면 특종감이 맞는 거 아니겠어."

최나한이 기분 좋은 웃음을 흘리며 서나래를 따랐다. 마을로 들어선 서나래와 최나한은 면사무소부터 들렀다. 휴일이라 면사무소는 조용했다. 서나래와 최나한이 문을 열고 들어서자 당직 근무자인 듯한 사내가 두 사람을 번갈아 보며 물었다.

"무슨 일루다……?"

서나래는 명함을 내밀며 지역 토박이로 지금까지 여량에 살고 있는 칠십대 이후의 노인을 찾고 있으니 협조를 부탁한다고 말했다.

"가능하면 연세가 많은 분이면 더 좋습니다."

최나한이 한마디 덧붙였다.

"그분들은 무슨 일루다 찾으시는데요?"

"아, 해방 후 여량에서 있었던 일들에 관해 여쭤볼 게 있어서 그럽니다."

서나래의 말이 끝나자 당직 근무자는 잠시만 기다리라며 여기저기 전화를 돌렸다. 근무자는 그때마다 인적사항을 받아 적으며 "번영회장님 감사합니다. 봄도 오고 하니 은제 소주 한잔해야지요." 라거나 "노인회장님 소가 암송아지를 연일 낳는다고 하던데 축하드립니다." 라거나 "이장님들이 열심히 해 주시니 여량이 돌아가지 그렇지 않음 이 동넨 꽝이에요. 하하, 노루고기 믹으러 갈게요. 감사합니다." 라며 큰 소리로 인사를 했다. 당직 근무자의 전화 통화 내용을 듣던 최나한이 "시골 냄새가 풋풋하게 나는 대화가 오고가는구먼." 하며 클클 웃었다. 잠시 후 전화 돌리기를 마친 근무자가 서나래에게 주소와 전화번호가 적힌 명단을 건넸다.

"이분들이 단데 생각보다 몇 분 안 계시네요. 그나저나 기자님을 제가 직접 모셔야 하는데, 보시다시피 근무자가 저뿐이라 사무실을 비울 수가 없네요. 죄송해서 어쩌죠."

면사무소 직원이 미안하다는 듯 머리를 긁적였다. 명단을 받아든 서나래는 이것만으로도 감사한 일이라며 거듭 고개를 숙였다. 면사무소를 나온 두 사람은 근무자가 건넨 명단을 보며 한 사람 한 사람 전화를 걸었다. 전화 통화가 이루어지면 댁으로 찾아뵙겠다고 정중하게 인사도 했다. 몇 집과의 약속이 잡히자 서나래는 인근 마트에서 음료수를 샀다. 약속된 첫 집은 면사무소에서 멀지 않았고, 팔순이 넘은 할머니였다. 하지만 할머니는 치매에 걸려 지난 일을 기억하지 못했는데, 할머니를 봉양하던 며느리는 서나래에게 옛날이야기라면 딴 집에 가서 물으라며 손을 저었다. 다음 찾아간 집 역시 할머니였으나 몸져누운 상태라 가벼운 대화조차 할 수 없었다. 세 번째 방문한 집은 팔순이 넘은 할아버지로 아직은 정정한 모습이었다. 서나래가 음료수를 건네며 찾아온 이유를 말하자 노인은 담배부터 찾아 물었다.

"그때가 아매도 전쟁 나기 전인 거 같은데……."

"맞습니다. 1950년 3월이고요. 꼭 이맘때에 있었던 일입니다."

"김달삼이라는 괴뢰 두목이 승지골에서 목이 떨어졌다는 얘긴 나도 들었소. 당시만 해도 빨갱이다 국방군이다 해서 여량이 발칵 뒤집혔어요. 누가 누굴 죽였다는 말이 온 동네에 파다했는데, 그기 사실인지는 모르겠소."

"혹시 전인석이라는 분을 아세요? 그때 김달삼의 목을 쳤다고 하던데요."

서나래가 물었다. 최나한의 카메라가 할아버지의 표정을 잡기 위해 클로즈업했다.

"전인석이라…… 아, 그 사람은 벌써 죽었어요. 김달삼 목인지는 모르겠지만 하여튼 빨갱이 목을 쳤다는 죄로 인민군에게 총살당했다고 합디다."

"정말이에요?"

"뭐 나도 직접 확인한 건 아니지만 당시 마을 어른들이 그러더만요. 전쟁이 나고 전인석이가 인민군에게 끌려가는 걸 봤다고요. 그 사람 괜한 일에 끼어 들어 아까운 생목숨만 날렸지요. 난리 통엔 그저 가만히 엎드려 있는 기 장땡인데, 그걸 모르고 설쳤으니."

노인이 담배를 빨며 말했다.

"아, 끌려가는 것만 보았다는 거로군요."

"그렇소. 당시 토벌 작전에 참가했던 청년들이 꽤 있었는데요. 토벌이 끝나고 다들 표창과 상금을 받았거든요. 그 사람들도 다 끌려갔다고 합디다."

"그렇군요. 혹시 전인석이라는 분 얼굴은 기억하세요?"

"한동네에서 살았으니 이름자야 기억하고 있지만 얼굴까지 기억하긴 세월이 넘 많이 흘렸어요."

노인은 목이 마른 듯 음료수에 입을 댔다. 서나래는 그 틈을 타 사진 몇 장을 노인 앞에 내밀었다.

"이분이 누군지 알아보시겠어요?"

노인이 돋보기로 갈아 쓰며 사진을 유심히 바라보았다. 이리저리 사진을 살피던 노인이 고개를 흔들었다.

"글쎄요. 전혀 모르는 사람인걸요."

"이분이 전인석씨인데요. 그래도 모르시겠어요?"

서나래가 손가락으로 사진을 짚으며 물었다.

"예? 전인석 그 양반이 살아 있단 말이오?"

노인이 믿을 수 없다는 듯 사진을 다시 살폈다.

"젊을 때 사진이라면 기억이 날까. 이 사진만으로는 전인석인지 아닌지 모르겠는 걸요."

노인이 돋보기를 벗으며 사진을 내려놓았다.

"그러면 전인석씨의 가족이나 일가친척 중 누구라도 연락이 닿는 분은 없으신가요?"

서나래가 물었다. 최나한의 카메라가 노인의 표정을 좇았다.

"그 집 식구들은 전쟁 통에 뿔뿔이 흩어졌는데, 다들 어디 가서 사는진 몰라요."

"풍문으로라도 그 집 소식을 들은 건 없으시구요?"

서나래의 물음이 이어졌다. 노인이 뭔가를 생각하는 듯 창밖을 바라보더니 무릎을 쳤다.

"아, 미옥이라고 막내 여동생이 하나 있었어요. 전쟁 끝나고 줄곧 남의 집에 얹혀살다가 제무시를 운전하던 놈을 따라 서울로 갔는데, 한참 후에 동대문 근처 어디선가 여인숙인지 뭔지 한다는 소릴 들은 적은 있소."

"혹시 이분 아니신가요?"

서나래가 재빨리 사진 한 장을 내밀었다. 노인이 다시 돋보기로 갈아 쓰더니 사진을 찬찬히 살폈다.

"어구, 미옥이가 맞네요. 세월이 흘렀지만 어릴 적 모습이 많이 남아 있네요."

노인의 목소리가 가볍게 떨렸다. 노인이 사진 속 인물을 몇 번씩 들여다보더니 전인석의 사진을 다시 집어 들었다.

"그러고 보니 이 사람도 전인석일 많이 닮았네요. 그래요. 민둥코에다 광대뼈가 툭 튀어나온 게 전인석일 많이 닮았어요."

노인이 손가락으로 전인석의 얼굴을 가리키며 말했다. 최나한의 카메라가 사진 속 전인석의 얼굴을 클로즈업했다.

몇 명의 마을 사람을 더 만난 서나래와 최나한이 펜션으로 돌아왔을 때 노인이 잠들었던 자리엔 박카스아줌마가 잠들어 있고 노인은 보이지 않았다. 서나래가 코까지 골며 자는 박카스아줌마를 흔들어 깨웠다.

"아줌마, 할아버지는요?"

"어? 나랑 같이 잠들었었는데 어딜 가셨지?"

박카스아줌마가 방안을 둘러보며 고개를 갸웃거렸다. 서나래가 펜션 주인을 찾아 노인의 행방을 물었으나 그 역시 고개를 흔들었다.

"대체 어딜 가셨다냐."

박카스아줌마가 황망한 표정을 지었다. 저녁이 가까워지면서 하늘은 점점 더 흐려가고 바람마저 찬 기운을 몰고 다녔다.

"어두워지기 전에 할아버지를 찾아보자구요."

세 사람은 각자 흩어져 노인을 찾기로 했다. 서나래와 최나한은 마을로 들어가고 박카스아줌마는 아우라지 일대를 둘러보기로 했다. 마을은 천천히 걷는다 해도 한 바퀴를 도는 데 반 시간이 걸리지 않을 정도로 작았다. 각기 다른 길로 노인을 찾아 나선 서나래와 최나한은 중간 지점인 여량파출소 앞에서 마주쳤다.

"할아버지는?"

두 사람이 동시에 노인에 대해 물었지만 이내 둘 다 빈손을 내밀었다.

"아, 어딜 가셨나."

서나래가 하늘을 올려다보며 울상을 지었다.

"경찰에게 도움을 요청할까?"

최나한이 파출소를 힐긋하며 말했다.

"길이 엇갈렸을지도 모르니 다시 한 번 찾아보자. 그래도 못 찾으면 경찰의 도움을 받든가 하는 게 어때?"

서나래가 말했다. 최나한이 고개를 끄덕였고, 두 사람은 왔던 길을 되짚어 갔다. 서나래와 최나한은 음식점과 성당, 교회 등 사람들이 모일 만한 곳을 집중적으로 방문했다. 서나래와 최나한이 아우라지에 이르렀을 때 박카스아줌마가 헐레벌떡 뛰어왔다.

"아유, 영감님이 돌아오셨어."

"어딜 다녀오셨대요?"

"슈퍼에 뭘 사러 다녀왔다더만."

박카스아줌마가 숨을 몰아쉬며 말했다. 서나래와 최나한이 펜션으로 달려

가자 노인은 가방에다 검정 비닐 하나를 넣고 있었다. 최나한의 카메라가 재빨리 노인의 가방을 클로즈업했다.

"할아버지 그건 뭐예요?"

"낼 산에 가서 쓸 과일과 포 그리고 술이오."

노인이 비닐을 열어 보이며 말했다.

"산에 가서 술 드시게요?"

"허허, 늦었지만 먼저 간 대원들 극락 가라고 제는 올려 줘야지요. 그동안 누구 하나 대원들의 이름을 불러준 이도 없었을 거 아니오."

노인은 담담하게 말했지만 무척이나 들뜬 표정이었다. 서나래는 노인이 여량에 가 보자고 했을 때 선뜻 동의한 이유를 이제야 알 수 있을 것 같았다.

"제수용품을 사러 가신 거였군요. 그런 게 필요하면 저희한테 말씀을 하시지 그랬어요."

서나래가 말했다.

"내 손으로 하고 싶었어요. 무덤도 이름표도 없이 죽어간 대원들을 내 손으로 어루만져 주고 싶었거든요."

그렇게 말하는 노인의 눈가가 촉촉하게 젖어들었다.

"눈이야, 눈!"

최나한이 주먹만 한 눈뭉치를 서나래의 이마에 올려놓으며 소리쳤다. 서나래가 화들짝 놀라며 눈을 번쩍 떴다.

"눈이라니?"

서나래가 안경을 찾아 쓰며 최나한과 창밖을 신기한 듯 바라보았다. 최나한의 머리와 어깨엔 눈이 하얗게 쌓여 있고, 창밖으로는 눈이 폭폭 내리고 있었다.

"헐, 진짜네?"

"헐이고 뭐고 얼른 일어나 봐. 눈이 엄청나게 오고 있어. 폭설이야 폭설."

최나한이 서나래를 일으켰다.

"저 눈이 언제부터 왔다는 거야?"

서나래가 나뭇가지에 쌓인 눈을 바라보며 도무지 일어날 수 없는 일이 생겼다는 표정을 지었다. 남녘에선 꽃 잔치를 한다고 난리인데 폭설이라니. 서나래는 문득 자신이 와 있는 곳이 강원도가 아니라 알래스카나 북해도 어디쯤이 아닐까 하고 생각했다.

"펜션 주인 말로는 자정쯤부터 내렸다고 하던걸."

"그랬구나. 근데 일곱 시도 되지 않았는데, 어쩐 일로 벌써 일어난 거야?"

서나래가 벽시계를 보며 물었다.

"마을 스케치를 하려고 일찍 일어났는데, 글쎄 눈이 오지 뭐야."

최나한이 횡재라도 한 듯 싱글싱글 웃었다.

"할아버지는?"

"두 분이 눈 구경한다고 강변으로 나가셨어."

"노인네들이라 그런지 잠이 없으시네."

서나래가 기지개를 한껏 켜고는 옷을 챙겨 입었다. 밖으로 나가니 펜션 주인이 가래로 눈을 밀고 있었다.

"습설이라 가래가 안 나가네요. 허허."

주인이 가래를 밀다 말고 멋쩍다는 듯 웃었다.

"이 동넨 삼월 하순인데도 눈이 오나요?"

서나래가 펜션 주인에게 물었다.

"눈이야 사월에도 오는 걸요. 이런 눈이 앞으로도 몇 번은 더 올 걸요."

주인이 하늘을 올려다보며 말했다.

아우라지로 나가자 노인은 눈 내리는 강변을 말없이 바라보고 있었고, 박카스아줌마는 눈사람이라도 만들 생각인지 농구공만한 눈뭉치를 굴리고 있었다.

"아줌마, 눈사람 만드시게요?"

서나래가 물었다. 박카스아줌마가 "서 기자 마침 잘 왔어. 눈사람 같이 만들자." 하며 서나래를 잡아끌었다.

"서 기자. 내가 몸을 팔며 살아온 세월이 거진 50년이여. 요즘이야 낮 장사를 하지만 그동안엔 낮에 자고 밤에 손님 받고 하는 생활을 몇십 년이나 했어. 그러니 밖에 눈이 오는지 비가 오는지 알 턱도 없고 비가 온다고 해서 눈이 온다고 해서 그걸 쳐다보며 감상에 젖을 시간도 여유도 없었어."

박카스아줌마가 눈을 굴리며 말했다. 그러다가 손이 시린지 두 손을 모아 호호 불었고, 숨을 헐떡이며 눈을 다시 굴려 나갔다.

"지금까지 내 배 위를 지나간 사내가 1개 사단 병력도 넘을 기여. 그래도 젊었을 적엔 인기가 있어 여기저기 잘도 팔려 나갔지. 내 배 위로 국회의원도 지나가고 장관도 지나가고 시장도 지나가고 회장도 지나가고 육군 대장도 지나가고 경찰서장도 지나가고 그랬지. 그러면서 점점 나이를 먹었고 그때부텀 관광 온 일본 놈도 지나가고 순경도 지나가고 말단 공무원이 지나가더니 도둑놈도 지나가고 사기꾼도 지나가고 어린 학생도 지나가고 노가다꾼도 지나가고 종내는 자지 달린 놈이란 놈은 다 지나가고 하는 사이에 나이가 훌쩍 환갑이 넘더만. 그렇게 나이가 드니 조명발도 화장발도 안 먹혀. 술에 떡이 된 놈도 느낌이 다른지 하다간 휙 빼 버리기 일쑤고 속았다며 돈을 돌려 달라는 놈까지 생기더니 어느 날부턴가 수돗물 끊기듯 손님이 뚝 끊기더만. 벌어 놓은 돈은 없고 일은 해야겠고, 결국 박카스 병을 들었지. 그래도 노인들 눈엔 내가 어리고 이뻤는지 손님이 제법 있어. 하지만 노인들이 무슨 돈이 있겠어? 다들 가난하니 만 원도 받고 이만 원도 받고 그마저도 없으면 기냥도 자 주고 했지. 그날부터 탑골이다 종묘다 돌아댕기며 돈 없는 노인네들하고 지금껏 노는 기여. 아매도 지금까지 내가 받아 낸 정액만 따져도 드럼통으로 몇 개는 될 기여. 그런 세월을 살았으니 내가 눈사람인들 만들어 봤겠어? 저 영감님을 따라 강변에 나와 나란히 서 있는데, 갑자기 이상한 생각이 들면서 얼굴이 화끈거리고 가슴이 호닥호닥 뛰어. 이런 느낌은 난생처음이야. 기분이 아주 묘해. 몸에 열도 나고 영감님 마주보기도 민망하고 말야. 그래서 눈사람이나 만들어야겠다는 생각이 들었어. 에라, 영감님을 꼭 닮은 눈사람이나 만들어 보자. 머 그런 생각으로 말이야. 서 기자, 나 웃기지?"

박카스아줌마는 이야기를 하는 사이에도 눈을 굴렸고, 곧 키 작은 눈사람이 만들어졌다. 박카스아줌마는 노인을 힐금거리며 눈사람 얼굴을 다듬어 갔다. 마른 풀을 찾아 몇 올 남지 않은 머리를 만들고 눈과 코를 만들고 노인의 귀도 정성스레 만들었다. 최나한이 그 장면을 카메라에 담는 동안 서나래가 노인을 불렀다.

"할아버지! 아줌마가 할아버지 닮은 눈사람을 만들었는데 맘에 드세요?"

노인이 눈사람을 살펴보더니 빙긋이 웃었다.

"양 사령관, 이제 보니 제법이네. 눈 조각간지 뭔지 해도 되겠어. 내가 양 사령관을 보고 싶어할 때 꼭 저런 표정을 짓는데, 그걸 어떻게 알았을까?"

노인이 박카스아줌마를 끌어안으며 농을 섞었다. 박카스아줌마가 콧소리를 내며 노인의 품을 파고들었다.

"아이, 영감님도 참. 그걸 내가 왜 모르겠어요."

눈은 쉬 그치지 않았다. 이미 쌓인 눈만 해도 삼십 센티미터가 넘었는데, 눈은 계속해 내렸다. 시간이 지나자 눈 무게를 이겨 내지 못한 소나무가 곳곳에서 딱딱 소리를 내며 부러졌다.

"승지골엔 가 봐야지?"

서나래가 최나한에게 물었다. 눈 때문에 걱정이 가득한 표정이었다.

"그럼. 여기까지 왔는데, 역사의 현장을 포기할 순 없잖아."

"박카스아줌마야 어찌어찌한다 해도 할아버지가 걱정되어서 말야."

"야, 난 할아버지가 아니라 서나래가 걱정된다. 할아버지야 연세가 드셨어도 명색이 빨치산 출신이야. 혹여, 못 가시면 빨치산 사령관이니 뭐니 하는 거 다 뻥이었던 거겠지."

"허긴. 그나저나 폭설인데 차는 괜찮겠어?"

"허허, 차에 체인이고 뭐고 다 있으니 걱정마라. 작품 한답시고 돌아다닌 세월이 얼만데."

최나한의 말에 서나래가 "좋아, 그 말을 천금처럼 믿지." 라며 배낭을 챙겼다.

김달삼 모가지 잘린 골

역시 봄눈은 뒷간 한 번 다녀오고 나면 스르륵 녹아 버리고 만다는 어른들의 말이 맞았다. 해가 뜨면서 나뭇가지에 쌓였던 눈이 맥없이 툭툭 떨어졌으며, 도로의 눈 또한 오가는 차들로 인해 질퍽하게 녹아들고 있었다. 그러나 국도를 벗어나자 상황은 달라졌다. 음지가 많은 지방도는 휴일인 데다 다니는 차량도 뜸해 내린 눈이 고스란히 쌓여 있었다. 더구나 어쩌다 다닌 차들로 인해 눌려진 눈은 길을 더 미끄럽게 만들어 작은 고갯길에도 헛바퀴가 핑핑 돌았다.

"사륜이라며 여기도 못 올라가?"

서나래가 슬금슬금 뒷걸음질치는 최나한을 향해 한마디 했다.

"이거 뭘 모르시는군. 봄눈이 빙판길보다 더 미끄러운 겨. 이럴 때 잘못하면 강변으로 그냥 처박혀. 그니까 참견 말고 가만히 있으셔."

후진을 마친 최나한이 앞뒤 바퀴를 오가며 체인을 감았다. 잠시 그쳤던 눈발은 다시 시작되었다. 박카스아줌마는 걱정이 되었던지 노인의 팔에 짝 들러붙어 있었다.

"신발을 챙겨 신었으니 다시 출발합니다!"

체인을 감은 최나한의 차는 눈길을 힘차게 질주했다. 좌측으로는 골지천이 흐르고 있었고, 우측으로는 역사의 현장인 반론산이 가파른 산세를 자랑하고 있었다. 차가 눈길을 헤치며 달리자 박카스아줌마는 창밖을 보며 연신 탄성을 내뱉었다. 창밖으로 시선을 던진 노인은 차가 승지골에 도착할 때까지 눈 덮인 산야를 바라보았다.

"여기가 승지골이에요. 기억나세요?"

서나래가 지도를 펼치며 물었다. 노인은 대답 대신 눈 쌓인 반론산을 멍하니 올려다보았다.

"정선에선 김달삼의 목이 잘렸다 하여 여길 '김달삼 모가지 잘린 골'이라고도 부른다고 합니다. 지명의 유래에 대해 동의하세요?"

서나래가 챙겨 온 자료를 펼치며 말했다. 최나한의 카메라가 빠르게 움직였지만 노인은 말이 없었다.

그 사이 바람이 불며 눈은 좌측에서 우측으로 빗금을 그으며 쏴아 하고 지나갔다. 박카스아줌마는 "우와, 저 눈 좀 봐." 하며 아이처럼 경중경중 뛰었다.

"그날도 저렇게 눈이 왔었소. 토벌대의 추격은 집요했고, 고양산에서 출발한 우린 지쳐 있었지요. 토벌대의 공격이 시작되는가 싶더니 여기저기에서 총탄이 마구 날아와요. 산엔 눈까지 허옇게 쌓여 있었는데, 우리는 피할 곳도 숨을 곳도 그렇다고 되돌아갈 길조차 확보하지 못했소."

노인이 눈 내리는 반론산을 바라보며 말했다. 젖은 눈을 하고 있었지만 눈매만큼은 먹이를 발견한 매처럼 빛났다.

"당시 신문이나 국방부에서 나온 자료를 보면 이렇게 나와 있거든요. 토벌대의 추격을 받은 김달삼 부대는 북으로 퇴각하던 중 반론산에 나타났고, 그 정보를 입수한 토벌대는 반론산 일대를 포위한 후 3월 22일 오후 1시부터 오후 6시까지 엄청난 화력을 쏟아부었다. 다음날 전장을 정리하던 토벌대는 골짜기에서 수십 구의 공비 시체와 그 수에 맞먹는 무기를 노획하였으며, 23일 오전 9시 30분 지경리에서 공비 두목 김달삼의 시체를 발견하였다, 라고요."

서나래는 잠시 말을 멈추고 노인의 표정을 살폈다. 최나한이 긴장하며 노인의 얼굴을 뷰파인더로 지켜보고 있었다. 그러나 노인은 미동조차 하지 않았고, 눈을 가늘게 뜬 채 반론산만 바라보고 있었다. 자료를 펼쳐 든 서나래가 다시 말을 이었다.

"토벌대는 김달삼의 시신에서 그가 소지하고 있던 독일제 권총 모젤1호와 러시아어로 적힌 용병 작전 따위의 정보가 기록된 수첩 등을 압수하였다. 당시 작전에 나섰던 국군 제185부대 정보 참모가 노획물을 확인하였는데, 노획한 권총을 확인하던 중 김달삼의 권총이라 증언한 포로가 있고 얼굴을 사진과 대조한 결과 김달삼의 용모와 일치하여 김달삼의 사살을 최종 확인하였다, 라고 발표했거든요."

"서 기자는 그들의 말을 믿소?"

노인이 무표정한 얼굴로 물었다. 눈은 계속해 내렸다.

"믿는다기보다 당시 자료가 그렇게 되어 있어서요. 사실 이번 취재를 기획하면서 이런저런 자료를 찾아보았는데, 자료마다 내용이 다 달라요."

"승자는 승전고를 더욱 크게 울리는 법이고 패자는 죄인처럼 입 다물고 살아야 하니 자료가 다를 수밖에 더 있겠소."

"그럼 여기서 있었던 일들이 다 거짓이란 말인가요?"

"그날 많은 대원들이 희생되긴 했지만 나 김달삼은 죽지 않았소. 무엇보다 빨치산이 된 후 남긴 사진이 없는데, 김달삼의 사진이 있다는 게 가능하기나 하겠소? 설사 제주에 머물 때의 사진을 구했다 치더라도 유격대 생활이 얼만데요. 아마 부모라도 그 얼굴을 알아볼 순 없었을 거요. 그러니까 말짱 그짓뿔일 수밖에."

"할아버지께서 김달삼 사령관이라 하시니 저로선 더욱 헷갈리는데요. 사실 국방부에서 밝힌 김달삼의 사망 일자와 평양 애국열사릉에 있는 김달삼의 묘비에 적힌 사망 일자가 다른 데다, 남한에서 사망 사실을 보도하던 보름 후쯤 당시 평양 주재 소련 대사는 남한 빨치산 지도자인 김달삼이 4월 3일 평양에 도착했다, 라고 본국에 보고하기도 했거든요. 남한의 신문들도 김달삼을 사살했다는 국방부의 발표를 믿는 눈치가 아니었고요. 대체 무엇이 진실인가요?"

"내가 살아 있다는 게 진실이 아니겠소."

"하지만 할아버지께서 김달삼이라는 것을 증명하려면 역사적 사실이 뒷받침되어야 하는데, 그건 어떻게 설명하시겠습니까?"

서나래가 단도직입적으로 물었다.

"허허, 그걸 증명하자고 서 기자가 날 따라붙은 거 아니겠소. 자, 여기서 시간을 보낼 게 아니라 이제 올라가 봅시다."

노인이 어깨에 쌓인 눈을 털어 내며 걸음을 뗐다. 곁에 있던 박카스아줌마가 "좋아요." 하며 옷깃을 여미자 노인이 잠시 걸음을 멈추었다.

"산을 제법 올라야 할 것 같은데, 양 사령관은 차에서 쉬고 있지 그래."

"어머, 무슨 말씀이세요. 저도 함께 갈래요."

박카스아줌마가 화들짝 놀라며 앞장을 섰다. 노인은 어쩔 수 없다는 듯 허허 웃으며 산을 올랐다. 반론산은 오를수록 눈이 더 많이 쌓여 있었고, 어떤 곳은 무릎까지 잠겼다. 박카스아줌마는 몇 번이나 넘어지고 구르면서도 악착같이 노인의 뒤를 따랐다. 자신만만해 하던 서나래는 출발한 지 얼마 되지 않아 숨을 헐떡이며 칭칭 감고 있던 목도리를 풀어냈고, 몇 걸음 못 가서는 아예 풀썩 주저앉았다.

"최 피디, 조금만 쉬었다 가자, 응?"

"내 이럴 줄 알았다니까. 고작 이런 체력으로 여길 오자고 한 거였어?"

최나한이 한심하다는 듯 혀를 끌끌 찼다.

"무슨 소리. 눈만 아니면 나도 펄펄 날아."

"알았으니 얼른 일어나."

최나한이 서나래를 일으켜 세우며 노인을 향해 소리쳤다.

"할아버지 같이 가요!"

"그래요. 좀 쉬었다 갑시다."

앞서가던 노인이 걸음을 멈추며 말을 받았다. 최나한이 서나래를 끌다시피 하며 노인에게로 갔다.

"할아버지, 아직 멀었지요?"

서나래가 숨을 몰아쉬며 물었다.

"산에 나무가 많아져서 헷갈리긴 하지만 거의 온 거 같네요."

노인의 말에 서나래가 살았다는 듯 눈밭에 주저앉았다. 눈 내린 산을 바라보던 노인이 나뭇가지 하나를 꺾어 들었다.

"이 나무가 무슨 나무인지 알겠소?"

노인이 가지를 빙글빙글 돌리며 물었다. 서나래와 박카스아줌마는 모른다며 고개를 흔들었고, 최나한이 "그거 생강나무가 아닌가요?" 하고 답했다.

"허허, 맞아요. 우리는 동박나무라고 부르기도 하고 아구사리나무라고 하기도 했소. 담배가 먹고 싶으면 이 나뭇잎을 말아서 먹곤 했지요. 다른 나무 이파리는 연기가 독해 못 먹는데, 이 나무 이파리는 담배 먹는 맛이 났거든요."

노인의 말이 끝나자 이번엔 최나한이 질문을 던졌다.

"어느 책에 보니 담배 냄새가 십리는 간다고 하던데 사실인가요?"

"사실이오. 산 아래에서 담배를 피우면 멀리 있는 우리에게까지 그 냄새가 올라와요. 노랑개나 검둥개 놈들이 먹던 담배가 우리랑 다르니까 냄새만으로도 적이 왔음을 알아차리고 자리를 뜨곤 했지요. 비단 담배뿐이 아니에요. 당시엔 비누라는 기 귀했는데, 검둥개나 노랑개 놈들에겐 비누가 나왔거든요. 그래서 그놈들이 가까이 오면 비누 냄새가 산자락에 확 퍼져요. 그럼 토벌대가 왔구나 하고 다른 길을 잡곤 했지요."

"그렇게 냄새에 민감했던 이유가 있나요?"

최나한이 또 물었다.

"산에서 몇 달만 지내 봐요. 사람도 동물처럼 변해요. 후각도 발달하고 청각도 발달하는데, 그 반응 속도라는 기 동물과 진배없어요. 사람들이 산에 가서 동물을 쉽게 만나지 못하는 이유도 동물이 사람 냄새를 알아차리고 피해주기 때문이거든요."

"그건 저도 동물 다큐를 찍으면서 경험한 바가 있어 공감이 갑니다만, 이렇게 눈이 오는 날엔 잠은 어떻게 잘 것이며 또 식사는 어떻게 해결합니까?"

최나한의 질문이 이어졌다.

"빨치산이 되려면 총 맞아 죽을 각오와 굶어 죽을 각오 그리고 얼어 죽을 각오를 해야 한다고 하잖소. 통일 조국을 이루기 위해 뛰어든 일이니 총 맞아 죽는 거야 영광스런 일이지만 굶어 죽을 각오와 얼어 죽을 각오는 생존의 문제라 차원이 조금은 달라요. 살아야 싸움도 하는데, 싸우기도 전에 굶어 죽을 각오와 얼어 죽을 각오부터 해야 하니 산사람들의 삶이 얼마나 처절했겠습니까."

노인이 잠시 말을 멈추며 목이 마른 듯 눈을 입안 가득 털어 넣었다. 입을 우물우물하여 눈을 녹인 노인은 그것을 꿀꺽 삼키고는 말을 이었다.

"그럼에도 그 일은 피해갈 수가 없어요. 5월부터 10월까지는 나무와 열매가 무성하니 굶어 죽을 일도 얼어 죽을 일도 없지만 이렇게 봄눈이 쏟아지는 날은 정말 괴로워요. 차라리 한겨울이면 눈이라도 덮고 자면 따듯해요. 하지만 이때 내리는 눈은 눈 녹은 물이 땅까지 파고들어 비트를 만들기도 어렵고 그렇다고 낙엽을 긁어모으기도 어려워요. 모든 게 젖어 있으니 식사도 힘들지요. 천막을 치고 싸리까쟁이를 태운다 해도 젖은 나무라 연기가 나거든요. 그러니 낮엔 날콩을 씹으며 배고픔을 달래고 밤이 되어서야 겨우 밥을 해먹곤 했지요. 하지만 이동해야 하는 거리가 있으니 그것조차 건너뛰는 때가 많아요. 사는 게 전투인 것이지요."

"역사의 물줄기를 바꾼 이면에는 반드시 배신자가 있게 마련인데요. 할아버지의 경우에도 그런 배신자가 있었습니까?"

"몇 번 있었소. 부대 작전참모였던 자가 전향을 하여 우리를 토벌하겠다고 노랑개들을 몰고 온 적도 있고, 마을에 있는 세포가 변심을 하여 보급 투쟁 나갔던 대원들이 몰살을 할 뻔도 했고, 포로로 잡힌 대원이 검둥개를 이끌고 비트를 공격하기도 했소. 또 한 번은 어느 지서를 치는데, 미리 정보가 새어나가 개 뛰듯 도망쳐야 했던 순간도 있었소. 아지트로 돌아와 인원을 점검하니 대원 절반이 죽거나 포로로 잡혔더만요. 그땐 참담했지요."

노인이 쓸쓸한 표정을 지으며 지난날을 회고했다.

"영감님, 땀이 식으니 추워지는걸요."

박카스아줌마가 몸을 후들후들 떨며 말했다. 아줌마의 말에 노인이 "그러다 고뿔 걸리겠네. 그만 출발하세." 라며 눈을 툭툭 털어 냈다.

"내 이 산을 이렇게 맘 편하게 오르리라고는 상상도 못했는데, 댁들 덕분에 호사를 누립니다. 허허."

노인이 걸음을 옮기며 말했다. 눈 덮인 산길을 이동할 때 맨 마지막에 오는 대원은 앞서간 대원들의 발자국을 지우는 게 임무였다. 자칫 대원들이 지나간 흔적이 남아 꼬리라도 잡히는 날이면 생사를 넘나드는 일이 반드시 생겼다. 산은 항상 7부 능선을 탔고, 사람과 동물이 오가는 길은 피했다. 노인은 당시를 생각하며 길게 숨을 토해 냈다.

가파른 지대를 오르자 완만한 능선이 나타났다. 능선을 따라 한참을 걷자 늙은 소나무 몇 그루와 눈 덮인 기암이 일행의 앞을 가로막았다. 노인이 주변을 둘러보더니 "여기인 듯싶소." 했다.

"여기는 어떤 장소입니까?"

서나래가 가쁜 숨을 몰아쉬며 물었다.

"고양산에서 토벌대의 공격을 받은 우리는 밤새 달려 여길 도착했소. 그때가 22일 아침이었는데, 눈이 내리는 데다 날까지 훤해져서 더는 갈 수가 없었소. 토벌대의 움직임이 도처에서 감지되고 있었기에 여기에서 낮 시간을 보낼 수밖에 없었지요."

"그날의 작전은 기억나십니까?"

"우린 이미 적에게 노출이 된 상황이라 달리 작전이랄 것도 없었소. 여기에서 눈을 좀 붙인 후 어둠이 내리면 오대산을 넘어 북으로 갈 계획이었는데, 그만 토벌대의 공격을 받았던 거지요."

말을 마친 노인은 배낭에서 제수용품을 주섬주섬 꺼냈다. 이어 손으로 눈을 쓸어 제단을 만들더니 가지고 온 비닐과 흰 종이를 차례로 깔았다. 노인이 〈현고 통일전사 김달삼 부대원 신위〉라고 적힌 지방을 놓고는 일회용 접시를 꺼내 밤과 배, 사과를 올리고 명태포도 진설했다. 단출한 상차림이지만 노인의 표정은 엄숙했으며 또한 경건했다. 향을 피운 노인이 무릎을 꿇고 술잔을 올릴 때에는 박카스아줌마가 집사 노릇을 했다. 술잔을 올린 노인이 두 번 절하고는 무릎을 꿇고 앉았다.

"통일전사 이영진 동지…… 통일전사 박남철 동지…… 통일전사 최흠 동지…… 통일전사 김덕대 동지…… 통일전사 이점례 동지…… 통일전사 강만덕 동지…… 통일전사 김삼용 동지…… 통일전사 홍득칠 동지…… 통일전사 김개똥 동지…… 통일전사 윤삼식 동지…… 통일전사 김은태 동지…… 통일전사 전금이 동지…… 통일전사 양현수 동지……."

노인은 수십 명이나 되는 대원들의 이름을 하나씩 큰 소리로 호명했다. 그때마다 넋으로 떠돌던 대원들이 하나씩 되살아나는 듯 눈발이 세차게 날렸다. 노인의 눈에서 흘러나온 눈물은 주름 깊은 볼을 지나 턱에 잠시 멈추었다가 무릎 위로 뚝뚝 떨어졌다. 노인이 대원들을 불러내는 동안에도 눈은 그치지 않아서 한지로 만든 지방이 젖어들고 배와 사과와 명태포 위에도 하얀 눈이 소복이 쌓였다.

"동지들이여! 그동안 얼마나 무서웠는가! 얼마나 두려웠는가! 얼마나 외로웠는가! 고향에 두고 온 가족은 얼마나 보고팠을 것이며 통일 조국은 또 얼마나 기다리고 기다렸는가! 하지만 세상은 변한 게 하나도 없고 우리가 갈구했던 민족 해방 또한 여적지 이루어지지 않았으니 이 얼마나 통탄하고도 통탄할 일이겠는가. 동지들이여, 미안하다! 동지들이여, 미안하다! 동지들이여, 나만 살아 있어 정말 미안하다!"

노인은 두 주먹을 불끈 쥔 채 대원들을 향해 말을 쏟아 냈다. 눈물은 멈추지 않았고, 목청에선 피가 끓는 듯했다. 최나한은 노인의 표정을 놓치지 않으려 카메라를 근접시켰고, 박카스아줌마는 콧물을 훌쩍이며 울고 있었다.

"영감님, 그만하세요. 이러다 쓰러지시겠어요."

박카스아줌마가 노인을 품어 안으며 눈을 털어 냈다. 핏발선 노인의 눈을 뷰파인더로 들여다보던 최나한이 서나래에게 오케이 사인을 보냈다.

"그래요, 대원들도 할아버지를 고맙게 생각하고 있을 거예요."

서나래가 노인을 일으켜 세우며 말했다. 노인이 비틀거리며 일어서자 박카스아줌마가 부축을 했다.

"양 사령, 잠시만 기다려 보소."

노인이 박카스아줌마의 부축을 뿌리치며 바위 밑으로 갔다. 여기저기 바위 틈을 살피던 노인이 주변의 눈을 쓸어 내기 시작했다. 최나한의 카메라가 바쁘게 움직이며 노인의 뒤를 쫓았다.

"영감님 손 시린데 뭘 하세요?"

박카스아줌마가 노인에게 물었다.

"그날 대원들이 여기에서 쉬고 있었소. 그러니 대원들이 남긴 흔적이 반드시 있을 거요."

노인은 유물 발굴에 나선 사람처럼 질척해진 땅을 조심스럽게 헤집었다. 노인은 그 속에서 녹이 거멓게 슨 놋숟가락 하나를 찾아냈고, 수첩과 형체만 남은 만년필 하나를 추가로 수습했다. 노인은 그것들을 가슴에 품은 채 또다시 오열했다.

"사람은 흔적도 없는데, 너희들은 이렇게 남아 있었구나……."

한참을 울던 노인이 수첩을 이리저리 살피더니 말했다.

"다 지워지고 없구나. 다 지워졌어……."

노인이 찾아낸 수첩은 기름을 먹인 종이에 싸여 있었는데, 오랜 세월이 흐른 탓에 종이는 삭아 너덜거렸고, 수첩 또한 무슨 내용이 적혀 있는지 알아볼 수 없을 정도로 낡아 있었다. 비통에 빠진 노인과 달리 서나래와 최나한은 빨치산들이 사용하던 물건이 발견되자 흥분을 감추지 못했다.

"할아버지, 수첩은 저희가 복원해 보겠습니다."

서나래가 수첩을 받아들며 말했다.

정선에서 돌아온 노인은 몸살을 앓았다. 병원에 가야 한다는 박카스아줌마
와 서나래의 성화가 있었지만 노인은 꿈쩍도 하지 않았다.

"이젠 죽는다 해도 여한이 없어."

노인은 쪽방에서 한 발짝도 움직이지 않겠다고 고집을 부렸다. 박카스아줌
마는 하는 수 없다는 듯 옷가지를 챙겨 노인이 거주하고 있는 쪽방촌으로 거
처를 옮겼다. 그날은 서나래와 최나한이 동행했는데, 쪽방촌 방문이 처음인
두 사람은 열악한 환경과 시설에 고개부터 흔들었다.

1층에서 2층으로 오르는 길은 오직 수직으로 서 있는 나무 계단뿐이었고,
계단 끝에 몸만 겨우 빠져나갈 수 있는 사각 구멍이 있었다. 구멍을 빠져나가
면 비로소 2층에 당도할 수 있었는데, 2층에서 3층으로 오르는 방법 또한 마
찬가지였다.

가장 먼저 3층에 도착한 최나한의 카메라가 부들부들 떨며 계단을 오르는
서나래와 박카스아줌마의 표정을 화면에 담았다. 어둡고 칙칙한 나무 계단을
어렵게 오른 세 사람은 복도도 없이 이어진 노인의 방 앞에 서서 아래를 내려
다보았다. 3층에서 내려다본 1층은 까마득한 지하 공간처럼 느껴졌으며 사람
이 사는 곳이라고는 믿겨지지 않았다.

"이게 사람의 집인가?"

서나래가 고개를 절레절레 흔들며 중얼거렸다.

노인의 방에 이른 세 사람은 어이가 없다는 표정을 지으며 쪽방을 둘러보
았다. 창문 하나 없는 방은 답답하기 이를 데 없었고, 한 사람이 누우면 딱 맞
을 노인의 방엔 방문객이 앉을 공간조차 없었다. 그럼에도 필요한 것은 어지

간히 갖추어져 있었는데, 그 살림살이라는 게 워낙 오래된 것들이라 마치 생활박물관에 온 것만 같았다.

선반 위엔 고물장수조차 집어가지 않을 것 같은 작은 텔레비전 한 대가 놓여 있었고, 그 위 칸엔 검정 구두 한 켤레와 『해방전후사의 인식』과 『남로당사』 같은 책 몇 권이 꽂혀 있었다. 선반 아래엔 시골 여관에나 있을 법한 작은 냉장고와 전기밥솥 그리고 휴대용 가스버너 하나와 코펠 한 세트가 주방 세간으로 놓여 있고, 먼지를 뒤집어 쓴 미니 선풍기와 요강이 두루마리 휴지와 함께 머리맡을 차지하고 있었다. 싱크대는커녕 수도 시설이라는 것도 1층 건물 입구에 있는 수도꼭지 하나가 전부인 듯싶어 방을 둘러보던 박카스아줌마는 한숨부터 내쉬었다.

"아이고마, 연 감옥보다도 더하네. 설거지를 할 데가 있나, 화장실이 있나……."

박카스아줌마는 들고 있던 옷가방을 내려놓지도 못한 채 서성거렸다.

"그 가방은 선반 위에 올려놓게."

노인이 몸을 일으키며 말했다.

"영감님, 반지하방이라고는 해도 여보단 대궐이니 우리 집으로 갑시다."

박카스아줌마가 선반 위에 가방을 올려놓으며 말했다.

"됐네. 불편하긴 해도 난 여기가 좋아."

노인이 고개를 저으며 앉을 자리를 만들었다. 코가 마주 닿을 정도로 서로의 몸을 당겨 앉고서야 박카스아줌마와 서나래가 엉덩이를 붙였는데, 최나한은 방으로 들어오지도 못해 방 입구에 걸터앉았다.

"영감님, 화장실도 없는 이런 곳에서 어떻게 사세요?"

박카스아줌마가 물었다.

"허허, 낮에야 공원에 가서 해결하면 되고 밤에는 요강이 있잖소. 옛날 산에 있을 때보다야 백배 호강하며 사니 걱정 말아요."

노인이 맥없이 웃으며 답했다.

"할아버지, 지난번 반론산에서 가지고 온 수첩 말인데요. 잉크가 번진 데다 종이가 눌어붙어 복원이 쉽지 않다고 해요. 그나마 육안으로 확인할 수 있는 내용이 몇 군데 있어 복원을 해 봤는데, 어떤 상황인지 말씀 좀 해 주시겠어요?"

서나래가 복사한 종이를 노인에게 내밀었다. 노인이 "어디 봅시다." 라며 돋보기를 찾아 썼다. 노인은 복원한 내용을 이리저리 살피더니 "글을 보니 김은태 동지의 수첩이로군요." 라고 말했다.

"부하 대원이었습니까?"

최나한이 물었다. 노인이 "그렇소." 하고는 뭔가를 생각하는 듯 눈을 감았다. 한참 만에 눈을 뜬 노인은 수첩의 주인에 관해 말을 이었다. 노인은 수첩의 주인이 서울 출신으로 강동정치학원을 나온 김은태라고 했다. 김은태는 당시 나이 스물이었으며 고등학교 3학년 재학 중 북으로 올라와 강동정치학원에 입학했다고 했다. 노인이 기억하는 김은태는 감수성이 예민한 데다 착하고 여린 구석까지 있어 빨치산 교육을 받을 때 무척 힘들어했던 청년이었다. 하지만 김은태는 그 역경을 다 이겨냈고, 우수한 성적으로 졸업하여 자신의 부대원이 되었다고 노인은 말했다.

"은태 동지, 평소엔 조용했지만 막상 전투가 벌어지면 누구보다 용맹했지요. 칠보산 전투를 거치면서는 전사 칭호도 받았고요. 책을 많이 읽어서 그런지 혼자 사색하는 걸 즐겼는데, 아마도 좋은 세상을 만났으면 학자나 대학교수가 되었을 그런 사람이었지요. 아까운 목숨이 세상 잘못 만나 그렇게 갔지요. 어이 없이 그렇게 말입니다."

김은태의 수첩을 어루만지던 노인이 끝내 흑흑 울음을 토해 냈다.

그들이 머문 자리

지난 며칠 서나래와 최나한은 쪽방을 드나들며 노인을 인터뷰했다. 제주를 떠난 노인의 행적은 이러했다.

1948년 8월 남조선인민대표자회의에 참석하기 위해 해주로 간 김달삼은 그해 9월 빨치산 양성소인 강동정치학원에 입학했다. 남로당 지도자 박헌영에 의해 만들어진 강동정치학원에선 남쪽에서 올라간 사람들을 대상으로 빨치산 교육을 시켰는데, 이들은 1년 만인 1949년 8월을 전후하여 대거 남한으로 투입되었다. 가장 먼저 투입된 제1병단은 이호재를 사령관으로 하여 오대산에 거점을 두었고, 제2병단은 지리산으로 내려간 이현상 부대였고, 마지막으로 내려온 제3병단은 김달삼과 남도부가 사령관과 부사령관을 맡았으며 그들은 태백산맥을 중심으로 활동했다.

이때 김달삼과 함께 남하한 부대원은 3백여 명이었으며 강동정치학원 출신 중에서도 최정예들로 구성되었다. 그들은 고양산, 백운산, 태백산, 목우산, 선달산, 일월산, 백암산, 주왕산, 내연산, 보현산, 팔공산 등지를 오가며 게릴라 활동을 전개하였다. 이에 맞서 군경은 태백산지구전투사령부를 꾸렸고, 군경 토벌대의 적극적인 토벌로 이들 빨치산은 1950년 봄을 전후하여 소규모 부대로 전락하고 말았다. 그때 부사령관이었던 남도부 등 일부는 북으로 귀환했고 나머지는 지역 빨치산으로 남아 활동하다가 한국전쟁을 맞이했다.

노인은 이야기를 하는 도중 자주 신열이 올랐으며, 인터뷰 또한 그때마다 중단되었다. 열이 펄펄 날 때면 서나래와 박카스아줌마가 교대로 수건에 물을 적셔 노인의 몸에 오른 열을 내려 주었다. 서나래와 박카스아줌마는 그때마다 좁은 쪽방에서 이럴 게 아니라 병원에 가자고 채근을 했으나 노인은 죽어도 병원엔 가지 않을 것이라며 고개를 저었다.

　인터뷰를 마친 최나한은 인터뷰 내용을 토대로 당시 유격대 부사령관이었던 남도부 재판 기록과 맞춰 보았다. 남도부는 본명이 하준수로 경남 함양이 고향이었다. 일제 말기부터 항일 운동을 했던 남도부는 김달삼보다 몇 살 위였으며 강동정치학원을 나온 후 김달삼 부대 부사령관으로 활동하다 1950년 4월 월북하였다. 남도부는 전쟁 하루 전인 1950년 6월 24일 동해 바닷길을 따라 다시 남하하여 빨치산 동해남부사령부 사령관을 지내다 1954년 대구에서 체포되어 이듬해 총살당한 인물이었다.

　남도부 재판 기록에 나타난 김달삼의 행적과 노인의 증언은 대체로 일치했다. 최나한은 그 내용을 토대로 노인의 빨치산 활동 지도를 만들기 시작했다. 꼬박 닷새를 들여 지도를 완성한 최나한은 숨차게 뛰며 싸웠을 그들의 산하를 따라가 보기로 했다.

　서울을 출발한 최나한이 가장 먼저 간 곳은 대구였다. 1946년 10월 1일 촉발된 대구 10월 항쟁은 미군정의 식량 정책에 대한 대구시민들의 분노가 폭발하여 생긴 사건이었다. 미군정이 식량을 배급하던 그 시기, 어디나 비슷했지만 대구의 식량 사정은 더욱 나빴다. 쌀독은 바닥이 났고 야시장에서 거래되는 쌀값은 평소의 60배까지 치솟았다. 참다못한 대구시민들이 들고일어난 건 10월 1일이었다. 거리로 쏟아져 나온 시민들은 "쌀이 아니면 죽음을 달라"며 기아 행진을 시작했다. 굶주린 시민들의 손엔 냄비와 숟가락 등이 들려있었고,

빈 솥을 머리에 이고 나온 아낙도 있었다. 최나한이 대구에서 만난 노인은 당시를 이렇게 회상했다.

"대구 바닥에 식량이 똑 떨어졌는 기라예. 오죽하면 전매청에서 일하는 사람들이 먹을 기 없어 저들이 담배 맨드느라 쓰는 풀을 한 끼 식사로 대신했을라꼬예. 전매청 직원들이 풀을 먹는다는 소문이 나자 우에 사람들이 그 풀을 못 먹게 할라꼬 뻘건 공업용 염료를 타지 않았는교. 그래도 그 풀을 먹었지예. 살아야 하니께로. 그렇게 배가 고파가 들고일어났는데, 대구시장 관사에 가 보니께 창고에 쌀이 가마이로 그득해. 도둑놈의 새끼들이 우린 굶어 뒤지고 있는데, 지들은 쌀을 창고 가득 채워 놓고 배고픈 줄 모르고 지내는 기라. 그러니 시민들이 참고 살 수 있었겠는교?"

대구 시월 항쟁은 그렇게 시작되었다. 희생자가 생겨났고 대구 경북 일대에 피바람이 불었다. 그 기간 대구에서 김달삼을 보았다는 증언이 있어 수소문해 보았으나 그 증언을 뒷받침해 줄 사람은 몇 해 전에 사망하고 없었다. 대신 그가 생전에 남긴 글에서 김달삼이 그 무렵 대구에 있었음을 확인할 수 있었는데, 그때 김달삼은 10월 항쟁 당시 노동자들의 총파업과 관련하여 직간접적으로 관여했음을 알 수 있었다. 실제로 그 시기 김달삼의 부친이 대구에서 작은 버스 회사를 운영하고 있었고, 형인 이승만이 대구에서 모자점을 운영했다고 하니 김달삼이 대구에 있을 가능성은 매우 커 보였다.

최나한이 대구 시청과 시내를 돌아다니며 김달삼 부친이 운영했던 버스 회사나 형이 운영했던 모자점의 위치를 찾아보려 했지만 누구도 그 시절을 기억하는 사람은 없었다.

대구를 떠난 최나한은 김달삼 부대가 머물렀던 영천 보현산을 시작으로 내연산을 거쳐 백암산으로 이동하면서 그 시기 김달삼이 이루려고 했던 세상과 그가 추구하고자 했던 이상은 무엇이었을까 짐작하고 또 짐작해 보았다.

1949년은 이미 남과 북이 대한민국과 조선민주주의인민공화국으로 갈라진 상황이었으니 통일은 곧 전쟁을 의미했다. 남한은 공공연하게 북진 통일을 부르짖었고, 북한 역시 사회주의로의 통일 즉, 남진 통일을 외쳤다. 일제의 패망과 함께 분단된 조국은 인민에게 민주주의와 사회주의 중 하나를 선택하라 강요했고, 그 시대 많은 젊은이와 지성인이 그러했듯 김달삼 또한 사회주의를 선택했다.

김달삼이 넘나들었던 백암산은 험준했다. 백암산을 넘자 수비면이 나타났다. 김달삼 부대가 수시로 드나들었던 수비 들판은 넓고도 외졌다. 드넓은 논에서 거둬들인 벼들은 빨치산의 식량이었으며 벼를 생산한 농민들은 다들 동지였다. 김달삼이 지나간 그 시기 수비면은 추수를 앞둔 가을이기도 했고, 눈이 하얗게 쌓인 벌판이기도 했다. 마을을 한 바퀴 돈 최나한은 차를 주차해 놓은 면사무소 마당으로 돌아왔다.

수비면 소재지는 슈퍼가 하나, 다방이 하나, 노래방이 하나, 중화요리집이 하나, 여인숙이 하나, 백반을 먹을 수 있는 식당 두어 개가 전부일 정도로 작고 아담했다. 마을을 스케치한 최나한은 수비파출소 옆에 있는 중화요리집으로 걸음을 옮겼다. 가게 안으로 들어서자 주방장을 겸하고 있는 주인이 주문을 받고, 잠시 후엔 그의 부인이 하품을 하며 엽차를 내놓았다. 짬뽕과 탕수육을 주문한 최나한은 먼저 나온 단무지와 양파를 안주로 하여 소주를 비우기 시작했다. 길에 어둠이 내리자 최나한은 노인이 찾아낸 대원의 수첩을 펼쳤다.

석보면에서 토벌대에 쫓긴 우리는 이틀을 꼬박 걸어 수비면에 도착했다. 수비면에 당도하자 김달삼 대장은 대원들에게 반나절의 휴식을 주었다. 피곤에 지친 몇몇 대원들은 잠을 자기도 했지만 대부분은 빨래나 총기를 수리하며 낮 시간을 보냈다. 점심 식사가 끝나갈 무렵 레포로부터 토벌대가 수비면으로 향하고 있다는 보고가 들어왔다. 대원들은 밥을 먹다 말고 즉각 전투 준비에 임했다. 김달삼 대장은 대원들을 인솔하여 수비면으로 오르는 고갯길로 달려갔다. 매복을 하고 한참을 기다리니 언덕을 기어오르는 검둥개들이 보였고, 대원들은 검둥개들을 향해 총탄을 쏟아부었다. 산중에 콩 볶는 소리가 요란하자 주변에 있던 산새들이 놀라 푸드덕 하고 먼 산으로 날아갔으며 토벌대 놈들 또한 혼비백산하여 일월면으로 도망쳤다. 나중에 확인해 보니 총탄을 맞아 숨이 끊어진 놈만 아홉이고 부상당한 검둥개가 일곱이나 되었다. 오늘 전투로 노획한 총과 실탄이 상당했는데 보총이 30정에다 실탄 5백 발 기관총이 2문이나 되었다. 석보에서 토벌대에 쫓긴 이후 대원들의 사기가 뚝 떨어져 있었는데, 오늘 전투로 대원들의 사기가 급상승하였다. 수비국민학교로 돌아와 전투 결과를 보고하는데, 김달삼 대장이 모처럼 활짝 웃었다.

최나한이 대원의 수첩을 읽으며 술을 다 마실 때까지 손님은 들지 않았다. 그 사이 주인은 주방을 비워두고 가게에 놀러온 마을 사람과 장기를 두었다. 최나한은 탁탁 장기 두는 소리를 들으며 수비면의 밤을 맞이했고, 삼월 하순 수비 마을의 밤은 겨울밤처럼 스산하면서 추웠다. 중화요리집을 나온 최나한은 면사무소 인근에 있는 여인숙에 여장을 풀고 잠을 청했다.

난방이 되지 않아 간밤을 춥게 보낸 최나한은 이른 아침 영양읍으로 향했다. 영양에 도착한 최나한은 읍내를 돌아다니며 빨치산이나 김달삼의 흔적을 찾아보았지만, 그들은 이미 기억 속에서 지워진 인물이었다. 최나한이 만난 영양 사람들은 과거를 기억하고 있는 것조차 불경스러운 일이라는 듯 빨치산 이야기만 나와도 고개를 설레설레 흔들었다.

해방 공간에서 영양은 남한의 모스크바라는 별칭이 붙을 정도로 좌익의 세가 컸던 마을이었다. 하지만 수십 년의 세월이 흐른 지금의 영양은 우익의 마을로 완벽하게 돌아서 있었고, 김달삼이라는 이름은 영양군에서 발행한 군지에서조차 찾아보기 힘들었다.

김달삼의 흔적을 찾던 최나한은 우연찮게 이병철이라는 시인을 만났다. 전쟁 때 월북한 이병철은 조지훈과 함께 영양의 대표적 시인이었으나 영양에서도 그의 존재를 아는 이는 없었다. 그 이유라는 게 이병철이 월북을 했다는 것이었으니 그에 대해선 달리 할 말도 물을 말도 없었다.

은하 푸른 물에 머리 좀 감아 빗고
달 뜨걸랑 나는 가련다
목숨 수壽자 박힌 정한 그릇으로
체할라 버들잎 띄워 물 좀 먹고
달 뜨걸랑 나는 가련다
삽살개 앞세우곤 좀 쓸쓸하다만
고운 밤에 딸그락딸그락
달 뜨걸랑 나는 가련다

최나한은 군청 앞 사거리 경계석에 걸터앉아 이병철의 시 「나막신」을 읽었다. 이병철의 시가 인쇄된 종이를 배낭에 찔러 넣은 최나한은 그 시절 영양의 밤길을 뛰었을 청년 이병철과 김달삼을 떠올려 보았다.

읍내에서 짜장면으로 아침 겸 점심을 해결한 최나한은 분식점에 들러 김밥 몇 줄을 샀다. 이어 마트에 들러 술과 과일을 산 최나한은 그길로 김달삼 부대가 머물렀던 일월산으로 향했다.

일제가 들어올 땐 의병의 근거지이기도 했던 일월산은 해방이 되고서는 빨치산의 근거지가 되었고, 지금은 그들의 한과 넋을 달래주기라도 하듯 무속신앙의 근거지가 되어 있었다. 반변천 상류로 거슬러 올라간 최나한은 일제 강점기 수탈의 현장이었던 용화제련소 터를 둘러본 후 산행의 출발지인 대티골로 갔다.

대티골로 오르는 일월산은 만만해 보였으나 중간쯤부터는 경사가 심했다. 계단을 오르고 로프를 잡아 가며 일자봉에 이르자 막힌 숨이 탁 트이는 것 같았다. 멀리로 보이는 산들은 가뭇없었고, 태백산과 소백산 등 주변의 산들은 다 일월산을 위해 존재하는 듯 보였다. 일자봉에서 다리쉼을 한 최나한은 월자봉을 거쳐 김달삼 부대의 아지트가 있었던 동화재로 갔다. 한참을 걸어 동화재에 도착한 최나한은 서나래에게 전화를 걸었다.

"나래야, 나 동화재에 무사히 도착했다."

최나한이 힘들어 죽겠다는 듯 숨을 몰아쉬며 말했다.

"어? 거기도 전화가 되네?"

놀란 서나래의 음성이 주변까지 퍼졌다.

"유명한 산은 기지국이 많아 어디나 되더라."

"오케이. 할아버지 보여드리게 인증 샷 보내."

서나래가 통통 튀는 음성으로 말했다. 최나한이 알았다며 전화를 끊고는 주변의 모습을 휴대폰에 담았다. 사진과 동영상을 서나래에게 보낸 최나한은 술과 과일을 꺼내 소박하나마 제상을 차렸다.

최나한은 그 시절 일월산에서 희생된 모든 젊은이들을 위해 제를 올렸다. 술잔에 채워진 술을 주변으로 뿌리던 최나한은 "일월산에서 희생된 모든 영령들이시여. 당신들이 피 흘리며 지키려고 했던 이상과 꿈 이제 다 내려놓으시고 부디 편히 쉬소서." 라는 말을 끝으로 제를 끝냈다. 최나한은 그 모습이 담긴 동영상을 서나래에게 보내곤 잠자리를 찾아 나섰다.

동화재 인근을 헤매던 최나한은 어둠이 내릴 무렵에야 빨치산이 머물렀을 법한 동굴 하나를 찾아냈다. 동굴은 생각보다 아늑했고, 바닥엔 불을 지핀 흔적까지 있었다. 김밥으로 저녁을 때운 최나한은 챙겨온 팩 소주를 홀짝이며 대원의 수첩을 꺼냈다.

1. 취사 시 화목은 반드시 싸리나무나 맹감나무로 밥을 짓고 불을 놓도록 해야 한다. 연기는 절대 금물이다. 한 올의 연기가 백 명의 적을 부른다.

2. 취사 시 그릇을 취급함에 있어서 쇳소리나 양철 소리가 나지 않도록 주의하라. 그 소리는 협곡을 건너 먼 산봉우리까지 옮겨가 적을 부른다.

3. 시간을 단축하라. 식사 시간과 취사 시간에 가장 많은 피해를 입었다. 과거의 쓰라린 경험이다.

4. 식사 시간은 십 분으로 하고 담화는 절대 금한다. 자기가 먹은 그릇은 자기가 책임지고 처리한다. 호상 협조하고 끝나면 즉시 비상 태세를 취하라.

5. 행군 시 자기 대열에서 이탈하지 말고 앞뒤 사람과 일정한 간격을 유지하라.

6. 행군 시 발자욱과 음성을 높이지 말며 후방 감시자는 대원들의 눈 발자욱을 반드시 지워야 한다.

7. 비상선 암호는 자기 생명과 같이하여야 한다. 한두 끼 굶더라도 목적지엔 반드시 도착하여야 한다.

8. 행군 시 적에게 발견되더라도 당황하지 말고……

더 이상의 기록은 지워져 보이지 않았다. 번호가 나열된 것으로 보아 빨치산 전 대원에게 하달한 명령이나 지침인 듯 보였다. 최나한은 소주를 들이키며 다음 장을 넘겼다.

제주에서 온 석갑주 동지가 전사영예훈장을 받았다. 동지는 1948년 4월 3일 제주도 인민 봉기 시에 적의 행정 기관과 수송로 등을 파괴하는 전투에 참가하여 반동 2명을 숙청하고 경찰 4명을 살상하고 보총 4정과 실탄 120발을 로획하는 전공을 세운 전사였다. 육지에 와서는 1949년 11월에 봉화군 소천면 지서 습격 전에도 참가하여 수류탄을 지서에 명중시켜 불이 나게 한 공과 1950년 1월 백암산 전투에서 적 2명을 포로로 잡은 등의 공을 인정받아 전사훈장을 받았다. 검둥개와 노랑개들의 공격이 살벌해도 우리는 이처럼 용맹하다. 통일 조국이 머지않았다.

서나래로부터 문자가 왔다. 일월산이 변했는지 할아버지께서 도무지 어디가 어딘지 알아보지 못한다는 내용이었다. 하긴 당시만 해도 일월산이 지금과 같은 울창한 숲은 아니었을 것이다. 최나한은 산자락을 훑어 내려오는 바람소리를 들으며 다음 장을 넘겼다.

1. 우리는 인민유격대로서 인민의 적과 싸울 준비가 충분히 되어 있는가.

2. 우리는 광대한 적과 싸워서 승리할 전투 태세가 되어 있는가.

3. 우리는 조국과 인민을 위해 싸우는 전사로서 양심적으로 가책되는 일이 없는가.

4. 우리는 자기에게 부과되는 사명을 회피한 일이 없는가.

5. 우리는 사적 문제로 국가 사업에 해를 준 일이 없는가.

6. 우리는 추위와 주림을 못 이겨 사업에 해를 준 일이 없는가.

땀이 식으며 한기가 돌았다. 최나한은 배낭에서 침낭을 꺼냈다. 침낭 안으로 들어가자 살 것 같았다. 최나한은 다음 장을 넘겼다.

재산면으로 보급 투쟁을 나갔던 대원 한 명이 돌아오지 않았다. 춥고 배고픈 것을 견디지 못한 대원이었다. 적에게 투항한 대원이 검둥개를 끌고 오기 전 머물고 있던 비트를 떠났다. 새로운 비트는 마을과 가까워 밥때만 되면 밥하는 냄새가 올라와 괴롭다.

밥하는 냄새로 인해 괴로웠다는 대원의 배고픔이 눈에 선해 최나한은 안주로 준비한 육포를 차마 먹지 못했다. 대신 담배를 피워 물고 다음 장을 넘겼다.

남조선 노랑개들이 문경 산북면의 한 마을 주민 전체를 총살하고 마을을 불태웠다는 보고가 들어왔다. 어린아이와 부녀자들 그리고 노인들이 집단으로 몰살당했단다. 그들이 무슨 죄가 있어 학살인가. 곧 복수할 것이다. 기다려라, 미제의 주구 노랑개들아!

어둠이 내려앉아 일기는 더 이상 보이지 않았다. 최나한은 아련하게 보이는 마을의 불빛을 바라보며 일월산에서 긴 어둠을 보냈을 대원들을 떠올렸다. 그리고 허벅지까지 묻히는 눈길을 내려가 지서를 공격하고 돌아서는 대원들의 숨 가쁜 걸음을 생각하고, 돌아오는 길 마음속으로 부르고 또 불렀을 빨치산 노래를 생각했다.

태백산맥에 눈 나린다. 총을 메어라 출진이다
눈보라는 밀림에 우나 마음속엔 피 끓는다
높은 산을 넘어 넘어 눈에 묻혀 사라진 길을 열고
빨치산이 영을 내린다. 원쑤를 찾아 영을 내린다

참고 견디는 고향 마을 만나러 가자 출진이다
고난에 찬 산중에서도 승리의 날을 믿었노라
높은 산을 넘어 넘어 눈에 묻혀 사라진 길을 열고
빨치산이 영을 내린다. 원쑤를 찾아 영을 내린다

팩 소주 하나를 더 비우자 어둠은 완전히 깊어 갔다. 하늘엔 별이 가득했으며 어디선가 고라니 울음소리가 한참이나 들려왔다.

남대리

일월산을 떠난 최나한은 재산과 춘양을 거쳐 부석에 와서 저녁을 먹었다. 부석에서 남대리로 넘어가는 마구령 정상에 이르렀을 땐 어둠이 내리기 시작했고, 하늘엔 초저녁별이 반짝였다. 고갯길을 굽이굽이 내려가자 어둠에 묻힌 남대리가 나타났다. 최나한이 차량을 몰고 여기저기를 기웃거렸지만 마을은 개 짖는 소리조차 나지 않았다.

잠시 후 최나한은 불빛이 새어 나오는 한 민박집을 찾아들었다. 일월산에서 춥게 밤을 보낸 최나한은 금방 곯아떨어졌고, 수첩에 적힌 대원의 일기는 새벽에야 읽었다.

적들의 공세가 한층 심해졌다. 비트를 차릴 겨를도 없이 적들의 공격이 시작되었다. 한 번씩 공격을 받을 때마다 대원들의 수는 점점 줄어들었고, 선과 선이 다 끊어져 고립되는 날 또한 많아졌다. 결국 김달삼 대장으로부터 북으로 귀환한다는 명이 떨어졌다. 임무를 완수하지 못하고 귀환한다는 생각에 눈물이 핑 돌았다.

동이 터 오는지 문틈으로 환한 빛이 스며들었다. 최나한은 다음 장을 넘겼다.

등 뒤에서 들려오던 총소리가 잠잠해졌다. 그 사이 대원들은 두 개의 계곡을 건너뛰었다. 김달삼 대장은 잔설이 쌓인 너덜 지대에 모여 인원을 점검했다. 다섯이 비었다. 숨이 턱까지 차올랐지만 오래 머물 수도 없었다. 오대산까지만 가면 마중 나온 지원 부대를 만날 수 있을 것이다. 오대산까지는 빨라야 나흘 거리였으니 날이 밝기 전까지는 선달산에 도착해야 했다. 대장이 대원들을 재촉했다.

"동지들, 여기서 개죽음을 당할 순 없소. 토벌대의 총알이 어디서 날아올지 모르는 곳이니 어서 출발합시다."

총성이 가까워지는 듯하여 마음은 급했다. 발싸개는 어디서 벗겨졌는지 발은 맨발이었다. 얼어 죽을 각오가 아니었다면 견디기 힘든 밤이었다.

이 새벽 김달삼의 급박한 외침이 들리는 듯했다. 최나한은 문밖을 향해 귀를 기울이다가 다음 장을 넘겼다.

선달산에 이르렀을 때 눈발이 날리기 시작했다. 푸슬푸슬 내리던 눈발은 곧 함박눈으로 바뀌었다. 습기를 잔뜩 머금은 봄눈이었다. 땀으로 흠뻑 젖은 옷은 함박눈까지 맞아 물기가 뚝뚝 흘렀다. 산 아래는 비가 내리는지 주변은 안개로 자욱했다. 최악의 날이었다.

최나한은 최악의 날이었다는 대원의 일기를 곱씹으며 민박집을 나섰다. 이른 아침의 남대리는 날아든 새소리로 가득했으며 마을을 적시며 흐르는 개울은 청량해 보였다. 마을을 한 바퀴 돈 최나한은 지도를 펴 들고 선달산을 올랐다. 선달산은 한달음에 오르긴 힘이 부칠 정도로 높고 거칠었다. 산중에서 김달삼 부대가 머물렀을 법한 곳을 찾아 이리저리 헤맸지만 노인이 말한 빨치산 석성은 보이지 않았다.

최나한이 빨치산 석성을 발견한 것은 산자락을 휘돌아 마을로 내려오는 길에서였다. 빨치산이 토벌대와의 전투를 위해 쌓았다는 석성은 길이가 백여 미터 가까이 되어 보이지만 마른 덤불이 우거진 데다 곳곳이 허물어져 있었다. 석성 주변은 빨치산과 토벌대 간의 치열한 전투가 있었던 곳이라고 믿기 어려울 정도로 고즈넉했다. 빨치산 석성을 카메라에 담은 최나한은 지난 역사를 뒤로하고 산을 내려왔다.

최나한이 민박집 마당에 들어서자 민박집 주인은 사과나무 밭에 다녀오는 길이라며 장화에 묻은 흙을 털고 있었다. 그 시간 그의 부인은 최나한의 아침상을 차리느라 시래깃국을 끓이고 있었으며 밥은 차조를 듬뿍 넣은 조밥이었다. 최나한은 민박집 남자와 겸상을 하게 되었는데, 환갑이 훨씬 넘은 주인 남자는 아침부터 술 단지를 꺼내왔다.

"백년 묵은 산삼으로 내린 술인데 이기 저녁에 마시면 음기가 뻗치고 아침에 마시면 양기가 팍 뻗친다 안 합니껴."

주인 남자의 강권에 최나한도 산삼 술 한 잔을 받았다. 술 향은 코를 찔렀으나 맛은 의외로 깊게 느껴졌다.

"선달산 산삼 맛이 좋지예?"

주인 남자의 물음에 최나한은 맛이 좋다고 말해 주었다.

"손님은 어디서 오셨는지 어젠 일찍 주무시데예."

"일월산에서 왔습니다."

"아고마, 먼 길을 왔너더."

주인 남자가 그렇게 말을 하더니 어릴 적 마구령을 넘어 다니던 이야기를 하기 시작했다. 옆에서 파를 다듬고 있던 부인이 또 옛날이야기를 하고 있다며 지청구를 주었으나 남자는 들은 척도 하지 않았다.

"말도 마이소. 연 대한민국에서 가장 고라데이 마을인기라. 이 마을이 강원
도와 충청북도 경상북도의 경계 지점에 있는데 김삿갓 마을로 흐르는 개울의
상류 마을이면서도 행정 구역상으로는 경상북도에 속해 있다 아입니껴. 여서
장을 볼라카믄 단양장으로 갈 수도 있고 영월장으로 갈 수도 있지만 그중에
서도 가장 가차운 기 마구령 너머 있는 부석 오일장인기라."

"듣기로는 이 마을에도 빨치산이 많이 들렀다고 하던데 사실인가요?"

최나한이 남은 술을 마저 비우며 슬그머니 물었다.

"하모요. 뒷산에 가면 빨치산들이 쌓은 성도 있다 안 합니껴."

"석성은 저도 봤습니다."

"그 석성을 이 동네 사는 아바이들이 쌓았다 안 합니껴. 그 때문에 아바이들
이 경찰에 붙잽혀 가선 난리를 당했지예."

"그러셨군요. 빨치산이 석성을 쌓을 정도면 이 마을에서 빨치산과 토벌대
간의 전투가 심했던 모양입니다."

"아이고, 여가 고라데이긴 하지만서도 백두대간에서 소백산맥으로 갈라지
는 동네로 요즘 말로 하자면 교통의 요충지 아이니껴. 글다보이 일제 때부터
의병이란 의병은 이리 다 지나갔고 빨치산이란 빨치산도 이 마을로 다 지나
갔다 아잉교. 지리산으로 간 이현상 부대도 이리 가고, 영양으로 간 김달삼 부
대도 이리 가고, 난중에 붙잽혀서 총살당한 남도부 부대도 이리 지나가고, 박
종근 부대도 지나가고 그랬지예."

"햐, 동네 역사를 훤하게 알고 계시네요?"

최나한이 놀랍다는 표정을 지으며 말했다.

"머예, 다 집안 어른들이 겪었던 일이라 아는 거뿐이라예."

"어르신들에게 무슨 일이 있었습니까?"

"머 별거 있능교. 할아바이 때는 의병들에게 밥해줬다 캐서 관군에게 끌려가 맞아 죽었고, 아바이 때는 빨치산을 위해 성을 쌓았다 캐서 경찰에게 끌려가 맞아 죽고 그랬지예. 머 우리 집만 그른 기 아이고 다른 집도 다들 그랬지예."

주인 남자의 말에 부인이 "손님 앞에서 그런 얘긴 머할라꼬 하니껴." 라고 핀잔을 주었다.

"머가 어때서 지랄이노. 밥해 달라꼬 해서 밥해줬다고 말하는 기 머 잘못된 기나. 그래도 빨치산은 밥 먹고 낭중에 세상 바뀌면 돈으로 쳐준다는 군표나 줬지 토벌대는 군표는커녕 말도 읎이 가지 않았나베."

주인 남자가 부인을 향해 목소리를 높였다.

"아이고 즈그 아부지. 지금이 으떤 시상인 줄 알고나 그런 얘길 씨불이는교. 고만두이소 마."

부인도 지지 않고 나섰다.

"이 애핀네가 사나들 얘기하는데 어딜 자꾸 나서노!"

주인 남자가 밥상을 엎기라도 할 기세로 밥상을 들었다 났다 했다.

"밥상을 잡았으면 저번 맨치로 던지라. 와 안 던지노!"

부인이 팔소매를 걷어붙이며 목소리를 높였다.

최나한은 괜한 걸 물어 부부 싸움이나 만들었다는 생각이 들어 슬그머니 수저를 내려놓았다. 최나한이 어색한 표정을 지으며 두 사람을 향해 가볍게 인사를 하자 주인 남자가 물었다.

"얘기가 안즉 안 끝났는데 와 벌써 일어나는교?"

"이제 떠나야 해서요."

"오늘은 어데로 가니껴?"

"영월 중동에 갔다가 정선으로 해서 서울로 돌아가야 합니다."

"아이고 마, 먼 길 가니더. 그럼 살펴 가이소."

최나한이 하룻밤 잘 묵고 간다며 민박집을 나섰다. 주인 남자가 마당까지 나와 최나한을 배웅하는가 싶더니 집 안에 있는 부인을 향해 "니 사나들 말하는데 자꾸만 참견할 끼가!" 라고 소리쳤다. 잠시 후엔 부인의 욕설도 마당으로 쏟아져 나왔는데, 최나한의 귀에까지 들리지는 않았다.

녹전

중동면사무소를 나온 최나한은 녹전 삼거리 다리목에 차를 세우고 목우산을 카메라에 담았다. 삼월 말의 목우산은 일월산과 마찬가지로 겨울 산처럼 휑했다. 목우산은 백운산과 함백산 태백산을 연결하는 빨치산 이동로인데, 남으로는 선달산과 문수산 일월산으로 이어지고 북으로는 가리왕산과 오대산으로 연결되는 주요 길목 중 하나였다. 무엇보다 인근에 일제가 건설한 영월 화력발전소와 상동 중석 광산 등이 있어 빨치산과 노동자의 연대가 어느 곳보다 활발했던 곳이었다. 최나한은 대원이 남긴 수첩을 펼치며 당시에 있었던 일들을 그려 보았다.

목우산에도 단풍이 들었다. 상동 광산 노동자들에 이어 녹전 마을 인민들의 환영이 대단하다. 이 지역 빨치산 활동 또한 활발해 보여 마음이 든든했다. 민족 해방의 길이 머지않았다.

서나래로부터 취재가 잘 되고 있느냐는 내용의 전화가 걸려 왔다. 최나한은 취재는 잘 되고 있으며 현재 빨치산 루트를 따라 북상 중이라고 대답해 주었다. 전화를 끊은 최나한은 다시 대원의 수첩을 펼쳤다.

녹전 마을에 내려갔던 대원들이 닭 몇 마리를 구해 왔다. 닭을 끓여 살은

발라 먹고 닭기름을 충분히 내었다. 참기름과 들기름은 총기에 눌어붙는 성질을 가지고 있어 총기 손질에 적당하지 않은데 반해 닭기름은 그런 일이 없어 총기를 손질하기엔 그만이었다. 그 때문에 우리에게 닭기름은 쌀이나 보리보다도 귀한 대접을 받았다. 다음 날은 출정을 앞둔 날이라 모두들 닭기름으로 총기를 손질하며 낮 시간을 보냈다. 남은 닭기름은 잘 갈무리하여 나와 김현채 대원이 간수하기로 했다.

녹전 삼거리를 오르내리며 마을 스케치를 끝낸 최나한은 차를 몰아 마을에 있는 호국경찰전적비로 향했다. 마을을 굽이치는 옥동천은 맑게 흐르고 있었고, 도로 공사를 하는 것 외엔 마을은 고즈넉해 보였다. 전적비는 마을의 뒷산 격인 목우산 아래에 자리 잡고 있었는데, 계단을 한참 올라야 했다. 최나한의 기대와 달리 전적비는 빨치산과 관련된 것이 아니라 전쟁 중 목숨을 잃은 경찰을 추모하기 위해 만들어진 것이었다. 전적비를 떠나 마을로 내려온 최나한은 녹전 마을회관으로 차를 몰았다.

"전적비는 다녀오셨습니까?"

중동면사무소에 근무하는 면 직원이 마을 노인 몇과 함께 최나한을 기다리고 있었다.

"예, 전쟁 때 이 마을에서도 전투가 치열했던 모양이더군요."

"예. 여기가 광산이 있는 데다 영월 화력발전소로 가는 길목이라서요. 거기 보시면 경찰 분들의 비석이 쭉 있잖아요? 그분들이 그때 여길 지키다 산화하신 분들이거든요."

면 직원이 그렇게 말하곤 노인들을 소개했다.

"에, 여기에 계신 어르신들이 이 마을의 가장 연장자 되십니다. 궁금한 점이 있으시면 여쭤 보시고 부족하다 싶으면 면사무소로 오세요. 아셨죠?"

면 직원은 마을의 노인회장과 몇 명의 노인을 소개하고는 민원이 있다며 면사무소로 돌아갔다. 간단한 인사가 있고 노인들은 최나한을 마을회관으로 들였다. 회관 안엔 할머니 몇이 화투를 치고 있었고, 노인들은 병 막걸리를 내왔다. 최나한은 준비한 음료수 박스를 노인들에게 내밀며 "마을이 참 아름답습니다." 라고 인사를 했다. 노인회장이 "그래도 지금은 마이 변한 택입니다. 그전엔 물도 좋고 산도 좋고 참 살기 좋았지요." 라며 막걸리 잔을 최나한에게 건넸다.

"면 직원 말루는 방송국에서 오셨다고 하던데, 우짠 일루다 우릴 보자고 했소?"

노인회장이 막걸리 잔을 비우며 물었다.

"아, 예. 해방 직후 이 마을 사람들은 어떤 일을 겪으며 살았는지 그걸 여쭤 보려고 왔습니다. 해방 전후에 있었던 일들 중에서 아무 이야기나 좋습니다."

최나한이 카메라를 꺼내며 말했다.

"아이구, 해방된 기 벌써 은제 쩍 일인디 그기 기억이 납니까. 아들 생일도 잊어버리기 일쑨데."

노인회장이 그렇게 말하더니 "암만 해도 이런 얘긴 형님이 하셔야겠수." 라며 중절모자를 쓴 노인을 가리켰다.

"머 낸도 해방될 때 나이가 열다섯인가 그런데, 멀 알겠어."

노인이 고개를 저으며 말했다.

"아 그래도 형님 집안은 이 동네에서 구장도 하고 경찰도 하고 그랬잖소."

앞니가 두어 개 빠진 노인이 나섰다.

"그거야 선친과 외숙부가 했지 내가 했남."

노인이 말했다.

"1949년 여름부터 1950년 초까지 이 동네에서 빨치산과 토벌대의 전투가 심했다고 들었습니다. 그때 상황을 아시는 게 있으신지요?"

"아, 그때 일이 궁금해서 오셨구먼. 빨치산을 토벌할 때의 일이라면 생생하게 기억하지요."

노인이 안경을 고쳐 쓰며 말을 이었다.

"빨치산들이 목우산에 본부를 차려 놓고는 저녁만 되면 마을 주민을 집합시켜요. 나오리는데 나가야지 우쩝니까. 나가면 노동자와 농민이 대접받는 세상이 곧 올 기라면서 사상 교육을 해대는데요. 토지를 무상으로 분배한다는 말이 나올 땐 마을 사람들이 박수를 치고 난리도 아니었어요."

최나한은 노인의 이야기를 들으며 면사무소에서 받은 자료와 비교해 보았다. 중절모를 쓴 노인의 이야기와 지역에서 만든 자료는 대체로 비슷했다. 면사무소에서 받은 자료는 당시를 이렇게 기술해 놓고 있었다.

목우산은 험준한 산악 지대로 남로당의 빨치산과 남침한 야산 유격대들의 본거지였다. 1949년 강동정치학원 출신인 대대장 박갑수(영월, 가명 虎林)는 군사 사상 책임자 연규백을 중심으로 목우산에 본부를 설치하였다. 이들은 남로당 재건 공작과 우익 인사에 대한 살상과 식량, 금품, 의류 등의 약탈을 일삼았다. 그 후 이들의 활동을 탐지한 엄정주 영월경찰서장(6代 국회의원)이 이들의 검거에 나섰다. 그 결과 남로당 상동 광산책 양귀용과 250여 명, 상동면당책 김장수 이하 각 리책 및 세포 조직 120명, 그 외에도 강원도당 군사부 위원 정충조를 비롯하여 강원도 군사 세포 책임자, 주천 고급중학교 책임자, 주천면당책, 보급책, 남면당책 등 수백 명을 체포하여 빨치산의 하부 조직을 뿌리 뽑았다. 그러나 연규백은 8월 22일 서울로 압송 중 영월 소나기재에서 호송 책임자인 박인근 경사와 강병학 순경의 권총을 탈취하여 두 사람을 쏘아서 중상을 입혔다. 목우산으로 도주한 연규백은 빨치산 대원들의 사기 앙양을 위해 1949년 12월 21일 저녁 8시에 직동리를 습격하여 반동분자 숙청이라는 명목으로 우익 청년단 10여 명을 사살하고 마을을 불태운 채 화절치를 넘어 정선군 사북 백운산으로 갔다가 다음 해에 다시 목우산으로 숨어들었다.

1950년 2월 8일 밤 11시 30분 상동 지서에서는 박운선 형사 등 경찰관 5명이 자수자인 하동면당책 임무상과 임기상, 김타룡, 고성술과 함께 목우산의 아지트를 공격하여 군사책 연규백과 유격 대대장 박갑수 외 3명을 사살하고 나머지 4명은 생포함으로써 영월 지역의 빨치산 조직은 완전히 무너졌다.

"빨치산이 이 마을로 몰려든 이유가 있다면 뭐가 있을까요?"

"아무래도 일제 때 문을 연 중석 광산과 영월 탄광의 노동자들 때문이 아닐까요. 당시 광산에서 일하던 노동자들이 몇천 명은 되었거든요. 그 사람들이 파업을 한다며 한번 들고일어나면 경찰도 벌벌 떨었어요. 광산엔 다이너마이트 같은 폭약이 많았거든요."

"광산 노동자들과 빨치산이 연계가 있었다는 거군요."

"영월 지역의 빨치산 본부가 목우산에 있었으니 당연하지 않았겠습니까."

"경찰이셨던 외숙부는 어떻게 되셨습니까?"

최나한이 중절모를 쓴 노인의 잔에 막걸리를 채우며 물었다.

"나라가 그 지경이니 어떻게 됐겠소. 빨치산을 토벌할 때야 살아남았는데, 전쟁 때 제천 전투에서 돌아가시고 말았지요."

"아버님은요?"

최나한이 이번엔 조심스럽게 물었다. 중절모를 쓴 노인이 "우리 아버님이요?" 하곤 코를 팽 풀더니 말을 이었다.

　"아버님이야 지주도 아니고 그렇다고 빨갱이도 아니니 낮엔 국방군을 돕는 척하고 밤엔 빨갱이를 돕는 척하며 목숨을 연명했지요. 지금 생각해보면 아버님이 처신을 잘하신 거지요. 괜히 어느 편이라도 들었다간 어느 밤에 죽어나갈지 모르던 세상 아니었던가요."

　중절모를 쓴 노인이 쓸쓸하게 웃으며 말했다. 최나한이 노인들에게 더 아는 게 없냐고 묻자 이번엔 오른쪽 손이 없는 노인이 나섰다.

　"지금이야 이 동네가 중동면이지만 그때만 해도 상동면사무소가 이 마을에 있었거든요. 사실 상동면은 옛날부터 아픔이 많은 땅이래요. 해월 최시형 선생이 직동에 머물 땐 동학 때문에 피해를 봤고, 일제가 들어와 의병이 일어났을 땐 의병 때문에 피해를 봤고, 일제 땐 독립운동 한다며 피해를 봤고, 나라가 갈라진 후엔 빨치산 때문에 피해를 봤어요. 이래저래 피해를 보며 살았는데요. 지금 생각해 보면 동학이나 의병이나 독립운동이나 빨치산이나 다들 나라를 위해 한 일 같은데, 뭔 일이든 나서면 전부 다 빨갱이 취급을 받아요. 나쁜 짓을 한 건 일본 놈과 친일파 놈들인데 말이래요. 안 그래요?"

　"허허, 이 사람 그런 소리 하지 마. 그러다 잽혀가 알어?"

　노인회장이 목청을 높였다.

　"머 사실을 사실대로 말하는데 머가 잘못이여. 이 나란 그런 자유도 읎나?"

　손이 없는 노인도 지지 않았다.

　"허, 이 사람 나이를 헛먹었나. 누군들 세상에 대고 하고 싶은 말이 없어 이렇게 숨죽이고 사는 줄 아는가? 세상이 아무리 독해도 죽은 척하고 사는 기여. 괜히 끼어들었다간 정 맞아. 알어?"

두 노인이 티격태격하며 말을 주고받았다. 노인회장의 말이나 손이 없는 노인의 말이나 틀린 말은 아니었다. 하지만 그 이야기로 시간을 보낼 순 없어 "잠시만요." 하고는 노인들에게 물었다.

"어르신들, 당시 빨치산 중에서 김달삼이라는 이름은 들어보셨습니까? 빨치산 사령관이었는데요."

최나한의 말에 다들 고개를 갸우뚱거리며 "들어본 것도 같은 이름인데……." 라고 중얼거렸다. 그때 옆에서 화투를 치던 할머니가 화투장을 흔들며 한마디 했다.

"아 왜 어느 해 가을쯤인가. 면사무소 마당에 상동 사람들이 다 모였던 적 있잖애. 그때 김달삼인가 뭔가 하는 높은 사람이 왔다며 동네가 떠들썩했던 거 기억 안나?"

"아아, 기억나요. 빨치산 수백 명이 부대를 이루며 마을로 들어오는데, 다들 만세도 부르고 그랬지요. 누님은 연세가 몇인데 안즉도 그때 일을 기억하고 계세요. 참 총구도 좋으시네."

노인회장이 손뼉을 치며 할머니에게 다가갔다. 최나한의 카메라가 노인회장과 할머니를 따라갔다.

"총구가 좋아서 기억하나? 그때 내 오빠 하나가 그이들을 따라 산으로 들어갔으니 기억하는 기지."

할머니가 입을 삐죽하니 내밀며 말했다.

"아아, 맞네 맞어. 그때 동네 형님들 여럿이 그들을 따라 산으로 갔었지요."

노인회장이 자신의 무릎을 치며 고개를 끄덕였다.

"오빠라는 분은 그 후에 어떻게 되셨는지 아세요?"

최나한이 할머니의 얼굴을 클로즈업하며 물었다.

"오빠가 떠난 지 두어 달쯤 되었나. 어느 날 지나는 길에 들렀다며 집에 불쑥 왔어. 잠자는 날 깨우더니 나헌티 손목시계 하날 줘 선물이라며. 내가 오빠 얼굴을 빤히 올려다보았는데, 씻지도 못했는지 얼굴이 새카매. 오빠 얼굴이 무섭기도 하고 불쌍하기도 해서 눈물이 막 나와. 오빠가 그런 날 꼭 안아주며 다독이더니 어머이가 차려주는 밥을 허겁지겁 먹어. 그러더니 어머이헌테 꼭 살아 계시라고 큰절을 넙죽 하곤 뚝 떠나가데. 그때 내가 오빠 따라가겠다며 얼마나 울었던지……. 그 이후론 죽었는지 살았는지 지금까지 아무 연락도 없어."

말을 마친 할머니가 눈가를 손등으로 훔쳤다.

"그때 오빠에게 받은 시계는 혹시 가지고 계신가요?"

"웬걸. 아버이가 빨갱이헌티 받은 시계 가지고 있다간 난리난다며 도꾸로 깨부시더니 땅에 파묻었어. 그 땅엔 길이 난 지 오래고."

"오빠 분의 성함은 어떻게 되시는데요?"

"이진철이야. 키가 훤칠하고 잘 생겼지. 똑똑하기도 했고."

할머니가 옛날 생각을 하는지 눈을 지그시 감았다.

"맞아요. 진철이 형님 인물이야 동네서 자자했지요. 그 당시 녹전에서 대학 나온 사람이라곤 진철이 형님뿐이었으니 아까운 인물 하나 잃은 셈이죠."

노인회장이 맞장구를 쳤다.

"에휴, 흉악한 세상을 만난 오빠가 잘못이지 누구 탓을 하겠어."

할머니가 화투장을 접으며 창밖을 바라보았다. 해는 서산으로 기울고 있었고, 옥동천에 된바람이 불었다.

만항

녹전 마을에서 함백산 만항재까지는 한 시간도 걸리지 않았다. 대한민국에서 차로 오를 수 있는 가장 높은 고개인 만항재는 그 높이가 1,330미터나 되었다. 삼월 말의 만항재는 흰 눈이 쌓여 있었으며 불어오는 바람은 겨울바람처럼 차고 시리게 느껴졌다.

만항재 정상에서 고개를 넘어가면 정선이고 온 길을 되짚어가면 영월로 가고 그 반대 방향은 태백으로 이어진다. 정선 땅과 영월 땅 그리고 태백시 땅과 경계 지점에 있는 만항재는 빨치산의 주요 이동로였다. 만항재 정상에서 남으로 가면 백운산과 직동을 거쳐 목우산과 연결되고 동으로 가면 태백산과 일월산으로 연결되며 북으로 가면 오대산을 지나 휴전선을 넘게 되는데, 김달삼 부대의 퇴로 역시 만항재였다.

고개 정상에 서서 주변을 둘러보던 최나한은 불어오는 바람을 견디지 못하고 만항재 고갯마루에 있는 매점으로 향했다. 매점에 들어서자 여주인은 정선 아라리를 흥얼거리며 최나한을 맞았다. 뜨거운 어묵국을 시켜놓은 최나한은 여주인이 부르는 소리를 들으며 대원이 남긴 수첩을 펼쳤다.

산에서 산으로 도망치는 일이 진력이 난 걸까. 자꾸만 산에 고립된다는 생각이 든다. 밤이 되면 따끈한 구들이 있는 집이 그리워지고 어머니가 해주신 고봉밥이 그리워진다. 그래서인지 눈이 하얗게 쌓인 함백산 봉우리가 마치 고봉밥처럼 희고 높아 보인다. 배가 고파 이젠 걷기도 힘들다.

어묵을 집어 먹던 최나한의 손이 괜히 미안해졌다. 젓가락을 내려놓은 최나한은 국물을 후룩 들이키고는 다음 장을 넘겼다.

전투 중 파편상을 입었다. 심한 부상은 아니었으나 그렇다고 해서 이대로 둘 상황 또한 아니어서 환자트로 갔다. 대원들에게는 미안한 일이지만 부상당한 게 차라리 고맙다는 생각이 들었다. 치료를 받던 중 미래를 약속한 여성 동지를 만났기 때문이다. 우리는 대원들의 눈을 피해 많은 대화를 나누었다. 간호대원인 그녀는 순흥 출신으로 독립운동가 집안의 장녀라고 했다. 그녀는 밀려드는 환자를 치료해 주느라 잠도 제대로 자지 못했지만 항상 웃음을 잃지 않았다. 하지만 약은 턱없이 부족했고 수술 도구라는 것도 실, 바늘과 가위가 전부였다. 몸을 운신할 수 있는 대원들이 그녀를 도왔지만 그녀의 일은 좀처럼 줄어들지 않았다. 그녀는 눈을 녹여 뜨거운 물을 쉼 없이 끓여 냈고 물을 자주 만진 탓에 손이 터서 피가 나기도 했다. 나는 그런 그녀에게 총기 손질을 위해 보관해 두었던 닭기름을 선물로 주었다. 그녀가 고맙다며 부끄러운 듯 웃었지만 나는 그런 그녀가 더 곱고 아름다웠다. 부상이 호전되어 부대로 돌아오는 날 나는 그녀에게 조국이 통일되면 혼인하자고 말했다. 그녀는 조용히 웃으며 고개를 끄덕이더니 내게 조국 통일의 그날을 기다리겠습니다. 꼭 살아남으세요, 라고 말했다. 부대로 돌아오는 내내 내 입가에서 웃음이 떠나질 않았다.

최나한은 대원의 로맨스를 떠올리며 빙긋이 웃었다. 두 사람이 그 사이에 몇 번이나 더 만났는지 알 수는 없지만 두 사람의 인연은 거기까지였을 것이다.

대원과 여성 동지가 바라고 소원하던 조국은 끝내 통일되지 않았고, 김은태 대원은 반론산에서 죽음을 맞고 말았다.

최나한은 김은태 대원을 생각하며 소주 한 병을 주문했다. 예정에 없던 술이지만 마시지 않고는 견딜 도리가 없었다. 누가 저들의 약속을 지키지 못하게 했고 분단된 상황을 이용해 무기를 팔아 돈을 챙기고 있는 나라는 어디이며 권력을 유지하고 제 배를 불리려고 하는 자들은 또 누구인지 최나한은 곰곰이 생각해 보았다.

함백산 정상을 바라보며 술잔을 비우던 최나한이 서나래에게 전화를 걸었다.

— 갑자기 나래가 보고 싶네. 지금 올 수 있어?

— 오늘 서울로 오기로 했잖어?

— 만항에 오니까 갑자기 술 생각이 나지 뭐야. 그래서 지금 술 한잔하고 있는 중이야. 그러니 나래가 내려와 줘.

최나한의 말에 서나래가 곧 출발하겠다며 전화를 끊었다.

만항재에 어둑발이 내리는가 싶더니 이내 함백산 정상이 어둠에 휩싸였다. 시간은 흘러갔고 빨치산들이 활동할 시간이 되었다. 최나한은 자신이 빨치산이라도 된 듯 눈을 감은 채 그들의 뒤를 밟았다. 발소리조차 죽인 그들의 행군은 고양이처럼 가볍고 신속했다. 몸은 지쳐 있었으나 잠시라도 쉴 수는 없었다. 최나한이 술에 취한 걸음으로 그들의 뒤를 둥실둥실 따라갈 때 서나래에게 전화가 왔다. 지금 막 영월을 지나고 있으니 조금만 더 기다리라는 내용이었다. 최나한은 고맙다며 날 위해 달려와 줄 여인이 있다는 것에 감사하다고 말해 주었다.

매점을 나온 최나한은 천지간 어둠만이 있는 만항재에서 대원과 연정을 나눈 여성 동지는 어떻게 되었을까 하고 생각해 보았다. 최나한은 그녀 역시 어느 산자락엔가 묻혀 있다면 산과 산의 영혼으로 서로 만나 못다 이룬 사랑을 나누고 있지는 않을까, 하며 별이 가득한 만항의 밤하늘을 올려다보았다.

제주 벚꽃

서울로 돌아온 서나래와 최나한은 여장을 풀 겨를도 없이 함께 제주로 향했다. 마침 제주는 4·3 행사 기간이었고, 육지와 달리 제주의 날씨는 겉옷이 부담스러울 정도로 화창했다. 공항에 도착한 서나래와 최나한은 화사한 제주 날씨에 탄성을 지르며 남도의 봄에 감사했다.

"햐, 정선에서 폭설을 맞으며 오들오들 떤 게 불과 얼마 전인데, 여긴 딴 세상 같으네."

서나래가 푸르고 맑은 제주 하늘을 올려다보며 말했다.

"그러게. 태백산맥엔 꽃 하나 피어 있지 않더만 여긴 완전히 딴 세상이다. 저기 우릴 반기는 저 꽃들 좀 봐라. 평화라 이름해도 손색이 없겠다."

최나한이 제주공항을 스케치하며 말했다.

"제주에 도착하자마자 평화를 떠올리다니 최 피디가 드디어 사람이 되었군."

서나래가 최나한의 엉덩이를 툭툭 치며 깔깔 웃었다.

"허어. 사람만 되었겠냐, 남자도 되었지."

최나한이 의미심장한 웃음을 띠며 서나래의 겨드랑이를 간질였다. 서나래가 몸을 빼며 도망을 치자 최나한이 그녀를 쫓아갔다. 두 사람이 마치 신혼여행이라도 온 듯 공항 주차장을 이리 뛰고 저리 뛰고 할 때 서나래의 휴대폰이 울렸다. 렌터카 직원인데 차가 주차장에 있으니 키를 받아 가라는 내용이었다. 앞서간 서나래가 차를 보더니 최나한을 향해 소리를 질렀다.

"와우! 이건 딱정벌레?"

"맘에 드냐? 이름하여 뉴 더 비틀이다."

"덜덜거리는 사륜차가 나올 줄 알았는데, 이게 뭔 일이니?"

서나래가 차 키를 빙글빙글 손가락으로 돌리며 활짝 웃었다.

"신혼여행급 취재 여행인데, 신부를 덜덜차로 모실 수야 있나."

"좀 오버하는 감이 없진 않지만 기분은 좋네. 최 피디 암튼 고맙다."

"좋아, 그럼 첫 여행지로 출발해 보실까."

공항 주차장을 벗어난 최나한은 차를 몰아 '제주4·3연구소'로 향했다. 연구소 인근에 차를 주차한 최나한은 서나래를 기다리게 하고는 카메라를 챙겼다. 오래된 건물 2층에 입주해 있는 연구소는 생각보다 아담했고, 직원들은 다음 날 있을 4·3 행사 준비로 바빠 보였다. 연구소 직원들과 인사를 나눈 최나한은 김달삼에 관한 인터뷰부터 진행했다. 인터뷰에 응한 이는 연구소 소장으로, 그는 북으로 간 김달삼으로 인해 4·3의 실체적 진실이 호도되고 있는 점이 안타깝다고 말했다. 인터뷰를 마친 소장은 행사 준비 때문에 먼저 실례하겠다며 사무실을 나갔다. 최나한은 담당 직원과 몇 마디 이야기를 더 나눈 후 연구소에서 준비해 놓은 자료를 챙겨 차로 돌아왔다.

"이건 뭐야?"

"요 앞 가게에서 샀어. 제주에 왔으면 이것부터 먹어야지."

서나래가 귤 하나를 까서는 최나한의 입에 넣어 주었다.

"햐, 제주에 오니 이런 대접도 받네. 이거 혹시 박카스아줌마가 코치한 거 아냐?"

"호호, 어떻게 알았어. 머슴도 먹여 가면서 일을 시켜야 성심을 다한다고 하던 걸."

"하여튼!"

최나한이 차를 출발시키며 입을 비죽거렸다. 시내로 접어들자 거리 곳곳에 4·3 행사를 알리는 현수막과 엠블럼이 걸려 있었다.

"유채꽃과 벚꽃이 아무리 아름답게 피어도 제주의 사월은 여전히 아픔과 상처의 계절이구나."

제주 거리를 바라보던 서나래가 말했다.

"4·3의 시작을 1947년 3월 1일부터 본다면 마지막 빨치산이었던 오원권이 한라산에서 체포된 게 1957년 4월 2일이니 10년 세월이 넘어. 그러니 그렇게 쉽게 아물겠어?"

최나한이 말했다.

"하긴, 가해자와 피해자가 공존하고 있는 곳이니 더 그렇겠지."

서나래가 싱그러운 복장으로 거리를 오가는 사람들에게 시선을 둔 채 말했다.

"당시 희생당한 도민이 밝혀진 것만 해도 삼만 명이나 되는데, 제주 4·3 특별법이 만들어지기 전까지만 해도 공개적으로 그 말을 못 했다는 거야. 누구든 4·3을 이야기하면 죄다 빨갱이로 몰거나 잡아가거나 그랬다고 하더만. 제주 4·3을 다뤘던 다큐 제작자와 소설가와 시인 등이 국보법으로 구속되는 일까지 있었으니까 말 다 했지."

"국민들의 입을 막은 건 4·3의 실체와 진실이 밝혀지는 게 두려웠거나 감출 것이 많았기 때문이 아니었을까?"

"그 엄청난 살육을 집행한 자들의 명단이 밝혀지는 게 싫었겠지."

"이번 다큐도 그런 점에 있어서는 파장이 생기겠군. 기대가 되는 걸."

"기대는, 잡혀갈까 두렵고 떨리기만 하는구만."

"호호, 이젠 그런 세상은 아니라 해도 그러네. 마음 푹 놔. 알았어?"

"허허, 신부가 그렇다고 하니 믿어야지 어쩌겠어."

"야, 말끝마다 신부라고 하는 거 보니 최 피디 정말 날 좋아하는구나."

서나래가 깔깔거리며 웃었다.

"그렇지 않음 내가 제주까지 왜 왔겠냐."

"호호, 그거 말 되네."

서나래와 최나한이 말을 주고받는 사이 네비 속 목소리가 관덕정에 도착했음을 알렸다. 관덕정 주차장은 관광버스로 가득 차 있었으며, 버스에서 내린 이들은 관덕정과 제주목 관아를 배경으로 사진 몇 장을 찍고는 서둘러 다른 곳으로 떠났다.

"여기가 엄청난 비극을 남긴 제주 4·3의 불씨가 당겨진 곳이라는 걸 저분들은 알까?"

서나래가 관덕정을 떠나는 관광객들을 바라보며 말했다.

"대한민국 역사가 그걸 숨기려 하고 있고, 제주를 평화라는 이름으로 덧칠하고 있는데 알 리가 없겠지."

"진실은 감춘 채로?"

"그렇지."

최나한이 고개를 끄덕였다. 서나래도 그럴 것이라는 데 동의했다. 저들은 그저 관덕정이 제주 관아의 부속 건물이며 제주에서 가장 오래된 목조 건물 쯤으로만 알고 갈 뿐일 것이었다.

1901년 임금을 믿고 패악을 일삼던 천주교도와의 무력 충돌로 촉발된 제주 농민 항쟁의 장두 이재수가 관덕정 앞에서 천주교도 수백 명을 목 벤 일이나[2],

1947년 3·1절 기념행사 때 경찰의 발포로 군중 여섯이 희생당한 일이나, 김달삼에 이어 4·3 무장유격대 사령관을 지낸 이덕구의 시신이 관덕정 앞에서 뜨거운 여름날 십자가에 묶여 며칠이나 전시되어 있었던 것 등은 모르고 갈 것이 분명했다.

　관덕정 앞을 가로지른 대로는 번듯하고 힘차 보였다. 하지만 오래전 이 거리를 휩쓸었던 뜨거운 함성과 통일 조국을 열망하던 열기는 전혀 느껴지지 않았으며, 스물을 갓 넘긴 유격대장 김달삼이 동지들과 함께 남한만의 단독선거 반대를 외치며 울분을 토하던 거리라고는 상상도 되지 않았다.

<hr />

2 1901년 제주도에서 천주교의 횡포에 저항하여 일어난 민란. 이른바 이재수의 난이다. 천주교에서는 천주교인들이 많이 학살되었다 하여 신축교난이라 부른다. 천주교는 1886년 한불수호조약과 1896년 교민조약을 통해 선교의 자유를 얻었고 공세적으로 선교활동을 폈다. 1899년 천주교가 처음 들어온 제주는 1901년에는 신도가 무려 1,300여 명에 달했다. 한편 조선은 1897년 광무개혁을 통해 대한제국으로 거듭났지만, 개혁을 추진하기에는 정부재정이 턱없이 부족했다. 이에 각 지방관청에서 징수하여 사용하던 각종 세금을 징수하기 위해 세금징수관을 각 지방에 파견했다. 지방에 파견된 세금징수관은 세금을 징수할 일손이 필요했는데 이때 그 역할을 자임하고 나선 자들이 바로 천주교도들이었고, 이들은 세금 징수를 빌미로 패악을 일삼았다. 견디다 못한 제주 대정 지역 사람들은 민회를 열고 제주 목사에게 건의문을 제출하기로 하였다. 이에 천주교 측에서 과잉 대응하면서 사태가 커졌는데, 민회를 습격하여 장두 오대현을 납치하고 대정 주민을 살상하기에 이르렀다. 결국 본격적인 민란이 시작되었는데, 이때 등장한 이가 바로 관노출신 이재수다. 장두 오대현을 대신하여 장두가 된 이재수는 1901년 5월 28일 제주성에 입성하였고, 관덕정 광장에서 300여 명의 천주교도를 처형하였다. 그러나 6월에 프랑스 군함이 들이닥치고, 대한제국의 관군도 진압군으로 들어왔다. 민란은 진압되었고, 10월 9일 이재수는 처형되었다. 이재수의 난은 우리나라 수많은 민란 중에서 유일하게 종교권력에 저항하여 일어난 민란이다. 박해받던 천주교가 백성들을 박해함으로써 일어난 민란이 바로 이재수의 난이다. 이재수의 난이 진압되자 천주교 측에서는 성당 파괴와 외국인 신부 2명의 사물 훼손으로 4,160원, 성당 고용인 살해 조의금으로 1,000원 등 총 5,160원의 배상금을 요구하였다. 배상금을 낼 수 없는 조선 정부는 제주, 대정, 정의 3읍의 제주도민에게 균등 부담으로 도민 한 사람 당 15전 6리를 거둬 바치게 하였다.

서나래가 관덕정 일대를 둘러보는 동안 최나한은 길 가는 사람을 잡고 몇 건의 인터뷰를 진행했다. 그의 질문은 김달삼을 알고 있느냐와 김달삼을 어떻게 생각하느냐 두 가지였다. 학생으로 보이는 한 청년은 김달삼이 누구인지 모른다며 오히려 제주 출신 연예인이냐고 반문하기도 하여 최나한을 뜨악하게 만들었고, 주부로 보이는 삼십 대 여성도 김달삼을 모르긴 마찬가지였다. 다만 자신을 육십 대라고 밝힌 남성은 김달삼은 빨갱이며 북의 사주를 받아 폭동을 일으켰다는 주장을 한참이나 해 최나한을 당혹스럽게 만들기도 했다.

　"야, 이거 제주에 와서 김달삼 이야기 잘못 꺼냈다간 큰일 나겠는 걸."

　최나한이 고개를 설레설레 흔들며 서나래에게로 왔다.

　"제주 사람들로선 4·3 정신이 김달삼 때문에 빨갱이 취급받는 게 싫어 그런 게 아닌가?"

　"4·3 정신 운운할 정도면 다행이게. 김달삼이 누군지 모르거나 북의 사주를 받았다고 말하는 측이 더 많으니 문제지."

　최나한이 주차장으로 걸음을 옮기며 말을 이었다.

　"다음은 제주 4·3 평화공원으로 갈 건데 여기쯤에서 밥 먹고 가는 게 어때?"

　이른 아침 서울을 떠났으니 배가 고플 때도 되었다.

　"그게 좋겠어. 언젠 갔더니 그 근처엔 식당도 없더라."

　"좋아, 그럼 내가 앞장선다."

　최나한은 예전에 갔던 음식점을 기억해 내고 제주항으로 갔다. 갈치구이와 고등어회를 전문으로 하는 음식점은 점심때가 지났음에도 손님으로 붐볐다. 갈치구이와 해물된장뚝배기를 주문한 최나한은 소주 생각이 간절했다. 갈치가 구워지는 냄새만으로도 입에 군침이 돌았다.

　"서 기자, 기분도 그런데 한잔하면 안 될까?"

최나한이 옆 테이블을 힐긋 보며 말했다. 자글자글 구워진 갈치를 안주로 마시는 낮술이 퍽이나 부러운 눈치였다.

"좋아, 신혼여행급 취재 여행이라는데 반주 정도는 허용해야지."

서나래가 손을 들어 제주산 소주 한 병을 주문했다.

"역시 서나래다. 오늘 밤 잘해 주꾸마."

최나한이 큰 소리로 웃으며 엄지손가락을 치켜세웠다. 서나래는 그런 최나한의 행동이 싫지만은 않은지 피식 웃었다.

잠시 후 주문한 음식과 소주가 차려졌다. 서나래가 잔을 들며 말했다.

"제주의 진정한 평화와 비운의 혁명가 김달삼을 위하여!"

최나한도 잔을 들며 위하여!를 외쳤다.

시내를 벗어나자 맑던 하늘이 무겁게 내려앉았다. 잠시 후엔 안개도 끼기 시작했는데, 차가 평화공원에 이르렀을 땐 한 치 앞도 보이지 않았다. 섬의 날씨라는 게 하루에도 몇 번은 바뀐다는 것 정도는 알고 있지만 단 십여 분 만에 돌변한 날씨는 적응하기가 쉽지 않았다.

"다 왔는데 갑자기 웬 안개람."

서나래가 상향등을 켜며 중얼거렸다.

"영령들께서 벌써들 오시려나 보다."

최나한이 카메라를 꺼내며 자동차 루프를 열었다.

"최 피디 도와주려고 그러는지 정선에 갔을 땐 때아닌 폭설이 내리더니 제주에선 뜻하지 않게도 안개가 출연해 주네."

서나래의 말에 최나한이 "폭설과 안개뿐이겠어? 나처럼 선하게 살면 자다가도 떡이 생긴다." 라며 낄낄거렸다.

"소화불량의 시대를 그리도 긍정적으로 사니 퍽이나 좋으시겠어."

서나래가 그렇게 말하며 공원 주차장으로 차를 몰았다.

평화공원은 안개 속에서도 내일 치러질 행사 준비로 분주해 보였다. 사람들은 둥둥 떠다니는 듯 안개 속을 걸어 다녔는데, 그 모습은 마치 무성영화를 보는 듯한 느낌마저 들었다. 평화공원은 위령탑과 평화기념관 등이 있지만 안개에 가려 어느 것도 보이지 않았다.

두 사람은 4·3 당시 희생된 사람들의 명단이 새겨진 각명비로 갔다. 공원 중앙에 위치한 각명비에는 까마귀 떼가 까맣게 내려앉아 있었다. 비석에 올라 앉은 까마귀들은 사람이 다가가도 날거나 도망치지 않았다. 최나한은 그 장면이 신기하기도 하고 섬뜩하기도 하여 카메라로 당겨 보았다.

"저 까마귀들 좀 봐. 마치 자신의 이름이 새겨진 비석을 찾아온 것처럼 보이지 않아?"

까마귀를 카메라에 담던 최나한이 말했다.

"그러게. 우리 말을 알아듣는 것처럼 고개도 끄덕이고 있어."

서나래가 비석 가까이 가며 까마귀에게 말을 걸었다. 서나래가 "안녕? 여기 계신 분들 중에서 누굴 찾아왔을까?"라며 각명비에 적힌 이름들을 하나씩 불러 보았다. 서나래가 희생자의 이름을 부르는 동안 까마귀는 계속해 고개를 젓는 듯하더니 1949년 5월 5일에 사망한 두 살짜리 남자아이 김상신의 이름을 호명할 땐 날개를 퍼덕이며 까악까악 했다.

"어머어머, 이게 무슨 일이니. 이 까마귀가 김상신이 환생한 까마귀라도 된단 말야?"

서나래가 믿을 수 없다는 듯 눈을 동그랗게 떴다. 까마귀를 쫓던 최나한도 "와우, 이거 놀라운 일이로군." 하며 김상신이라는 이름을 부리로 쪼고 있는 까마귀를 클로즈업했다. 서나래가 다시 한 번 아이의 이름을 부르자 까마귀는 고개를 몇 번 끄덕이더니 푸드덕 하며 안개 속으로 사라졌다.

"까마귀가 이름을 불러 주어 고맙다고 하는 거 같은데?"

최나한이 그 모습을 담으며 서나래에게 말했다. 서나래는 여전히 있을 수 없는 일이 생겼다는 듯 주변의 각명비를 둘러보았다.

"그렇다면 저기에 앉아 있는 까마귀들도 다들 제 이름을 찾아온 까마귀들이란 말야?"

"그럴 지도 모르지."

최나한이 주변의 각명비에 앉아 있는 까마귀들을 카메라에 담으며 말했다.

각명비를 지나 계단을 오르자 추모 광장이 나타났다. 추모 광장엔 행사를 위한 의자가 줄지어 놓였고, 행사 천막이 쳐지고 있었다. 무대에서는 마지막 리허설이 진행되고 있었으며, 흰 천을 몸에 두른 무용수의 몸짓은 아름다우면서도 애잔했다. 제단 위로는 국화가 놓여 있고 누군가에 의해 향도 피워져 있었다.

서나래와 최나한은 영령들에게 분향을 한 뒤 위패 봉안소로 들어갔다. 봉안소 안에는 1만4천 여 기에 달하는 영령들의 위패가 봉안되어 있었다. 위패 앞에는 국화가 쌓여 있었으며 행사 전날임에도 많은 이들이 봉안소를 찾고 있었다. 죽은 자들은 말이 없었으나 그들을 기억하는 자들은 수십 년 세월 빨갱이 취급을 받게 한 것이 미안하여 말이 많았다.

"미안합니다, 미안합니다……."

최나한은 위패를 어루만지며 흐느끼는 참배객을 한참이나 카메라에 담았다. 그 모습을 지켜보던 서나래의 눈에도 눈물이 스몄다. 서나래가 고인 눈물을 옷자락으로 훔치며 물었다.

"최 피디. 여기 모셔둔 위패를 불태우려고 한 이들이 있다고 했지? 어떻게 그런 일이 생길 수 있을까?"

봉안소 모습을 담던 최나한이 답했다.

"경찰이나 서북청년단 혹은 대동청년단으로 활동했던 이들이라면 가능하겠지. 제주도민을 빨갱이로 몰았던 그들의 입장에서 보면 이러한 시설이 만들어진 것에 대해 불만이 많을 수밖에 없을 테니까. 그나마 김대중 노무현 두 대통령이 아니었으면 제주 4·3은 진상 규명은커녕 명예 회복조차 되지 않았을 거야."

"극우 집단의 테러라는 게 집요한 데다가 끝도 없구나."

"민족 반역자인 친일파를 청산하지 못한 죄겠지. 하지만 통일만 되면 이러한 갈등들이 줄어들지 않겠어?"

"통일? 미국이 있는 데다 반통일 세력이 이 나라의 절반이 넘는다는 여론조사도 있던데, 통일이 가당키나 할까."

서나래가 고개를 갸웃하며 말했다.

"그래도 해야지. 이대로 쪼개진 채로 살 순 없잖아."

최나한의 말에 서나래가 "통일이 정답인데, 우리 민족끼리 통일하자면 어떻게 될까 싶어 겁부터 집어먹으니 그게 걱정인 거지." 라고 말했다.

봉안소를 나온 두 사람은 각명비를 지나 4·3 평화기념관으로 갔다. 기념관은 4·3과 관련된 자료를 시기별로 전시해 놓은 공간으로 제주 사람들이 겪은 공포와 상처 등이 상세하게 기록되어 있었다. 제주 사람들이 지목한 가해자는 미국과 친일파를 등에 업은 이승만 세력에 이어 서북청년단과 대동청년단 같은 극우 단체들이었다. 하지만 그들은 지금껏 제주 사람들에게 한 번도 용서를 구하지 않았고, 4·3을 빨갱이들의 짓이라 공격하는 호전성 또한 변하지 않았다.

서나래와 최나한이 평화기념관에서 발견한 김달삼의 흔적은 그리 많지 않았다. 김달삼이 4·3 무장대의 사령관으로 활약한 것과 당시 국방경비대 제9연대 김익렬 연대장과의 4·28 평화 회담을 벌였다는 것, 그해 여름 해주 남조선인민대표자회의에 참석했다는 기록 정도였다. 제주 무장유격대 사령관으로서의 김달삼 역할은 1948년 4월 3일부터 제주를 떠난 8월까지 5개월 정도인 셈이었다. 그러나 김달삼을 중심으로 시작된 제주 4·3은 9년이나 더 지속되었고, 제주는 통한의 섬이 되었다. 서나래는 문득 이러한 사실을 김달삼 노인은 알고 있을까, 하고 생각해 보았다. 노인이 유격대 사령관 김달삼이 맞다면 헤엄을 쳐서라도 제주에 와 영령들 앞에 무릎 꿇고 지난 역사를 낱낱이 고해야 하는 것은 아닐까도 싶었다.

4·3, 그날의 기억들

1948년 4월 3일 새벽 2시. 봄이 왔다고 하나 한라산 자락의 새벽 공기는 코끝이 시릴 정도로 서늘했다. 그 시간 마지막 회의를 마친 김달삼은 아지트를 나와 대원들이 집합해 있는 장소로 이동했다. 횃불 두 개가 그를 따랐고, 주변은 고요했다. 김달삼이 다소 긴장한 얼굴로 대원들 앞에 섰다. 도열해 있던 대원들은 횃불에 비친 김달삼의 표정을 지켜보며 마른 침을 꿀꺽 삼켰다. 그 사이 바람이 한 차례 불어왔고, 대원들의 머리칼이 이리저리 휘날렸다. 그 모습을 바라보던 김달삼이 무겁게 입을 뗐다.

"자랑스러운 제주 인민 자위대 동지 여러분! 우리가 정녕 해방된 나라에 살고 있습니까? 아니오. 그렇지 않습니다. 일제 36년의 식민은 미제의 식민으로 이어졌고, 반민족 친일 모리배는 미제 놈들의 가랑이 밑을 기며 일제 때보다 더 미친 듯이 날뛰고 있습니다. 하여 우리는 오늘 저 간특한 반민족 친일 모리배들을 징치하기 위하여 죽창과 총을 높이 들었습니다. 우리가 이처럼 무장을 하고 인민 봉기를 일으키는 까닭은 그 첫째가 5월 10일 치러지는 남조선만의 단독 선거와 남조선만의 단독 정부 구성을 꾀하고 있는 미군정의 반통일 책동을 막기 위함이고, 둘째가 제주를 피로 물들이고 있는 반민족 친일 모리배들을 이 섬에서 영원히 몰아내기 위함입니다. 이는 통일 조국을 이루라는 하늘의 뜻이요, 평화를 염원하는 제주 인민들의 뜻이기도 합니다.

동지 여러분! 이제 때가 왔습니다. 통일 조국을 바라는 하늘의 뜻과 평화를 염원하는 제주 인민들의 뜻을 받들어 우리 모두 저 간특한 무리들을 향해 출진합시다!"

김달삼의 목청은 어느 때보다 크고 우렁찼고, 대원들은 상기된 얼굴로 함성을 질렀다. 대원들의 함성이 잦아들자 김달삼은 허리춤에 차고 있던 권총을 뽑아 들었다. 이어 그는 하늘을 향해 방아쇠를 힘껏 당겼다. 총성과 함께 한라산 주변 오름에서는 일제히 봉화가 타올랐으며 그때를 기다려 일제 99식 소총과 죽창 등으로 무장한 무장대원 4백여 명은 각 지역으로 흩어졌다. 그들은 제주도 내에 있는 12개의 경찰 지서와 서북청년단 대동청년단 등의 우익 단체 간부들이 머물고 있는 집을 동시다발로 공격했고, 그날 제주 전역엔 포고문이 뿌려졌다.

시민 동포들이여! 경애하는 부모형제들이여!
'4·3' 오늘 당신님의 아들 딸 동생이 무기를 들고 일어섰습니다. 매국 단선 단정을 결사적으로 반대하고 조국의 통일 독립과 완전한 민족 해방을 위하여! 당신들의 불행과 고난을 강요하는 미제 식인종과 주구들의 학살 만행을 제거하기 위하여! 오늘 당신님들의 뼈에 사무친 원한을 풀기 위하여! 우리들은 무기를 들고 궐기하였습니다.

포고문을 쓴 것은 미군정 시대이자 이승만 정부 수립 전인 1948년 4월 1일 아니면 2일이었을 것이다. 미군이 점령한 나라에서 그들을 향해 죽창과 총을 드는 일은 곧 죽음을 의미하는 일이었지만 통일 조국을 위해서는 두렵지 않았다. 등사지에 한 자 한 자 꾹꾹 눌러쓴 대원의 결기가 느껴지는 포고문엔 4·3이 어떤 연유로 발발했는지 잘 나와 있었다. 그해 5월 10일로 예정된 남한만의 단독 선거에 이은 남한만의 단독 정부 수립은 조국의 분단을 의미했다. 하여 그들은 조국의 통일과 완전한 민족 해방을 위해, 미국과 그 주구들의 반통일 책동과 학살 만행을 막기 위해 봉화를 높이 올렸다.

하지만 4백여 명도 채 안 되는 무장대로 출발한 민중 봉기는 그 뜻을 이루지 못했다. 제주 4·3은 그들만의 죽음으로 끝나지 않았으며 9년이 넘는 긴 세월 동안 마을이 사라지고 가족이 몰살당하고 며느리가 죽고 아이가 죽고 아비가 죽고 어미가 죽고 부모가 죽고 자식이 죽고 노모가 죽고 누가 또 죽고 죽어가면서 그 수는 삼만 명을 훌쩍 넘었다.

4월 3일. 조천에서 하룻밤을 머문 서나래와 최나한은 이른 아침 길을 나섰다. 4·3 평화공원으로 가는 길은 맑고 화창했으며, 길가에 방목된 말들의 움직임 또한 활발했다. 최나한이 차를 주차하기 무섭게 가슴에 검은 리본을 단 추모객들이 평화공원으로 밀려들었다. 마을별로 단체별로 대형 버스를 타고 온 추모객들은 각명비에 들러 죽은 자를 눈물로 위로했다. 그 시간 까마귀 떼는 나뭇가지에 앉아 추모객들이 흘리는 탄식과 곡소리와 눈물을 지켜보며 까악 까악 슬피도 울었다. 잠시 후 행사를 알리는 안내 방송이 나오자 추모객들은 하나둘 추모 광장으로 향했다. 추모객들이 행사장으로 올라가자 까마귀들은 나뭇가지를 떠나 각명비로 날아들었다. 각명비에 올라앉은 까마귀들은 날개를 퍼덕이며 추모객들이 놓고 간 배와 사과 귤 등을 쪼아 먹기 시작했다.

유채꽃다방

대정 읍내에 있는 유채꽃다방은 어쩐 일인지 한산했다. 다방에 전입 온 지 한 달도 되지 않은 육지 출신 신참은 오후 시간이라 그런가 싶었으나 다방 마담은 오늘이 4·3이라 그런갑다 했다. 신참이 고개를 갸우뚱하며 마담에게 4·3이 뭐냐고 물었다. 마담이 뭐라 대답해야 하나 하고 생각하더니 실내에 걸린 유채꽃 그림 액자를 가리키며 유채꽃 같은 거, 라고 말했다.

그렇게 시간은 흘러 손님도 없고 배달 전화 또한 숨죽인 시간, 마담과 레지들은 모처럼의 여유가 반가웠던지 모여 앉아 수다를 떨었다. 이야기를 먼저 시작한 이는 마담이었다. 그녀는 담배 한 대를 꼬나물고는 세차장 김 씨와 있었던 이야기를 시작했다.

"다들 세차장 김 씨 알재? 글쎄 환갑이 훨씬 넘은 그 영감이 문자를 보냈는데 그 내용이 '마담, 오늘 비도 오고 해서 장사도 꽝인데 티켓 끊어 점심에 회한 사라 하러 가지 않을래?'였지. 뭐 비는 청승맞게 내리고 있었고 마침 손님도 뜸해서 난 그러자고 했지. 그이 차를 타고 모슬포 횟집에 가서 다금바리회에다 한라산 몇 병을 비우니 술이 확 올라. 김 씨가 술을 더 시킬까 말까 하더니 슬그머니 내 손을 잡으며 '내 비아그라도 먹었는데 모텔 가서 쉬었다 감 안 될까?' 하고 묻는 기여. 뭐 내도 그이한테 특별히 나쁜 감정도 없고 비싼 다금바리도 얻어먹었고 티켓 값도 후하게 쳐준다 하니 그랍시다 했지. 그랬더니 김 씨가 '아따 마담 대답 한번 화끈하네.' 하며 헐헐 웃어. 그래서 횟집을 나와 근처에 있는 남강여관으로 갔지. 여관방에 들어가 옷을 벗고는 씨근덕거리며 막 하고 있는데, 갑자기 문이 벌컥 열려. 깜짝 놀라 고갤 돌리니 그이 늙은 마누라여."

마담의 이야기가 거기까지 진행되었을 때 서나래와 최나한이 다방 문을 열고 들어왔다. 한눈에 봐도 외지인처럼 보이는 두 사람이 들어서자 마담이 말을 멈추곤 "막내야, 주문 받아라." 라며 육지 신참에게 턱짓을 했다. 서나래와 최나한이 테이블을 찾아 앉자 "언니, 그래서요. 그래서 어떻게 됐어요?" 라는 말이 들려왔다. 서나래는 엽차를 놓고 기다리는 막내에게 차는 손님이 오시면 함께 시키겠다고 말했다. 막내가 쟁반을 들고 서둘러 돌아가자 마담의 이야기는 다시 이어졌다.

"어떻게 되긴, 그이 마누라가 방으로 들어오더니 벌거벗고 있는 김 씨 뺨을 짝 소리가 나도록 후려갈기데. 그러더니 '야이, 개새끼야. 다방 여편네 가랑이 벌릴 힘이 있으면 나한테도 해봐라.' 하며 옷을 훌러덩 벗는 거여."

"어머어머, 그 여자 골 때린다."

모여 앉은 레지들이 두 손을 입으로 가져가며 한마디씩 했다.

"자기도 여자라는 거지."

마담이 그렇게 말을 하고선 서나래와 최나한이 있는 테이블을 힐긋했다.

"손님이 오신대요."

막내가 그렇게 말하곤 서나래를 곁눈질했다. 그때 서나래와 최나한은 마담의 이야기를 들으며 속으로 킥킥 웃고 있는 중이었다. 그러면서 두 사람은 필담을 나누었는데, 서나래가 '4·3인데도 유채꽃다방은 걸판지군.'이라고 쓰자 최나한이 '옆에선 사람이 죽어가도 등허리에 유채꽃 꽃물을 들이는 여자가 있다고 하잖어.'라고 답했다. 서나래가 다시 '섹스와 전쟁의 공통점은?'이라고 쓰자 최나한이 이번엔 '죽일 듯 달려들어야 쟁취하는 것.'이라고 답했다. 서나래와 최나한이 필담을 주고받는 사이에도 마담의 이야기는 이어졌다.

"투실투실한 마누라가 침대에 벌러덩 자빠지니 옷을 집어 입던 김 씨가 날 한 번 보고 마누라 한 번 보고, 내 젖탱이 한 번 보고 마누라 젖탱이 한 번 보고, 내 가랑이 한 번 벌려 보고 마누라 가랑이 한 번 벌려 보고 하더만 주워 입던 옷을 다시 벗어 던지데."

"호호, 정품 비아그라를 드셨나 보다."

한 레지의 말에 사월의 유채꽃 같은 레지들이 깔깔거리며 웃었다. 그녀들의 웃음이 끝나갈 즈음, 도루구찌 모자를 쓴 노인이 다방 문을 열고 들어섰다. 순간 서나래와 최나한은 인터뷰를 하기로 한 노인일 수도 있겠다 싶어 킥킥거리며 주고받던 필담을 멈추었다. 그때 한 레지가 노인에게 쪼르르 달려가더니 호들갑을 떨었다.

"어머, 도루구찌 오빠! 오빠 4·3 행사에 안 가셨어요?"

"4·3? 그기 나하고 뭔 상관이여. 난 그런 덴 안가."

노인이 조금은 불편한 얼굴로 말했다.

"아, 그렇구나. 근데 왜 이렇게 오랜만에 오셨어요? 이 양양이 오빨 얼마나 보고 싶어했는데."

분위기를 파악한 레지가 콧소리를 내며 엉덩이를 흔들었다.

"허허, 이 오빠두 그랬지."

노인이 레지의 엉덩이를 툭툭 치며 말했다.

"오빠, 그럼 우리 오랜만에 만났는데, 쌍화차 싸들고 어디 바람이라도 쐬러 갈까요. 예?"

레지가 노인의 팔을 끼며 눈웃음을 쳤다. 레지의 나이 많아야 서른이나 될까 싶어 보였다. 손녀뻘쯤 되는 레지가 오빠라며 착 들러붙자 노인의 입이 헤벌쭉 벌어졌다.

"허허, 내 주머니에 돈 있는 건 귀신같이 알아차리는구나."

노인이 자신의 뒷주머니를 툭툭 치며 말했다. 둘의 대화가 그렇게 진행되자 최나한은 인터뷰하기로 한 사람이 아닌 듯싶다며 고개를 저었다.

"오빠, 진짜 가는 거죠?"

레지가 그렇게 말하곤 "마담 언니! 오빠랑 모슬포 다녀올 테니 차 좀 빼 줘요!"라고 소리쳤다.

"양양아, 할머니 아시면 기절하시니 이왕이면 멀리 가라. 멀리."

마담이 손을 휘휘 흔들며 말했다.

"허, 내 지금은 손님을 만나야 하니 양양아 잠시만."

노인이 그러면서 다방 안을 둘러보았다.

"아, 저기 계시는 분들이로구먼."

노인이 성큼성큼 걸어 서나래와 최나한이 있는 테이블로 왔다.

"서울서 오신 기자 분들이시죠? 전화로 통화했던 김을부입니다."

노인이 먼저 명함을 내밀며 인사를 했다. 걸걸한 음성만으로도 아직은 정정한 듯 보였다. 서나래와 최나한이 얼른 일어나며 명함을 받고 건넸다.

"기자님들이라 그런지 역시 똑똑하게 생기셨네요."

노인의 말에 서나래와 최나한이 풋 하고 웃음을 뱉으며 "감사합니다." 했다. 노인이 자리에 앉다 말고 "양양아, 여기 쌍화차 세 잔!" 하고 소리쳤다.

"취재에 응해주셔서 감사합니다."

서나래가 다시 한 번 고개를 숙이며 예의를 표했다.

"4·3의 실체적 진실을 밝히는 데 조금이라도 도움이 된다면야 마땅히 도와

드려야지요."

노인이 안경을 밀어 올리며 말했다. 그때 노인을 오빠라고 부르던 양양이 쌍화차를 가지고 왔다. 노인이 서나래의 눈치를 피해 양양의 엉덩이를 슬쩍 더듬고는 "느이들도 한 잔씩 해." 라며 선심을 썼다.

"감사합니다. 그럼 인터뷰를 시작하겠습니다."

서나래가 수첩을 펴며 말했다. 최나한이 카메라 온 버튼을 누르자 서나래가 첫 질문을 던졌다.

"어르신께서는 해방 공간에서 대동청년단 단원으로 활동하셨다고요. 맞으시죠?"

"예. 당시 총재가 이승만 박사였지요."

"그렇다면 이승만 박사를 위해 많은 일을 하셨을 텐데요. 그 시절 제주에서는 대동청년단이 어떤 활동을 하셨습니까?"

"마땅히 빨갱이들을 제거하는 일이었지요. 그놈들이 쏘련과 김일성의 사주를 받아 선거도 반대하고 정부 수립도 반대하고 그랬지 않습니까?"

"대동청년단 단원으로서 어르신께서 하신 일은요?"

"그때만 해도 제주는 인민위원회다 남로당이다 하며 빨갱이 천지였어요. 오죽하면 조선의 소련이라는 말이 생겼겠습니까. 1947년 3·1절 이후엔 파업이다 뭐다 하면서 전 도가 비상이었어요. 그때 나는 대정면에서 활동했는데, 대정을 지키느라 애 많이 먹었지요. 이곳도 다른 동네보다 더하면 더했지 덜하진 않았거든요. 1948년 3월경이던가요. 대정 영락 출신 청년이 모슬포 지서에서 고문을 받다가 죽은 일이 벌어졌어요. 그 며칠 후엔 서청경찰대에 붙잡힌 청년이 총을 맞고 죽기도 했고요. 그러다가 곧 바로 4·3이 터지면서 섬에 난리가 났어요. 당시 빨갱이 놈들이 대정 지서도 습격했는데, 지서를 지키던 순경 하나가 총을 맞고 크게 다치기도 했거든요. 그뿐 아니라 대정면 대동청년 단 강필생 단장 집에도 폭발물을 던져 집에 있던 강 단장이 부상을 당하는 일까지 생겼어요. 암튼 그날에만도 대정에서 여럿이 다치고 죽었거든요. 아고, 지금 생각해도 지옥이 따로 없었어요. 빨갱이 새끼들 땜에 죽을 고비도 여러 번 넘겼고요."

노인이 고개를 설레설레 흔들더니 쌍화차에 뜬 계란 노른자를 후룩 삼켰다. 한약 냄새가 잠시 떠돌았고, 서나래의 질문이 이어졌다.

"당시 대정은 어떤 곳이었습니까?"

"대정이 지금이야 요 모양이지만 옛날엔 잘 나갔어요. 조선 시대 때부터 대정은 제주의 3대 도시에 들었거든요. 일제가 들어오고 나선 모슬포가 커지며 그쪽이 번화가가 되었고요. 항구를 중심으로 전분 공장, 통조림 공장 같은 공장이 들어서니 금융조합도 생겨났고, 대정에 알뜨르 비행장도 생기고 했지요. 해방 후엔 육군특무부대와 국군 제9연대도 진주했고요. 낭중이지만 육군 제1훈련소도 생겼는데요. 그 때문에 술집이 많이 생겼지요."

"어르신께서는 이 동네 출신이시라고 들었습니다. 지금껏 살고 계시기도 하고요."

"그렇습죠. 제주에 입도한 지야 오래되었고, 10대 조부께서 대정으로 오셨으니 대정에서 자리 잡은 지 꽤 되었지요."

"자료를 찾아보니 대정 출신 중에는 근현대사를 뒤흔든 인물이 제법 있더 군요. 이재수, 강문석, 김달삼 등인데요. 여기에다 추사 김정희 선생도 대정에 머물렀어요. 다들 아는 인물들이지요?"

"알고 있지요."

"이들은 어떤 인물들입니까?"

"허허, 다들 빨갱이 아닙니까."

노인의 답은 단순하고도 간단했다.

"이재수나 김정희 선생까지요?"

"이재수야 민란을 일으켰으니 따지고 보면 김달삼과 다를 바 없는 인물이고, 추사 선생께서도 연유야 어쨌든 이 먼 대정까지 유배를 오셨다는 건 그 시대와 불화했다는 거잖아요? 시대에 순응하지 않았으니 빨갱이라고 봐야지요."

"이 지역 출신이시니 김달삼으로 알려진 이승진도 잘 아실 듯싶은데요. 이승진을 만난 적은 있으십니까?"

"대정중학교 선생일 땐 만난 적 있지요. 나보담은 나이가 조금 윈데 그때만 해도 그런 사람인 줄은 몰랐어요. 사람이 조용조용했거든요. 낭중에 알고 보니 이름도 김달삼이란 가명을 쓰고 빨갱이 두목이 되었더만요. 동리 어른들은 그이가 장인을 잘못 만나 그리되었다고들 하기도 했는데, 사실이야 우리가 알겠나요."

"장인이라면 강문석을 말씀하시는 거죠?"

"예. 그분도 일제 땐 항일 운동가로 이름을 날리던 분인데, 그만 빨갱이가 되어 나타났어요. 거참."

"김달삼에 대해 어릴 적 기억은 없습니까?"

"그쪽 집이 하도 일찍 이 동네를 떠나서 잘 몰라요. 그저 풍문으로 대구에 산다 일본에 산다 하는 정도만 들었지요."

"김달삼을 잡아야겠다는 생각은 안 해보셨습니까?"

"우리도 잡고 싶었죠. 하지만 그땐 이미 산으로 올라간 상태고 낭중엔 북으로 도망쳤는데 어떻게 잡습니까."

"마지막 질문인데요. 오늘이 4·3인데 기분이나 느낌은 어떻습니까?"

"머 솔직히 말하자면 불편하지요. 건국을 반대하며 폭동을 일으킨 빨갱이들을 추모한다며 총리가 오고 대통령이 머릴 숙이고 하는 거 보면 열불이 납니다. 법만 없으면 그놈의 평화공원인지 뭔지를 탱크로 확 밀어버리고 싶어요."

말을 끝낸 노인이 찻잔을 들어 남은 쌍화차를 들이켰다.

"4·3 평화공원에 대해 불만이 많으신데, 그 연유라도 있으십니까?"

"지금도 이 나라를 망치는 게 빨갱이 새끼들이 아닙니까. 반공을 국시로 하는 나라에서 그런 새끼들을 추모한다는 게 말이나 됩니까? 입이 씨구워 말을 안 해서 그렇지 따지고 보면 그때 우리가 제주를 지키지 못했으면 제주는 물론 남한 전체가 김일성이 손에 넘어갔을 겁니다. 안 그래요?"

노인이 손바닥으로 테이블을 탁탁 치며 목청을 높였다. 서나래는 광화문이나 청계 광장에 가면 흔하게 들을 수 있는 말을 제주에서도 듣는구나, 라고 생각하며 한마디 덧붙였다.

"지금까지 밝혀진 희생자만 해도 삼만 명이 넘던데, 그중 어린이와 아녀자들이 다수예요. 그들을 다 빨갱이로 볼 순 없지 않을까요?"

"아유, 그건 모르시는 말씀이에요. 당시만 해도 제주 인구의 9할이 빨갱이라고 했어요. 우리가 특무대에 갔다가 그 정보 보고서를 봤다니까요. 미군들도 제주를 빨갱이 섬이라고 단정 짓고 작전에 임했거든요. 당시 제주도민이 삼십만 가까이 되었으니 그중에 삼만은 아무것도 아닌 거라고 봐야 돼요."

"삼만이 아무것도 아니라고요?"

서나래의 눈이 동그랗게 커졌다.

"그럼요. 육이오 동란 때 죽은 사람이 2백만이 넘어요. 거에 비하면 아무것도 아니지요."

"4·3과 전쟁은 성격이 다르지 않나요?"

"기자 양반들은 젊어서 그때 실상을 잘 모를 겁니다. 4·3 때나 육이오 때 내가 먼저 죽지 못하면 내가 죽고 말아요. 그러니 4·3이나 육이오나 그게 그거지요."

노인이 한국전쟁과 4·3을 비교하며 자신의 주장을 펼쳤다. 이러다간 이야기가 엉뚱한 곳으로 흐를 듯도 싶어 서나래는 김달삼 노인의 사진을 꺼냈다.

"혹시 이분이 누구신지 알아보시겠습니까?"

노인이 고개를 몇 차례 갸웃거리더니 모르겠다고 했다. 서나래가 이번에는 노트북 컴퓨터를 꺼내 김달삼 노인이 나오는 동영상을 틀었다.

"사진과 같은 분인데요. 그래도 모르시겠습니까?"

노인은 동영상을 지켜보더니 "말투는 제주 사람인 거 같은데, 누군지 통 모르겠는걸요." 하며 고개를 저었다. 서나래는 영상 속에 나오는 인물이 김달삼이라고 말할까 하다가 노인이 양양과 눈짓을 주고받는 것을 보곤 컴퓨터를 접었다.

"바쁘실 텐데, 시간을 내주시어 감사합니다."

"허허, 뭘요. 모쪼록 도움이 되었으면 좋겠습니다."

노인이 도루구찌 모자를 고쳐 쓰며 양양에게 눈을 찡긋했다. 그 시간 마담은 다른 레지들과 함께 열린 창을 통해 한라산을 바라보고 있었고, 나른한 유채꽃다방의 오후가 그렇게 지나가고 있었다.

추사의 사람들

유채꽃다방을 나온 서나래와 최나한은 모슬포로 갔다. 옛 영화를 잃은 모슬포는 한적했다. 항구를 이리저리 둘러보아도 일본군이 철수한 흔적도 일본군에게 웃음을 흘리며 술과 몸을 팔던 기생들의 모습도 남아 있지 않았다. 모슬포를 둘러본 두 사람은 김달삼과 함께 남로당 활동을 했던 노인을 만났다. 하지만 노인은 정신이 오락가락하는 상태인 데다 건강마저 좋지 않아 지난 일들에 대해 그 어떤 것도 기억해 내지 못했다. 농협 다니는 노인의 아들은 그런 아버지가 안타까운지 눈시울을 붉혔다.

"먼 길 오셨는데 도움이 되어 드리지 못해서 죄송합니다. 며칠 전까지만 해도 정신이 말짱하셨던 아버님께서 급작스럽게 저리 되시네요."

마당까지 배웅을 나온 아들은 당황스럽다는 듯 말했다. 서나래는 "아버님께서 정신이 돌아오시면 언제라도 전화 주시면 오겠습니다." 라며 노인의 집을 나섰다.

"김달삼의 과거를 증언할 수 있는 중요한 인터뷰이인데 아쉽네."

"그러게. 내심 기대가 컸는데 말야."

조심스럽게 엮어가던 씨줄과 날줄 중 줄 하나가 팅, 하고 끊어진 느낌이었다. 최나한의 표정이 어두워지자 서나래가 "최 피디, 시사프로 피디하면서 이런 일 한두 번 겪었더냐. 아직 만나야 할 분들이 많으니 힘내자." 라며 애써 웃는 얼굴을 했다.

"그래, 우리에겐 꽃길보단 길 없는 사막이 더 어울리지."

최나한이 아무렇지도 않다는 듯 서나래의 손을 잡았다.

환한 얼굴로 차에 오른 두 사람은 김달삼이 교사로 근무했던 대정중학교로 향했다. 대정중학교에 근무하는 직원들은 김달삼이 어떤 인물인지는 알고 있었지만 그에 대해 언급하기를 꺼려했다. 빈손으로 학교를 나온 두 사람은 차를 몰아 대로로 나왔다. 차가 유채꽃다방 앞을 지날 때 인터뷰를 한 노인이 건물 계단을 내려서고 있었다. 그 뒤로 검은 선글라스를 낀 양양과 마담이 따라 나왔으며 그들은 유채꽃다방이라는 상호가 찍힌 모닝을 타고 어디론가 사라졌다.

"오늘 저 노인 횡재했네."

최나한의 말에 서나래가 "모르는 소리. 노인이 아니라 레지들이 횡재했지. 노인네가 무슨 힘이 있어 둘을 감당할까. 그저 돈만 뜯기는 거지." 라며 깔깔 웃었다.

"하나로 만족할 줄 알아야 한다는 지혜를 남겨 주시는군."

"최 피디가 대정에 와서 비로소 세상 이치를 깨닫는구나."

서나래가 최나한의 머리를 쓰다듬으며 말했다. 그러는 사이 차는 추사 유배지에 도착했고, 주차장은 넉넉했다.

"봐봐, 여기 고등학생 때 와 보곤 첨인데 정말 많이 변했다."

서나래가 주변을 둘러보며 말했다. 추사 유배지는 관광지로 변해 있었고 안으로 들어가려면 입장권을 구매해야만 했다. 둘은 먼저 추사관으로 갔다. 세한도 그림에 나오는 집을 본떠서 지었다는 추사관은 추사의 복제된 작품들이 전시되어 있었다. 윤상도가 임금에게 올린 상소문의 초안을 작성했다는 죄로 제주 유배형을 받은 추사는 헌종 6년인 1840년 제주로 와서 1848년까지 대정에 머물렀다. 일제로부터 해방되기 105년 전의 일이니 그리 오래전의 역사도 아니었다.

당시 대정현으로 유배를 온 추사는 강도순의 집에 오래 머물렀다. 집안 살림이 비교적 넉넉했던 강도순은 추사를 집으로 모셨고, 그의 제자가 되었다. 추사는 강도순의 집에 머물며 추사체를 완성했고 세한도도 그렸다. 그 무렵 추사에게는 많은 제자가 있었다. 그들은 대부분 대정에 살거나 인근에 사는 백성들이었다. 추사는 제자들을 모아놓고 학문과 시서화詩書畫를 가르쳤다. 강론 중에는 임금은 임금다워야 하고 신하는 신하다워야 하고 백성은 백성나워야 한다고도 말했을 것이다. 제자 중에는 백성이 백성다워야 한다는 것은 무슨 말씀이십니까, 라고 묻는 이도 있었을 것이다. 그때 추사는 뭐라 답했을까. 서나래는 추사가 내렸을 답을 생각하며 추사관을 둘러보았다.

"실학사상의 맥을 이은 추사와 강도순의 관계를 짐작하면 강도순의 증손인 강문석과 그의 사위 이승진이 어떤 사상을 품었을지도 짐작이 가는 걸."

추사관을 나오면서 최나한이 말했다.

"거기엔 이세번 가문도 연관이 있겠지. 이세번은 김굉필의 제자로 중종 때 조광조와 함께 기묘사화에 연루되어 제주로 유배를 온 인물로 장두 이재수가 이세번의 12대손이고 김달삼 즉 강문석의 사위인 이승진은 이세번의 14대손이야. 그러니까 1901년에 일어난 제주 농민 항쟁의 주역 이재수와 1948년 4월에 일어난 4·3의 주역 이승진(김달삼)은 할아버지와 손자 사이인 셈이지. 또 추사가 강도순의 집에 머물 때 근처에 살던 이재수의 할아버지가 추사의 제자였을 가능성은 매우 높은데, 그렇다면 이재수 강문석 이승진으로 이어지는 저항 정신 같은 것들이 이세번과 추사로부터 나왔다고 봐도 되지 않겠어?"

서나래의 말에 최나한이 "굿! 듣고 보니 강문석과 이승진 이재수가 전혀 다른 인물이 아니었어." 하고 손가락을 튕겼다.

"그렇지. 이세번과 추사로부터 시작된 시대정신이 이재수에게는 반외세 반봉건을 기치로 내건 민중 항쟁의 길을 걷게 했고, 강문석에겐 잃어버린 조국을 되찾고자 하는 항일 운동가의 길을 걷게 했고, 김달삼에겐 친일파와 미 군정으로부터의 민족 해방과 통일 조국을 완수하는 길로 걷게 했던 것은 아닐까?"

서나래가 퍼즐을 맞추듯 그림까지 그려가며 설명했다.

"그거 말 되네. 시기만 달랐지 이재수가 내건 격문과 김달삼의 포고문이 내용상으로는 다를 바 하나도 없거든."

최나한이 자신들의 모습을 영상으로 담으며 말했다. 추사관을 나온 두 사람은 추사 적거지였음을 알리는 비를 지나 강문석의 집으로 향했다. 강문석의 집은 4·3 때 불타 없어진 것을 훗날 복원했다는 안내 글이 있을 뿐 어떤 이유로 집이 불타게 되었는지에 대해선 언급이 없었다.

"토벌대에 의해 불탄 집을 추사가 살려 냈으니 당시 강도순으로부터 입은 은혜는 갚은 셈이 되는 거로군."

최나한이 추사가 머물던 집을 오르며 말했다.

"호호, 그렇지. 추사가 아니었다면 빨갱이 집을 이렇게 복원해 줄 리가 없겠지."

서나래가 집을 둘러보며 소리 내어 웃었다.

최나한이 이재수의 농민 항쟁을 기린 삼의사비와 추사 유배지를 스케치하는 동안 서나래는 마루에 기대앉았다. 스치는 바람은 시원했고, 유채꽃 향이 코끝으로 스며들었다. 서나래는 눈을 감은 채 추사가 머물던 그 시대에 무슨 이야기들이 오고갔는지 짐작해 보았다.

그 무렵 조선은 연일 어수선했다. 제자들이 모여들었고, 추사가 한마디 했을 것이다. 이어 강도순도 한마디 하고, 이재수의 할아버지도 한마디 하고, 추사의 제자였던 소치 허련과 추사에게 세한도를 그리게 만든 이상적도 한마디 하고, 또 다른 제자들도 한마디씩 했을 것이다.

"스승님, 온 나라에 전염병이 돌고 있는 데다 흉년 또한 들어 민심이 날로 날카로워지고 있습니다. 더구나 서양의 군함들까지 출몰하여 나라를 어지럽히고 있으니 어찌하면 좋겠습니까."

"그뿐이 아닙니다. 도처에서 민란이 일어나고 있는데, 다들 저 스스로 임금이 되고자 한다니 이 얼마나 경망스런 일이겠습니까. 임금이 있고서야 신하와 백성이 있는 법, 작금 그러한 관계가 다 어긋난 건 아닌지 염려스럽습니다."

제자들은 스승 앞에 그렇게 탄식하였을 것이다.

"신하가 임금을 우습게 알고 백성이 저 스스로 임금이 되겠다며 칼을 뽑아들었다면 이 나라의 국운이 다한 게 아니겠느냐."

시대를 읽을 줄 아는 추사였으니 제자들에게 그렇게 말했을지도 모른다.

서나래는 강문석의 아비 강기용과 이재수 역시 이 방에서 비밀스러운 이야기들을 주고받았을 것이라 생각했다. 또한 강문석이 항일 운동을 할 때인 1930년대와 1940년대엔 어떤 비밀스러운 이야기들이 오고갔으며, 훗날 유격대 사령관을 지낸 이승진을 사위로 맞아들인 이후 주고받았을 비밀스러운 이야기는 또 무엇이었을지 상상해 보았다. 생각은 꼬리에 꼬리를 물고 이어졌다. 추사가 머문 이래 이 집은 늘 감시의 대상이었을 것이나 그 감시는 김달삼이 유격대 사령관이 되면서 최고조에 달했을 것이다.

"우리가 간밤에 무리했나?"

취재를 마친 최나한이 서나래를 살피며 말했다. 눈을 감은 채 생각에 잠겨 있던 서나래가 피식 웃으며 눈을 떴다.

"최 피디, 수준 좀 높여라. 근현대사를 뒤흔든 역사적 인물들이 회동을 했던 이 성스러운 장소에서 한다는 말이 고작 그거냐? 낮과 밤을 구분할 줄 알아라. 응?"

"피곤해서 조는 줄 알았지."

최나한이 머리를 긁적이며 말했다.

"졸긴, 이 자리에서 무슨 이야기들이 오고갔을까 생각 좀 했다."

"상상은 소설가들이 하는 거고 기사는 팩트로 완성하는 거야."

"무슨 소리. 기록이 없다 뿐이지 여기에 있었던 일은 다 팩트야. 그것도 엄청난 팩트! 아시겠어?"

"엄청난 팩트가 있으면 뭐하나. 그것을 논증할 자료가 없는데."

"아, 자료…… 그게 문제야. 이 사람들은 도무지 자료를 만들지 않는단 말야. 승자의 자료는 과장이 심하니 믿을 수도 없고 말야."

서나래가 머리를 쥐어뜯으며 한숨을 내쉬었다. 김달삼의 흔적을 찾아다니고는 있지만 자료라는 것이 하나같이 달랐다. 김달삼과 강문석의 딸 강영애의 결혼에 대한 이야기만 해도 누구는 일본에서 했다고 하고 누구는 해방 전 대정에서 했다고 하고 또 누구는 결혼했다는 얘길 들은 적 없다고도 하니 누구의 말을 믿어야 할지 서나래로서도 난감할 수밖에 없었다. 김달삼을 기억하는 사람도 없는 데다 혹여 기억한다고 해도 이랬던가? 저랬던가? 하며 스스로도 헷갈려 하니 그 증언 또한 믿기 어려운 게 사실이었다.

"서 기자. 이렇게 머리만 쥐어뜯고 있으면 자료가 만들어지나?"

"그럼 어떡해."

"발로 뛰어야지. 아무리 세월이 흘렀다고 해도 뛰다보면 뭔가 하나는 걸리지 않겠어. 기자라면 그 정도는 기본 아닌가?"

"아휴, 말은 청산유수다."

서나래가 기지개를 크게 켜며 자리에서 일어났다.

폐기된 평화

1948년 4월 28일 오전, L-5 미군 정찰기가 제주 상공에 떴다. 정찰기는 이미 하루 전부터 제주 상공에서 작전을 수행 중이었다. 정찰기에 탄 이는 미군 사령관 하지의 명을 받고 서울에서 급파된 슈 중령이었다. 슈 중령이 탄 정찰기가 제주 상공을 비행하던 시간, 모슬포에 있는 제9연대 연병장엔 연대 병력이 모두 집합해 있었다. 주변으로는 일본군이 사용하던 막사가 있었고, 하늘은 높고 푸르렀다. 부대원들이 집합하자 연대장 김익렬은 무거운 표정으로 단상에 올랐다. 작전참모로부터 집합 보고를 받은 김익렬은 헛기침을 두어 번 한 후 입을 열었다.

"장병 여러분! 우리는 나라를 지키는 군인으로서 작금 일어나고 있는 제주의 상황에 대해 우려를 표하며 사태의 추이를 지켜보고 있었습니다. 하지만 이제는 우리 군이 나서지 않으면 안 될 정도로 제주도는 깊은 혼란에 빠져 있습니다. 하여 우리 군은 이번 사태를 평화적으로 해결하기 위하여 무장대 측과 꾸준히 접촉을 시도해 왔습니다. 그 결과 오늘 오전 무장대 측으로부터 평화 협상을 열자는 연락이 왔습니다. 그리하여 나 김익렬은 딘 미군정장관의 권한을 대표하여 지금 무장대 사령관을 만나러 떠납니다."

김익렬 연대장의 말에 연병장에 집합해 있던 장병들이 술렁거렸다. 그때 상공에선 슈 중령이 탄 미군 정찰기가 날고 있었고, 김익렬 연대장은 미간을 찌푸리며 하늘을 올려다보았다.

"젠장, 오늘 협상이 열리는 걸 알면서 정찰기를 띄우는 건 무슨 심보여."

연설을 듣고 있던 한 장병이 정찰기를 올려다보며 중얼거렸다.

"암만 해도 이번 협상은 무장대의 발을 묶어 두자는 전략인 것 같은데?"

옆에 있던 장병이 말을 받았다.

"시간을 벌기 위한 일이라면 그럴 수도 있겠지. 부산에 있던 5연대 병력이 제주에 급히 파견된 것도 수상하고 말야."

장병 둘이 정찰기가 사라질 때까지 말을 주고받았다. 주변이 조용해지자 김익렬 연대장의 중단된 연설이 이어졌다.

"만에 하나라도 오늘 오후 다섯 시까지 내가 돌아오지 않거나 또는 반도들이 협상에 나선 나를 살해하기라도 한다면 이는 민족반역행위와 다름이 없으니 장병 여러분은 무장대를 철저히 소탕하여 나 김익렬의 원한을 갚아주기 바랍니다."

제주에 주둔하고 있던 제9연대 연대장 김익렬은 그 말을 남기고 지프에 올랐다. 때는 정오 무렵이었고, 먼 바다에서부터 바람이 일기 시작했다. 지프에는 제9연대 정보 참모 이윤락 중위와 초대 제주도지사를 지낸 박경훈도 함께 올랐다. 이윤락은 무장대와의 평화 협상을 추진한 실무자였고, 박경훈은 전 도지사로서 제주도민을 대표하여 함께 가기로 한 것이었다.

모슬포를 떠난 김익렬의 지프가 먼지를 일으키며 한라산으로 향했다. 김익렬 일행이 탄 지프가 구억리 중산간 마을에 이르자 소 한 마리가 길을 막아섰다. 차가 멈추자 소몰이꾼이 "김익렬 연대장입니까?" 하고 물었다. 김익렬이 "그렇소." 라고 대답하자 소몰이꾼이 황색기를 흔들며 김익렬을 안내했다. 소몰이꾼의 안내를 받아 도착한 곳은 마을에 있는 구억국민학교였다. 김익렬의 지프가 학교에 이르자 교문을 지키고 있던 보초가 '받들어 총!'을 하며 예의를 갖춰 주었다. 지프에서 내린 김익렬은 학교 주변을 둘러보았다. 학교 건물은 크지 않았고, 운동장엔 잡초가 무성하게 자라고 있었다. 학교 주변으로는 무장한 젊은이들이 곳곳에 배치되어 있어 김익렬은 이 마을도 무장대에게 넘어갔구나, 라고 생각했다. 협상 장소는 학교 교장이 사용하는 관사라고 했다.

"도지사님은 회담장에 입장하실 수 없습니다."

무장대 측에서 박경훈의 입장을 제지했다. 김익렬이 나섰다.

"도지사님은 제주도민 대표 자격으로 온 것이오."

"지금은 민간인 신분이시라 협상 대표로서의 자격이 없으십니다. 그러니 회담이 끝날 때까지 밖에서 기다려 주십시오."

무장대는 박경훈을 밖에 머물게 하고 김익렬과 이윤락 두 사람만을 협상 장소로 안내했다. 관사로 들어가자 일본식 다다미방이 나타났고, 방 중앙엔 협상 테이블이 놓여 있었다. 두 사람이 협상 장으로 안내되자 기다리고 있던 김달삼이 먼저 인사를 건넸다.

"내가 김달삼입니다. 찾아와 주어 고맙습니다."

"당신이 진짜 김달삼이 맞습니까?"

"허허, 맞습니다."

"그렇다면 가장 먼저 묻고 싶은 게 있습니다."

김달삼이 안경을 밀어 올리며 말했다.

"무엇입니까?"

"왜 우리 동족끼리 피를 흘리며 싸워야 합니까?"

"허허, 우리가 봉기를 일으키고 싶어서 일으킨 줄 아십니까? 조선의 전 인민이 떨쳐 일어나 민족 자주독립을 쟁취해야 할 때임에도 불구하고 오히려 탄압받고 있으니 일어난 것이지요. 당신도 알다시피 일제하의 민족 반역자인 경찰과 일제의 고관을 지낸 자들이 제주에만도 얼마나 많습니까. 그런 자들이 자신들의 죄상이 드러날까 두려워 미제국주의자들의 주구가 되어 일제 때보다 몇 배나 더 되는 압정을 가하고 있으며, 특히 경찰은 무고한 도민의 재산을 약탈하는 것도 모자라 살인, 강간, 고문치사 등을 연일 일삼고 있습니다. 그 구체적인 사례들은 얼마든지 있으며 원한다면 제공할 수 있습니다. 이뿐 아니라 만주와 이북에서 일제 때 악질 경찰이나 민족 반역자 노릇을 하던 자들이 월남하여 반공 애국자 노릇을 하고 있으며, 최근에는 서북청년단을 조직하여 그 중 수백 명이 제주의 친일 경찰과 합세하여 도민의 재산을 약탈하고 있습니다. 그래서 선량한 도민들은 견디다 못해 친일파와 일제 시대의 악질 경찰들을 제주도에서 몰아내기 위하여 무장의거를 일으킨 것입니다."

"그 심정 충분히 이해합니다. 그래서 우리가 이렇게 만난 게 아니겠습니까. 그래 우리가 어떻게 하기를 원하십니까."

"우리의 요구는 간단합니다. 제주도 내에 있는 일제 경찰과 민족 반역자 관리들을 축출하고 제주도민으로 구성된 경찰과 관리를 채용하여 제주도민을 위한 행정과 치안을 담당하게 해 주십시오. 그렇지 않으면 이리 죽으나 저리 죽으나 매일반이니 우리는 최후의 일인까지 사투하여 우리의 목적을 달성할 것입니다. 그러나 오늘 우리의 요구 조건을 들어주고 자유롭게 살 수 있게만 해 준다면 우리는 무기를 내려놓고 당장이라도 집으로 돌아갈 마음의 준비 또한 되어 있음을 밝혀 드립니다."

"좋습니다. 무장대 측에서 요구하는 조건들은 다 들어줄 테니 오늘 당장 지서를 습격하는 등 일체의 전투 행위를 중단해 주십시오."

"전 도에 연락을 취해야 합니다. 당장은 힘드니 닷새의 시간을 주십시오."

"그렇다면 당장 연락이 가능한 대정면과 중문면만이라도 오늘 즉각 전투를 중지하고 다른 지역은 24시간 이내로 전투 중지를 하는 게 어떻겠습니까."

"24시간 안에는 절대 불가한 일입니다. 산간부락까지 도보로 연락을 하려면 닷새는 필요합니다."

"그러면 이렇게 합의합시다. 전투 중지는 72시간 내에 이뤄져야 하고 기타 산발적인 전투는 연락 미달로 인해 발생한 것으로 간주하되, 5일 후의 전투는 배신행위로 단정하여 오늘의 합의가 깨진 것으로 하면 어떻겠습니까."

"좋습니다."

"우리가 무장대 측의 요구를 수용하는 대신 우리도 무장대 측에 요구할 것이 있습니다."

김익렬이 지휘봉을 매만지며 말했다.

"무엇입니까?"

"우리의 요구도 간단합니다. 전투 중지와 함께 무장 해제도 즉각 해 주십시오."

"그건 어렵습니다. 그러나 먼저 비무장 주민들을 하산시켜 약속이 이행되는가를 확인하겠습니다. 그러고 나서 3개월 후 비무장 주민들의 자유와 안전이 완전하게 보장된다면 대원들의 무장 해제를 받겠습니다."

"우리는 그런 부분적인 무장 해제를 원하지 않습니다. 전원 완전 무장 해제만이 오늘 회담의 성패에 관한 요점이며, 폭동 진압의 완료이고, 평화 회복의 요체입니다."

"무슨 말인지 알겠습니다. 무장 해제는 원하시는 대로 단계적으로 하겠습니다. 대신에 약속을 불이행할 시 즉각 전투에 돌입해도 좋다는 선에서 합의를 하십시오."

"좋습니다. 그럼 무장대 측에서 요구하는 게 무엇인지 자세하게 말해 보시오."

"우선 제주도민으로만 행정 관리와 경찰을 편성하고 민족 반역자와 악질 경찰 그리고 서북청년들을 제주도에서 추방시켜 주시오."

"좋습니다. 친일파와 민족 반역자 관리 그리고 범법 사실이 증명된 서북청년단원들까지 모두 해직 추방하겠습니다. 또 다른 조건은 없습니까?"

"의거에 참여한 사람들 전원의 죄를 불문에 부치고 안전과 자유를 보장해 주십시오."

"교전 과정에서 발생한 살인, 방화범을 제외하고는 전원 범죄 일체를 불문에 부치겠습니다. 또한 범법자라도 자진 귀순하면 관대한 처분을 할 것이며, 절대로 사형이나 종신형 같은 중형에는 처하지 않도록 보장하겠습니다."

"살인과 방화범이라니요. 반민족 친일분자들을 처단하고자 들고일어난 애국적 봉기입니다. 그렇게 다룰 순 없습니다."

김달삼이 고개를 저으며 말했다.

"지금이 오후 네 시 삼십 분입니다. 다섯 시까지 부대로 돌아가지 않으면 내가 당신들에게 살해된 것으로 단정하고 공격을 시작할 것입니다. 그렇게 되면 불필요한 오해로 유혈 사태가 발생할 것이니 오늘은 이것으로 일단 휴회를 하고 내일 또다시 시간을 정해 이 장소에서 만나도록 합시다."

"오늘 내로 결말을 짓지 못하면 회담은 결렬되는 겁니다. 혹시 당신은 회담이 주목적이 아니고 회담을 빙자하여 정탐이나 분열 공작을 하러 온 것이 아닙니까?"

김달삼이 고개를 갸웃하며 김익렬을 응시했다. 김익렬이 공작은 결코 아니라는 듯 빙긋 웃으며 답했다.

"나 김익렬은 군인이지 공작이나 하는 모리배가 아닙니다. 그렇다면 내 최후의 제안을 하겠습니다. 법법자의 명단을 작성하여 법법 책임자를 분명히 하되, 명단에 기재된 범인들의 자수, 도망은 자유의사에 맡기겠습니다. 그러나 당신과 두목들은 중벌을 면하기 어려울 것입니다. 하지만 제안할 게 있습니다. 모든 폭도들의 귀순과 무장 해제를 책임지고 시켜 준다면 합의서에 명문화할 순 없으나 나 개인적으로 당신들을 도외나 해외로의 탈출을 배려하겠습니다. 성능 좋은 선박 한 척을 제공할 용의도 있습니다. 이 모든 것은 나 김익렬의 명예와 생명을 걸고 준수할 것을 약속합니다."

"좋습니다. 수락합니다. 귀순과 무장 해제가 끝나고 모든 약속이 준수 이행된다면 나는 당당히 자수하여 의거에 관한 모든 책임을 질 것입니다. 또 법정에서 우리들의 행동이 자위를 위한 정당방위였음을 밝히면서 경찰의 압정과 만행을 만천하에 공표할 것입니다. 지금까지 당신이 말한 약속은 정말 이행되는 것으로 믿어도 되겠습니까?"

"내가 한 약속에 대해서 신뢰나 안도를 갖지 못한다면 내 가족을 인질로 잡아 두어도 좋습니다. 나의 가족들을 인수할 장소와 일시를 말하면 즉각 시행하겠습니다."

"감사하오. 그렇게까지 애족하시니 무어라 말할 수 없습니다. 허나 지금이 비록 난세라고는 하여도 노령이신 노모님과 연약한 부인과 어린 아들을 산에서 모실 순 없습니다. 그러나 제주 인민들이 약속 이행에 불안해하고 있으니 이 점만은 꼭 지켜 주십시오. 연대 내에 기거하는 가족들을 우리가 지정하는 예전의 대정면장 집으로 옮겨 살게 조치해 주십시오. 물론 부근에 일체의 군인 배치를 금하며, 출입도 금해 주십시오. 우리가 감시할 것입니다."

"좋습니다. 그렇게 합시다. 귀대 약속 시간이 넘었으니 이제 돌아가겠습니다."

둘은 뜨겁게 악수를 나누었고 협상을 지켜보던 이들은 눈물을 글썽이며 환호와 박수를 보냈다.

"동지들, 군에서 친일 경찰과 민족 반역자들을 몰아내 주겠답니다. 이제 제주에 평화가 왔습니다. 평화가 말입니다!"

김달삼은 손을 번쩍 들며 그렇게 소리쳤다.

그날 합의된 협상 내용을 정리하자면 첫째, 72시간 내에 전투를 완전히 중지하되 산발적으로 충돌이 있으면 연락 미달로 간주하고, 5일이 지난 이후의 전투는 배신행위로 본다. 둘째, 무장 해제는 점차적으로 하되 상호 약속을 위반하면 즉각 전투를 재개한다. 셋째, 무장 해제와 하산이 원만히 이뤄지면 주모자들의 신병을 보장한다는 등이었다.

당시 협상의 주인공인 김달삼은 스물을 갓 넘긴 나이였고, 김익렬은 김달삼보다 너댓 살 위인 스물일곱이었다.

김달삼은 제주 출신으로 일본 도쿄중앙대학 전문부 법학과를 나와 대정중학교 교사로 있으면서 남로당 대정면당 조직부장을 맡았다. 1947년 3·1절 발포 사건 이후 도당 조직부장을 거쳐 1948년 4·3 때엔 무장대 사령관 자격으로 협상 장에 나왔다. 김익렬은 경남 하동 출신이며 일본 예비육군사관학교를 졸업한 후 일본군 소위로 임관하였다. 해방 후 군사영어학교를 졸업한 김익렬은 국군경비대 소위로 임관하였고, 1948년엔 제9연대 연대장 자격으로 평화 협상에 임했다.

협상이 끝나자 제주를 피로 물들이던 총성이 멈추었다. 잠시 평화의 기운이 감도는가 했으나 두 사람이 합의한 평화는 그리 길지 않았다. 협상을 벌인 지 하루도 지나지 않아 제주 전역엔 "시간을 벌기 위한 폭도들의 술책에 연대장이 기만당했다." 라거나 "연대장이 폭도 두목과 내통했다." 라는 유언비어가 나돌더니 급기야 "연대장이 기만 전술로 귀순자들을 한 데 모아 몰살하려는 계획을 세웠다." 라는 유언비어까지 돌기 시작했다. 이에 대노한 김익렬은 유언비어의 출처를 조사하라 지시했다. 하루가 지나자 정보장교가 김익렬에게 보고했다.

"연대장님, 친일 경찰은 물론이고 대동청년단과 서북청년단 단원 등 우익 단체들이 유언비어를 퍼트리는 것으로 파악되었습니다."

"그들이 왜?"

"연대장님께서 무장대와 협상할 때 친일 경찰과 민족 반역자들을 제주에서 출도 시킨다고 하지 않으셨습니까. 그래서……."

"음."

김익렬이 신음을 삼키며 고개를 흔들었다.

'평화를 두려워하는 자들이 많구나.'

한라산을 바라보고 있던 서나래가 "평화를 두려워하는 자들은 지금도 많지." 라고 중얼거렸다.

김달삼과 김익렬의 평화 협정을 깬 건 미군정과 친일 경찰 그리고 서청단원과 대동청년단 같은 우익 단체였다. 그들은 5월 1일 제주읍 오라리 마을에 들어가서 방화를 한 후 그 죄를 무장대에 전가시켰다.[3] 그리고 이틀 후인 5월

ᵒᵒᵒᵒᵒᵒᵒ

3 김달삼과 김익렬의 평화 협상 사흘만인 5월 1일 우익 청년단이 제주읍 오라리 마을을 방화하는 세칭 '오라리 사건'이 벌어졌고, 5월 3일에는 미군이 경비대에게 총공격을 명령함으로써 협상이 깨지고 말았다. 이 사실을 모르고 평화 협상에 따라 귀순의 성격을 띠고 산에서 내려오던 사람들이

3일, 딘 군정장관은 기다렸다는 듯 무장대가 협정을 파기했다며 무장대에 대한 총공격을 명령했다. 김익렬이 실제 방화범인 대동청년단 단원을 체포하여 방화를 일으킨 것은 무장대가 아니라 우익 측의 소행이라고 아무리 설명해도 미군정은 그의 말을 듣지 않았다. 그것은 예정된 수순이었고, 그날 이후 제주는 살육과 피의 섬이 되었다.

"그러니까 미군정은 김달삼과 김익렬의 평화 협정이 성사되는 것을 찬성하지 않았다는 거네?"

최나한이 폐허가 된 구억국민학교를 카메라에 담으며 물었다.

"미군정은 평화 협상이 진행되는 중에도 초토화 작전을 준비했으니 그렇다고 봐야겠지. 애초 미군정의 정책이라는 게 친일파를 안고 가는 거였으니 당연한 선택이었을 수도 있고 말야. 당시 방화범으로 체포된 대동청년단원이 풀려나자마자 경찰복을 입은 것만 봐도 그렇고, 김익렬을 빨갱이로 몰아 연대장에서 해임한 것만 봐도 짐작이 가잖아."

서나래는 김달삼과 김익렬의 평화 협정이 열린 장소로 걸음을 옮겼다. 관사는 역사의 현장답게 묵묵히 그 자리를 지키고 있었다. 하지만 당시 맺었던 평

정체불명의 자들로부터 총격을 받았다. 총격을 가한 자들은 경찰로 드러났다. 경비대의 취조 결과, 그들은 "상부의 지시에 의하여 폭도와 미군과 경비대 장병을 사살하여 폭도들의 귀순공작 진행을 방해하는 임무를 띤 특공대"라고 자백했다. 김익렬의 증언에 따르면, "경찰은 폭동 진압에 뜻이 있는 것이 아니라 자기들의 과오와 죄상을 은폐하기 위하여 오히려 폭동을 조장, 확대하려고 하였다. 경찰들은 폭도를 가장하여 민가를 방화하고는 폭도의 소행으로 선전하고 다녔고, 이렇게 되자 폭도들도 산에서 내려와 각 지서를 습격하여 중지되었던 전투가 다시 개시되었다." 오라리 사건에 대해선 미국이 그 배후에 있었던 게 아닌가 하는 의혹이 제기되었다. 무엇보다도 오라리 방화 사건 현장이 미국 촬영반에 의해 공중과 땅에서 모두 촬영되었기 때문이다. 그것도 놀라운 사실이지만, 더욱 놀라운 건 그 기록영화는 폭도들이 방화를 저지른 것처럼 조작 편집되었다는 사실이다. (강준만, 『한국 현대사 산책 1940년대 편』 2권, 108~110쪽)

화를 아무렇게나 폐기했듯 건물 또한 무참히 버려져 있었다. 넝쿨식물이 지붕을 타고 있었으며, 반쯤 넘어진 건물은 관리가 되지 않아 금방이라도 폭삭 주저앉을 것처럼 보였다.

"최 피디. 여길 봐. 1948년 깨진 평화가 지금까지 이 모양으로 남아 있잖아. 역사적인 장소를 이처럼 방치하는 건 제주의 평화 또한 멀고멀었다는 증거 아니겠어?"

"평화의 섬 어쩌고 하면서 강정 마을에 해군 기지가 들어서는 거 보면 알잖아. 그걸 괜히 만들겠어?"

최나한이 무너져 내린 관사를 카메라에 담으며 말했다.

"자료를 보니 제주에 미군 기지를 만드는 건 이미 1947년부터 나왔던 이야기더만. 그 일이 지금까지 진행되고 있으니 미국이 얼마나 집요한 나라인지 증명 되고도 남지."

"당시만 해도 점령국의 지위를 확실하게 누리겠다는 거였겠지."

"그건 일본도 같은 생각이었어. 일제 말기 제주에 주둔하고 있던 일본군이 무려 6만 5천이었어. 제주가 전략적 요충지라고 하는 것은 그놈들도 잘 알고 있었던 거지."

"고려 때 원나라의 지배를 1백 년이나 받은 제주가 조선에 와서는 유배지의 땅이 되었고, 그 이후엔 전쟁의 소용돌이로 빠져들었으니 평화의 섬이라는 말이 무색하긴 하다."

최나한이 말했다.

"전시작전권도 없는 나라가 그렇지 뭐."

서나래가 기울어져 가는 해를 쓸쓸하게 바라보았다. 대한민국의 역사라는 것이 알면 알수록 화가 나고 분노가 인다는 누군가의 말이 결코 틀리지 않았다.

"요양원에 계신다는 할머니 만나러 갈 시간 안 됐어?"

최나한이 카메라를 접으며 물었다.

"아, 이춘득 할머니…… 벌써 시간이 이렇게 됐나?"

서나래가 시계를 들여다보며 걸음을 재촉했다.

서귀포로 향하는 중산간도로는 제주의 아름다움이 그대로 묻어났다. 좌측으로는 한라산이 우뚝 솟아 있고 우측으로 시선을 돌리면 검푸른 바다가 융단처럼 깔려 있었다.

"이번엔 김달삼 노인의 진위가 밝혀졌으면 좋겠다."

최나한이 이국적으로 펼쳐져 있는 서귀포 앞 바다를 힐긋거렸다.

"그러게 말야. 김달삼이라고 주장하는 사람이 있어도 그에 대한 기사를 쓸 수 없으니 답답하기만 하다."

서나래가 짧게 한숨을 내쉬었다.

김달삼과 김익렬이 평화 협상을 벌인 장소에서 이춘득 할머니가 머물고 있는 한라요양원은 멀지 않았다. 요양원에 도착하자 간호사 복장을 한 여직원이 휠체어를 밀고 나타났다.

"요 며칠 할머니께서 무척 울적해하고 계셨는데, 선생님들께서 오신다니 신이 나서 머리도 만지고 그러시더군요."

여직원의 말에 할머니는 "그런 말은 왜 하누?"라며 눈을 흘겼다.

"호호, 그러셨잖아요. 암튼 좋은 시간 가지시고요. 이따가 뵙겠습니다."

여직원이 서나래와 최나한에게 인사를 하곤 건물 안으로 사라졌다. 할머니의 면회 시간은 1시간으로 정해져 있어 최대한 서둘러야 했다. 최나한이 촬영을 준비하는 사이 서나래가 할머니의 휠체어를 밀었다. 서나래는 바다가 잘 보이는 곳으로 할머니를 안내했다.

"할머니, 오늘은 왜 울적하셨어요?"

서나래가 물었다. 할머니가 서귀포 앞바다로 시선을 던지며 한숨을 내쉬었다.

"오늘이 4·3이잖여. 그 일로 가족과 일가친척 다 잃고 지금껏 혼자 살아왔는데 울적하지 않을 재간이 있나?"

"그때 할머니께서 겪으신 이야길 들었는데요. 할머니도 4·3의 피해자 중의 한 분이라고요."

"그럼. 그때 생각만 하면 지금도 이가 갈려."

"당시 무슨 일이 있었는지 말씀해 주시겠어요?"

할머니가 입술을 부르르 떨더니 말을 시작했다.

"그때가 1948년 5월 30일이었어. 점심상을 막 물렸을 무렵이었지. 육지에서 온 응원경찰대 놈들 수십 명이 마을에 들이닥쳤어. 집집마다 돌아댕기며 애 어른 할 거 없이 끌어내더만 사람들을 국민학교 마당에다 집합을 시켜. 그러더니 빨갱이 새끼들이라고 욕을 하면서 패기 시작하는데 지옥도 그런 지옥이 없어. 한참을 그렇게 매타작을 하더니 여자고 남자고 할 거 없이 옷을 홀랑 벗으라며 또 패기 시작해. 미친놈들처럼 돌아치며 장작을 휘두르는데, 병신 안 되려면 옷을 벗어야 어째. 다들 시아버지 앞이고 형수 앞이고 시숙 앞이고 오빠 앞이고 뭐고 눈치 볼 시간도 읎이 옷을 벗었지 머. 남자고 여자고 옷을 벗고는 아랫도리나 젖을 요래 가리고 있으니 똑바로 서라며 또 두들겨 패. 그렇게 또 한참을 매질을 하는데, 살려달라는 비명소리가 여기저기에서 들려와. 그놈의 새끼들이 아고 어른이고 얼마나 패는지 나도 오늘 이 자리에서 죽는구나, 했어. 그러고 있는데, 그냥 때리는 것도 재미가 없었던지 느닷없이 남자 하나와 여자 하나를 지명하더니 앞으로 불러내데. 둘 다 훌러덩 벗고 있는데, 남자는 등짝에 피멍이 들었고 여잔 용케도 아직 말짱해. 두 사람이 쭈뼛쭈뼛 나오니 그중 한 놈이 그래. 야, 지금부터 공개 씹을 한다 실시! 이러는 거지 뭐겠어. 그 소리에 다들 뭔 소린가 싶어 눈을 동그랗게 떴지. 남자와 여잔 공교롭게도 형수와 시동생 관계였거든."

"저런 나쁜 놈들. 그래서 어떻게 됐어요?"

할머니가 물로 입술을 적시더니 말을 이었다.

"맞아 죽지 않으려면 별 수 있어? 시키는 대로 해야지. 처음엔 하는 척 시늉만 이래저래 했는데, 그 새끼들이 똑바로 하라며 남자 등을 장작으로 막 내리쳐. 남자가 하는 수 없이 지 형수를 그러고 있는데, 흙바닥에 누워 있는 형수는 눈물만 뚝뚝 흘려. 아무도 말리지 못하고 그저 지켜만 보고 있는데, 서서히 날이 저물어가. 그렇게 해가 넘어갈 기미가 있자 놈들이 어른들을 나오라고 하더니 몇 줄로 쭉 세워. 그러더니 장난하듯 총을 막 갈겨. 낄낄 웃으면서 말야. 벌거벗은 사람들이 쓰러지고 피가 튀고 비명이 나고…… 아이고, 지금 생각해도 심장이 후들후들해."

말을 마친 할머니가 두 손을 가슴에 얹으며 고개를 흔들었다.

"할머니는 안 다치셨어요?"

"그때 내 나이가 열다섯이었는데, 몸집이 작고 하니 애들 속에 살그머니 숨었지. 난 용케 살아났지만 내 신랑과 부모님은 그 자리에서 다들 절명했어. 결혼한 지 석 달 만에 신랑과 온 가족을 다 잃고 보니 막막해. 갈 곳도 없고."

"그래서 산으로 가신 거군요?"

"그랬지. 분하고 억울하고 무섭기도 하고 하여간 집엔 못 있겠더라고. 장례고 뭐고 부모님과 신랑을 땅에 묻고는 무작정 산으로 올라갔어. 그렇게 해서 무장대를 만났는데, 내 첫 말이 복수하게 총 좀 달라는 거였어. 하지만 여잔 데다가 아직 어리니 총은 안 줘. 대신 레포라는 걸 하라고 해. 마을과 산을 연결시켜주는 연락원을 하라는 거지. 복수만 할 수 있다면 뭐든 하겠다고 했어. 그렇게 해서 레포로 활동하다가 이승만이가 대통령이 되면서 섬을 초토화시키던 무렵에 붙잡혔어. 그리곤 고문을 당해 지금 요 모양이 된 거고."

할머니는 그 이후 평생을 어렵게 살다 요양원까지 오게 되었다고 말했다.

"김달삼 사령관은 언제 만났습니까?"

"그 양반은 레포를 하면서 몇 번 봤지. 머리도 비상하지만 아주 미남이야. 일본에서 대학을 다녀서 그런지 아는 것도 많아."

할머니가 당시를 생각하며 입가에 미소를 달았다.

"직접 대화도 해 보셨나요?"

"그럼, 많이 배워서 그런가 말투가 아주 고왔어. 그해 8월인가 남조선인민 대표자대회에 참석한다며 제주를 떠날 땐 혼자서 눈물까지 흘렸는걸."

할머니는 부끄러운 듯 손으로 입을 가리더니 풋, 하고 웃었다.

"그게 마지막이었군요."

"그랬지. 그러곤 두 번 다시 못 봤어."

할머니가 시선을 먼 바다로 옮기며 말했다. 할머니가 지난 기억을 길어 올리는 사이 서나래가 노트북에 동영상 하나를 띄웠다.

"할머니 이분이 누군지 알아보시겠어요?"

서나래가 손으로 화면을 가리키며 물었다. 할머니는 고개를 갸웃거리며 화면에 나오는 인물을 기억해 내려 애썼다.

"글쎄…… 누군지 모르겠는데."

할머니가 고개를 흔들었다.

"할머니, 목소리나 눈매 얼굴 등을 중점적으로 봐 주세요."

서나래가 음향을 키우며 말했다. 할머니가 화면을 다시 한 번 바라보더니 손을 내저었다.

"암만 해도 모르겠어."

"그분이 김달삼 사령관인데, 그래도 모르시겠어요?"

"뭐? 이분이 김달삼 사령관님이라고?"

할머니가 두 눈을 동그랗게 뜨며 물었다.

"예, 그렇다고 합니다. 그러니까 할머니께서 이분이 김달삼인지 확인을 좀 해 주셨으면 해서요."

서나래가 화면을 처음으로 돌리며 말했다. 할머니가 몸을 바싹 당겨 앉으며 화면을 뚫어져라 바라보았다. 20분에 가까운 영상이 끝나갈 때까지 할머니는 미동조차 하지 않고 화면에만 몰두했다. 영상이 끝나자 할머니는 휠체어 등받이에 몸을 기대며 눈을 지그시 감았다. 잠시 무슨 생각엔가 잠겨 있던 할머니가 고개를 저으며 말했다.

"저 사람은 김달삼 사령관님이 아녀. 얼핏 보면 비젓하기는 한데 내가 보기엔 사령관님이 아니고 다른 김달삼이 같아."

"다른 김달삼요?"

"그려. 그때 김달삼이 몇 있었어. 사령관님은 당시 똘똘하고 투쟁심이 강한 대원을 몇 명 뽑아 사령관 호위병으로 뒀는데, 조직을 보호하려는 차원에서 그들에게 너도 김달삼 해라 너도 김달삼 해라 그러셨거든. 그래서 다들 어깨를 으쓱하며 나도 김달삼이다 나도 김달삼이다 하고 다녔지. 어차피 다들 가명으로 살던 시대였잖아. 하지만 김달삼 사령관님은 산에 있어도 보석같이 반

짝반짝 빛났어. 눈매가 얼마나 그윽했는지 깊고 깊은 우물 같았어. 저 양반과
는 달라."

서나래가 동영상 화면을 다시 띄우며 물었다.

"결국은 이분도 김달삼이라는 건데요. 본명이 뭔지는 기억나세요?"

할머니가 화면 속의 인물을 다시 한 번 살피더니 "세월이 오래 지나서 그런
지 기억이 날 듯 날 듯 하면서도 안나." 했다. 서나래가 무슨 질문인가 또 하려
고 할 때 직원이 나타났다.

"할머니 즐거우셨어요?"

"왜 벌써 와."

할머니가 아쉬운 듯 말했다.

"약 드실 시간이에요."

직원이 할머니의 휠체어를 잡으며 말했다. 서나래는 노인의 사진 몇 장을
할머니에게 건넸다. 그러면서 사진 속 인물이 누군지 기억이 나면 연락을 주
십사 하는 부탁도 곁들였다.

백비

제주에 어둠이 내리기 시작했다. 벚꽃이 휘날리는 길을 달려 바닷가 횟집에 이르렀을 땐 앞 바다에서 조업을 하는 배들도 불을 환하게 밝히고 있었다.

"늦었네. 윤모 선배 벌써 와 있겠는걸."

"이미 한 병은 비웠겠다."

"벌써?"

"하하, 윤모 선배 성질 급한 거 알잖아."

서나래와 최나한이 횟집에 도착했을 때 한윤모는 살아 꿈틀거리는 낙지를 안주 삼아 소주를 마시고 있었다.

"역시 기대를 저버리지 않네."

최나한이 낄낄 웃으며 혼자 술을 마시고 있는 한윤모에게로 갔다. 두 사람이 나타나자 한윤모가 벌떡 일어나며 두 팔을 활짝 벌렸다.

"야, 느이들을 제주에서 만나다니 반갑다 반가워."

"와, 윤모 선배 제주로 유배 오셨다고 하더만 유배자 치곤 너무 자유인처럼 보이는 걸요?"

"야, 서나래. 이 정도의 자유마저 없으면 이 죽음의 섬에서 어떻게 살겠냐."

"호호, 이해가 갑니다."

"자자, 오랜만인데 한잔씩들 하자고."

한윤모가 등받이가 있는 의자에 앉으며 말했다. 그러는 사이 한윤모가 주문한 회가 나왔다. 정갈한 상이 차려지자 한윤모가 두 사람의 잔에 술을 채웠다.

"여기까진 어쩐 일이여?"

"취재 왔어요."

서나래가 답했다.

"취재? 신문사 기자가 해직 피디 출신 다큐 감독과 취재를 한다? 어째 어울리지 않는 조합인데?"

한윤모가 잔을 들며 고개를 갸웃했다.

"호호, 그렇게 됐어요."

서나래가 잔을 들며 그런 얘긴 그만하고 목이나 축이자고 했다.

"아냐, 최나한이 저놈 하는 행동이 뭔가 수상해. 느이 둘이 사귀냐?"

한윤모가 눈을 가늘게 뜨며 둘의 표정을 살폈다.

"어머, 아니에요."

서나래가 화들짝 놀라며 손사래를 쳤다.

"아냐, 정말 수상해. 느이가 그렇게 다정한 눈빛을 교환한 적 없잖아?"

한윤모는 서나래와 최나한의 대학 동아리 선배로 둘 사이를 누구보다 잘 알았다. 한윤모가 의구심을 거두지 않자 서나래가 최나한과 함께 제주에 오게 된 사정을 털어놓았다.

"에이, 김달삼이 살아 있다는 게 말이 되냐?"

한윤모는 말도 안 되는 소리를 하고 있다며 들고 있던 술잔을 탁 소리가 나도록 내려놓았다.

"아이, 선배. 사람들이 들어요."

서나래가 주변을 둘러보며 쉿, 소리를 냈다.

"제주 사람들이 들으면 자다가도 벌떡 일어날 일인데, 어떻게 흥분하지 않을 수가 있냐!"

"선배 생각을 이해 못하는 건 아니지만 본인이 그렇게 주장을 하는데 어떡합니까?"

최나한이 목소리를 죽이며 말했다.

"허참, 그 노인네 머리가 어떻게 된 거 아냐?"

한윤모가 손가락을 빙빙 돌렸다.

"그런 건 아닌 듯싶고요. 믿기 어려우시면 그런 줄만 알고 계세요."

"칫 피디. 이거 왜 이래. 내 비록 제주에 유배 와 있지만 나도 엄연히 방송국 피디야. 이런 얘길 듣고 잠자코 술이나 먹으란 말이냐?"

"못 믿으시니 하는 말이지요."

"말이 안 되는 건 사실이잖아. 지금이 몇 년돈데 4·3 때 인물인 김달삼이 나타나냐고."

"아참, 선배도. 그래서 우리가 취재를 시작한 거 아니에요."

서나래가 술이나 마시자며 술잔을 들었다. 한윤모가 술잔을 급히 비우더니 물었다.

"그래, 좋다. 기왕 시작했으니 세상을 발칵 뒤집어 놓을 수 있는 특종 하나 만들어 봐라. 근데 느이들 4·3 평화기념관에는 가 봤냐?"

"가 봤지요."

최나한이 답했다.

"거기 가서 뭘 보고 뭘 담았냐?"

"이것저것 다요. 공원이 잘 조성되어 있던 걸요."

"그렇지. 하지만 거기선 백비만 보면 돼. 거기에 누워 있는 백비가 4·3의 현주소야."

한윤모는 그렇게 말하고는 어둔 바다를 바라보았다.

"아, 예."

최나한이 한윤모의 술잔을 채우며 고개를 끄덕였다. 기념관에서 사람들의 발길을 가장 오래 머물게 한 것은 실제로 한윤모가 말한 '백비'였다. 하얀 비석엔 아무런 글자도 새겨져 있지 않았으며, 넋을 잃고 누워 있는 듯한 모습은 마치 흰색의 대형 돌 관을 보는 듯했다. 제주 사람들은 그 비석을 그냥 백비라 불렀는데, 비석에 이름을 붙이지 못한 이유를 이렇게 설명했다.

〈언젠가 이 비에 제주 4·3의 이름을 새기고 일으켜 세우리라. 봉기, 항쟁, 사태, 폭동, 사건 등으로 다양하게 불려온 제주 4·3은 아직까지도 올바른 역사적 이름을 얻지 못하고 있으나 분단의 시대를 넘어 남과 북이 하나가 되는 통일의 그날, 진정한 4·3의 이름을 새길 수 있으리라.〉

"화순에 있는 운주사 와불이 우뚝 서는 날 민중이 원하는 미륵 세상이 온다고 하잖아. 기념관에 있는 백비도 똑같아. 그 백비가 우뚝 서는 날 4·3도 비로소 해원이 되고 평화가 오는 거야."

한윤모는 취기가 오르는지 자주 눈을 깜박거렸다.

"백비야 통일이 되면 세워지지 않겠습니까."

안주를 집어 먹던 서나래가 말했다.

"그놈의 통일이 어떻게 생겼는지 낯짝이라도 봤으면 좋겠다."

한윤모가 술잔을 비우며 허허 웃었다.

술잔이 몇 번 돌고 새로운 술병이 몇 번 비워지는 동안 대화는 줄곧 한윤모가 이끌었다. 서나래와 최나한은 한윤모가 하는 이야기를 들으며 그의 제주 생활을 짐작할 수 있었다.

"야, 처음 제주에 왔을 땐 죽을 것 같더니만 살아 보니 재밌어. 싱싱한 회가 지천인 데다가 풍경 또한 이국적인 게 하루하루가 새롭더라."

그러나 한윤모는 점점 취해 갔고, 시간이 갈수록 고개를 숙이는 횟수 또한 늘어 갔다.

"야, 서나래. 근데 말이지. 씨팔, 왜 밤만 되면 난 육지로 가고 싶은지 모르겠다. 술을 먹다가도 밥을 먹다가도 육지로 막 가고 싶어. 육지와 연결된 다리만 있다면 뛰어서라도 아니 기어서라도 가고 싶은데, 그놈의 다리가 없어. 다리가……."

"선배, 제주가 좋다며 지금껏 자랑해 놓고 갑자기 왜 그래요?"

그렇게 묻는 최나한도 혀가 꼬이기는 마찬가지였다.

"야, 최 피디. 낮엔 좋은데 밤만 되면 그렇다는 거야. 미치도록 말야. 김달삼이가 나타났다는 게 말이 안 되듯 나도 내가 왜 그러는지 이해가 안 돼. 뽕 먹은 놈처럼 한 번 그런 생각이 들면 술을 마셔도 노래를 불러도 섹스를 해도 안 지워져. 그 기분 넌 모를 거다."

한윤모가 빈 병을 들어올리며 종원업에게 술을 더 달라고 소리쳤다. 종업원이 술을 가지고 오는 사이 서나래의 휴대폰이 울렸다. 박카스아줌마였다.

— 서 기자, 영감님이 이상하신데 병원에 가야 하나 어째야 하나.

박카스아줌마의 음성이 급하게 들려왔다. 서나래는 노인의 상태가 어떠냐고 물었다.

— 낮에까진 미음도 드시고 했는데, 저녁이 되면서 열이 펄펄 오르더니 지금은 숨까지 헐떡거리시네.

박카스아줌마의 걱정이 제주까지 전해졌다. 서나래는 할아버지의 상태가

위중하면 지금이라도 병원으로 모시는 게 좋겠다고 말했다.

— 아유, 이런 쪽방에서 내 혼자서 어떻게 영감님을 모시나. 이거 참 야단 났네.

쪽방 계단을 바라보며 어쩔 줄 몰라하는 박카스아줌마의 모습이 그려졌다. 박카스아줌마와의 통화 중에도 한윤모와 최나한은 술을 주고받았다. 서나래 는 박카스아줌마에게 잠시만 기다리라고 하고는 종로경찰서 김 반장에게 전 화를 걸었다. 김 반장은 마침 서*내에 있었다. 서나래는 노인의 상태를 전하 며 노인을 시립병원으로 모시게 해 달라고 부탁했다. 김 반장은 "아이고, 서 기자님이 부탁하시는데, 당연히 그렇게 해 드려야죠." 라며 구급차를 곧 출동 시키겠다고 했다. 김 반장과 통화를 끝낸 서나래는 박카스아줌마에게 전화를 걸어 구급차가 갈 것이니 조금만 기다리라고 했다.

— 그건 그렇고, 서 기자는 언제 오는겨?

서나래는 오늘은 늦었으니 내일 첫 비행기로 돌아가겠다고 말했다.

시립병원

이른 아침 제주공항을 떠난 비행기는 간밤의 숙취를 풀기도 전 김포공항에 도착했다. 운전은 서나래가 하기로 했고, 최나한은 카메라로 도시의 아침 풍경을 담았다. 올림픽도로에 들어서자 서울은 출근 전쟁 중이었으며 한강변으로 옅은 안개가 깔려 있었다.

"어제 윤모 선배가 밤만 되면 육지로 도망치고 싶다고 한 말 말야."

최나한이 카메라를 접으며 말했다.

"응, 왜?"

서나래가 룸미러를 힐긋거리며 물었다.

"실은 나도 제주만 가면 그랬거든. 그 이유를 곰곰이 생각해 보니 4·3 때 희생된 분들이 나타나 자꾸만 등을 떠미는 건 아닌가 싶어. 우리의 억울한 한을 풀어 달라고 말야."

"윤모 선배도 그것 때문에 꽤나 힘들어하는 거 같던데, 최 피디 말을 들으니 그럴 수도 있겠다는 생각이 드네."

"정부에서 기념일을 만들기는 했지만 따지고 보면 기념은 하되 백비에 나타나 있듯 폭동이든 항쟁이든 아무런 이름이 없는 그냥 4·3일 뿐이잖아. 그러니 영령들인들 마음 편히 쉬시겠어."

"그래. 4·3이라는 이름하에 빨갱이나 폭도가 된 제주도민들의 한이 오죽할까 싶다."

서나래는 평화공원 각명비에서 만난 명단들을 떠올렸다. 갓난아이부터 노인에 이르기까지 마을 사람 모두가 적혀 있는 명단을 바라볼 땐 가슴이 먹먹해 말도 나오지 않았다.

"화해와 상생을 위해 평화공원을 만들었다고 하는데, 이 나라 정부나 보수단체에서는 폭도들의 위패를 철거해야 한다는 등의 주장을 끊임없이 하고 있으니 화해는 언제 되고 상생은 또 언제나 이루어질지 답답하기만 하다."

최나한이 차창을 올리며 말했다.

"그러니 4·3은 여전히 진행형이라고 하잖아."

"완결되지 않은 4·3의 중심에 김달삼이 있으니 이를 어떻게 풀어야 할지 원."

"뭘 어떻게 풀어. 역사는 현재의 시점으로 볼 게 아니라 그 당시의 시점에서 출발해야 오류가 없는 거야. 김달삼이 소영웅주의에 빠져 4·3을 일으켰다는 주장이나 미국과 이승만은 좋고, 이승만과 미국에게 저항하다가 죽어간 이들은 나쁘고 하는 식의 이분법적 평가로는 역사를 제대로 진단할 수 없어. 그러니 역사를 제대로 이해하기 위해선 시점을 그 시대로 옮겨야만 해."

"해방 공간으로 시점을 옮긴다…… 그래야겠지."

해방 공간에서 백성들은 나라가 둘로 쪼개진다는 건 상상도 하지 못했다. 하지만 나라는 둘로 갈라졌고, 남쪽을 점령한 미군정은 일제 때보다도 더 높은 직급과 권력을 주면서 민족 반역자와 친일파를 등용했다. 이에 백성들은 분노했고, 일제에 저항하듯 미제 점령군에게 저항했다.

"역사에는 우연이 없지만 그래도 만약이라는 걸 상상해보면 기가 막혀."

서나래가 차를 내부순환도로로 진입시키며 말했다.

"나도 그래. 만약 미군정이 들어서지 않고! 당시 콜레라가 만연하지 않고!

쌀값이 며칠 사이 60배나 뛰지 않았다면! 김달삼이 1946년 10월 1일 대구에 있지 않았겠지. 또 미군정이 통일을 방해하지만 않았어도! 그들이 이승만과 손을 잡지만 않았어도! 백성들은 참고 견뎠을지도 모르지."

최나한의 말에 서나래가 "만약 조선국의 부패한 관리들이 나라를 팔아먹지만 않았어도 이런 일은 애초부터 생기지 않았겠지." 라며 말을 받았다.

더디게 가던 차는 하월곡 IC를 빠져나오고야 속도가 붙기 시작했다. 서나래는 길만 막히지 않으면 노인이 있는 병원까지는 금방일 것이라고 생각했다.

"그나저나 이춘득 할머니 말로는 할아버지가 또 다른 김달삼이라고 하는데, 이거 참 할머니 말을 믿어야 하는 건지 할아버지의 말을 믿어야 하는 건지 난 도무지 모르겠다."

서나래가 가속 페달을 밟으며 말했다.

"이춘득 할머니도 고문으로 인해 정신이 오락가락한다고 하니 누구 말이 맞는지는 본인이 김달삼이라고 우기는 할아버지에게 물어봐야 하는 거 아냐?"

"그래야겠지."

서나래가 고개를 끄덕였다.

차가 병원 주차장에 들어섰을 때 서나래의 휴대폰이 울렸다. 김 반장이었다. 그는 퇴근하는 참에 병원에 들렀다며 언제쯤 도착하느냐고 물었다. 서나래는 병원 주차장으로 막 들어서는 중이라며 건물 입구에서 만나자고 했다. 차에서 내린 서나래가 뛰어가며 김 반장을 향해 손을 흔들었다.

"급성폐렴이요?"

서나래의 목소리가 커졌다.

"의사 말이 그렇다고 하네요."

김 반장이 한숨을 내쉬며 말했다.

"할아버지는요?"

"방금 전 검사실로 가셨어요. 아무래도 자세한 검사를 해 봐야 한다고 하네요."

"노인분이라 걱정인데요."

"전 이만 퇴근을 해야 하니 하여튼 그런 줄 알고 계세요. 아, 그리고 제가 보증인으로 되어 있으니 무슨 일이 생기면 전화 주시고요. 아셨죠?"

김 반장이 서나래와 악수를 나누곤 병원을 나섰다. 김 반장을 배웅한 서나래와 최나한은 노인이 입원해 있는 병실로 갔다. 병실은 6인실로 박카스아줌마가 자리를 지키고 있었다.

"간밤에 애 많이 쓰셨지요?"

서나래가 박카스아줌마의 손을 잡으며 말했다.

"나야 뭐 한 일이 있나. 김 반장이라는 양반이 수속이다 뭐다 다 했지."

"무슨 말씀을요. 그래도 아줌마가 계셔서 얼마나 다행인데요."

"아녀. 아마 그 양반이 아니었으면 입원도 못 했을 거여. 현직 경찰이 나서니 주민증이 없어도 척척 되더만. 역시 권력이 좋긴 좋아."

박카스아줌마가 든든한 백이라도 생긴 양 좋아했다.

"뭐 필요한 건 없으세요?"

서나래가 병실을 둘러보며 물었다.

"김 반장이 다 챙겨주던걸. 그 양반 보기보다 꼼꼼한 데다가 장 봐 오는 것도 살뜰하더만. 하는 거 보니 마누라한테 사랑받겠어."

"김 반장님 혼자 살아요."

"왜? 안즉 총각이여?"

"아뇨, 부인이 지난 해 암으로 떠났대요."

서나래의 말에 박카스아줌마가 "아이고 저런, 그래서 병원 돌아가는 사정을 잘 아는구나." 했다.

"아마 그랬던 모양입니다."

박카스아줌마와 서나래가 이야기를 나누는 동안 최나한은 병원 측에다 노인에 대한 영상 취재를 하겠으니 협조를 부탁한다고 요청했다. 잠시 후 병원의 허락이 있자 최나한은 노인이 검진을 받는 모습 등을 카메라에 담기 시작했다.

방북 신청

며칠이 지나도 노인의 병세는 차도가 없었다. 눈을 뜨곤 있었지만 여느 때와 같이 말도 하지 않았다. 언어 장애가 생긴 건 아닌가 하고 의사에게 물었지만 그건 아니라고 했다. 의사는 다만 어떤 정신적 충격에 의해 일시적으로 말을 하지 않는 함구증 증세가 생긴 것 같다고 했다.

"함구증이요?"

서나래가 고개를 갸웃하며 물었다.

"예. 어떤 정신적인 외상을 입었을 때 나타나는 병증인데, 말하는 것은 지장이 없으나 환자 스스로가 입을 닫아 버린다고 보면 될 겁니다."

의사의 말에 서나래는 전인석을 떠올렸다. 전인석이라면 노인의 병증을 풀어 줄지도 모른다는 생각이 들었다. 서나래는 최나한과 함께 근처에 있는 여량여인숙을 찾았다. 여인숙 주인 여자는 두 사람을 알아보곤 마뜩치 않다는 표정부터 지었다.

"전인석 할아버지의 동생인 전미옥 할머니시죠?"

서나래가 그렇게 묻자 주인 여자가 순간 깜짝 놀라는 표정을 지었다. 하지만 그녀는 이내 정색을 하며 손을 휘휘 내저었다.

"여량에 갔더니 마을 어르신들이 그러더군요. 할머니께서 전인석 할아버지의 여동생이라고요."

서나래의 말에 주인 여자는 입을 삐죽 내밀더니 퉁명스럽게 물었다.

"여량 사람들이 우릴 보고 뭐라 합디까?"

"뭐 별다른 말씀은 없었고요. 그냥 해방 후에 전인석 할아버지가 어떤 일에 연루되셨다가 전쟁이 나자 인민군에게 끌려갔다는 그런 이야기들을 하시더군요. 마을에선 전인석 할아버지께서 그때 어떻게 되신 줄 알고 있고요."

"우리가 고향 떠난 게 언젠데 아직도 우리 집 얘길 하고 있어. 할 짓들도 없네."

말을 마친 주인 여자는 마당가에 핀 라일락으로 시선을 던졌다.

"오늘 이렇게 찾아온 건 다름이 아니라 전인석 할아버지를 뵐 수 있을까 해서인데요. 그 분은 어디에 계세요?"

"오빠가 어디 있는지 내가 어떻게 알아요. 난 몰라요."

주인 여자의 음성에서 지난번과 같은 찬 기운이 느껴졌다.

"그러지 마시고 어디에 계신지만 알려주세요. 저희가 찾아가 뵙겠습니다."

"무슨 일로 오빠를 찾는지는 모르겠다만 난 아무것도 몰라요. 그러니 남의 영업집에 와서 자꾸 이러지들 말고 당장 나가요!"

주인 여자가 파리채를 흔들며 목소리를 높였다.

"실은요. 그때 전인석 할아버지를 찾던 할아버지 기억하시죠? 그 할아버지께서 병원에 입원하셨는데, 통 말을 못하세요."

"그게 오빠와 뭔 상관이라오."

"상관이라기보담 아무래도 전인석 할아버지께서 병문안이라도 오시면 할아버지의 병이 낫진 않을까 싶어 이렇게 왔습니다. 전인석 할아버지를 꼭 만나고 싶어하셨거든요."

서나래의 말에 주인 여자의 표정이 조금은 누그러졌다.

"사정이 그렇다면 어느 병원에 있는지 쪽지를 남겨 주구려. 혹시라도 오빠에게 연락이 오면 내 전해 줄 거니."

주인 여자는 그렇게 말하곤 공연히 파리채를 휘둘렀다. 서나래가 병원과 입원실 번호를 적어 주는 사이 최나한은 탁탁 마루를 때리는 파리채 소리를 카메라에 담았다.

봄은 빠르게 와 서울에도 봄꽃들이 만발했다. 봄이 병원 마당까지 스며드는 동안에도 박카스아줌마가 병실을 지키고 있었고, 고맙게도 김 반장이 그 뒤를 봐주고 있었다.

병원 마당가에 핀 목련이 환하게 웃음을 지어 보이는 오후 시간, 박카스아줌마는 창밖을 내다보며 상념에 잠겨 있었다. 최나한이 그 모습을 영상에 담으며 물었다.

"무슨 생각하세요?"

최나한이 박카스아줌마에게 물었다.

"저 영감님이 지난번 여량에 갔을 때 그래. 양 사령관, 우리 이런 산골에다 빈집 하나 구해서 꽃나무랑 심으며 살아 볼까? 그러더니 뭔 병에 걸렸는지 말도 못 하고 누워 있네. 저렇게 꽃은 피고 있는데 난 어쩌라고."

박카스아줌마가 입을 비죽 내밀며 말했다. 꽃이 피는 것도 속상하고 꽃이 지는 것도 속상하다는 말은 말끝에 달았다.

"할아버지 곧 일어나시겠지요. 그럼 그때 꽃놀이 가세요."

"그랬으면 오죽이나 좋을까."

박카스아줌마가 노인의 어깨를 어루만지며 말했다. 그때 통일부 북한자료실에 간다던 서나래가 병원으로 왔다. 서나래는 오는 길에 샀다며 박카스아줌마에게 딸기가 든 봉투를 건네곤 최나한을 휴게실로 불렀다.

"최 피디, 우리 북한 가자."

"북한?"

서나래의 느닷없는 제안에 최나한의 눈이 동그래졌다.

"그래, 북한! 김달삼의 부인과 딸이 북한에 살고 있다는 자료를 찾았어. 전에 할아버지도 부인이 북한에 살고 있다는 얘길 한 적이 있거든."

"햐, 이거 놀라운 사실이네. 그런데 북한이라면 이를 갈고 있는 이 정부가 우릴 북에 보내 주려나?"

최나한이 고개를 갸웃거리며 말했다.

"그게 문제이긴 하지만 부딪쳐 봐야지."

"아, 북한에 갈 수 있었으면 좋겠다. 김달삼 가족만 만날 수 있다면 우리가 품고 있는 모든 의구심이 한 번에 해결될 거 아냐."

"그러니 꼭 가야지. 가서 할아버지가 진짜 김달삼인지부터 확인하고 할아버지가 김달삼이 아니면 진짜 김달삼은 지금 어디에 있는지, 사망했다면 어디서 언제 죽었으며 시신은 또 어디에 묻혀 있는지, 그가 제주에서 무슨 일을 했고, 해주에 가선 무슨 일이 있었고, 강동정치학원에서의 생활은 어땠고, 빨치산이 되어 남으로 내려올 때는 어땠고, 북에서는 김달삼이 어떤 평가를 받고 있고, 가족으로 겪었던 일은 또 어떤 게 있었는지 다 확인해야지."

"야, 이거 갑자기 흥분되는걸. 막혔던 속이 확 뚫리는 기분이야."

그동안 김달삼을 취재하면서 답답한 점이 한두 가지가 아니었다. 김달삼과 관련된 자료가 없기도 했지만 있다고 해도 내용은 제각기이었다. 노인의 증언 또한 확인할 길이 없어 막막했던 최나한으로서는 서나래의 제안에 들뜨지 않을 수 없었다.

"나도 그래. 북한으로 취재 여행을 간다니. 아, 생각만 해도 근사하다."

서나래가 환하게 웃으며 두 손을 모았다.

그렇게 한 달이 지났다. 5월도 중순이 지나면서는 여름이라 해도 좋을 정도로 기온이 올라갔다. 최나한은 그동안 촬영한 영상을 틈틈이 편집하고 있었는데, 그날도 영상 편집기를 돌려보며 최종 편집에 대한 생각에 빠져 있었다. 서나래가 최나한의 오피스텔을 찾아온 건 밤 10시가 넘어서였다.

"어, 표정이 왜 그래? 할아버지에게 무슨 일이라도 생겼어?"

최나한이 울상을 지으며 들어서는 서나래에게 물었다.

"우리 북한에 갈 수 없게 되었어."

서나래가 울먹이며 말했다.

"아니 왜?"

"통일부가 방북 신청을 받아 주지도 않아."

"어렵게 초청장까지 받았는데, 왜 안 된다는 거야?"

최나한이 서나래를 침대에 앉히며 물었다.

"금강산 관광객 피격 사건 이후 민간인의 방북은 전면 불허하고 있다면서 아예 신청도 하지 말라는 거야."

"개새끼들, 통일은 하루아침에 봄날 아지랑이처럼 온다니 어쩌니 하며 설레발을 치더니 내 그럴 줄 알았다."

"그래서 통일부에 쫓아가서 항의를 했더니, 직원이 지금은 안 되니 5·24 조치가 해제되거나 정권이 바뀌면 그때 신청하세요, 그러는 거야."

서나래가 눈가에 맺힌 눈물을 훔치며 말했다. 최나한이 어이가 없다는 듯 풀썩 웃었다.

"그 직원 누군지 솔직해서 좋네."

"그러게 말야. 그 말이라도 못 들었으면 정말 폭발했을 거야."

"하여튼 이 나라 통일부는 이름만 통일부지 원."

"통일부도 문제가 있지만 미국과 남한 당국이 남북 교류와 통일에 대한 의지가 없어 그런 거야."

"하긴 통일 정책에 관해서는 미국이나 남한 당국이나 그 나물에 그 밥이지. 분단을 활용해 정권 유지나 해먹자는 속셈이니."

최나한이 그렇게 말하곤 냉장고 문을 열었다. 최나한이 캔 맥주 두 개를 꺼내 하나를 서나래에게 건넸다.

"답답한데, 술이나 한잔할까?"

"좋아. 그동안 할아버지 일이다 초청장 받는 일이다 하며 바빴는데, 오늘은 취하도록 마셔 보자."

서나래가 캔 맥주를 목이 마른 듯 벌컥벌컥 들이켰다.

"씨바, 오늘 술맛 죽인다."

서나래가 빈 캔을 와작 우그러뜨리며 소리쳤다.

"오, 섹시한 씨바. 나도 죽인다."

최나한도 캔 맥주를 비우며 맞장구를 쳤다. 그러곤 서나래의 기분을 풀어주기라도 하려는 듯 음악을 틀고 촛불을 켰다. 캔 맥주가 하나둘 비워지는 사이 실내엔 감미로운 음악이 흐르고 촛불이 일렁거렸다.

한바탕 격정의 시간이 지나갔다. 서나래는 숨을 몰아쉬며 최나한의 품에 안겨 있었고, 최나한은 그런 서나래의 숨소리를 들으며 섹스 후의 여운을 즐기고 있었다.

"나래야."

최나한이 서나래의 머리를 쓸며 말했다.

"왜?"

서나래가 고개를 들며 물었다.

"우리 김달삼이고 뭐고 이 미친 나라 확 뜰까?"

"어디로 가고 싶은데?"

"유럽도 좋고 호주 같은 곳도 살기 좋잖아. 가서 애도 펑펑 낳고 우리끼리 행복하게 살자."

"음, 좋은 생각이긴 한데…… 최 피디, 그렇다면 말야. 다른 나라 말고 기왕이면 북한으로 뜨는 게 어때?"

"북한? 에이, 방북은 신청조차 받아 주지 않는다며?"

"밀입북을 하면 되지."

"밀입북? 몰래 가자는 거야?"

최나한이 몸을 벌떡 일으키며 물었다.

"그래. 거기 가서 김달삼 작품을 마무리한 후 애도 펑펑 낳고 하지 뭐."

"거서 우릴 받아 줄까?"

"에이, 우리 같이 훌륭한 인재를 왜 안 받아 주겠어. 북한 가서 최 피딘 영화 제작소에 가서 하고 싶은 극영화 찍고 난 로동신문에 들어가서 기자하고. 멋지지 않아?"

"로동신문? 지금 제정신으로 하는 얘기야?"

"그럼, 멀쩡해. 오르가즘도 끝났고."

서나래가 고개를 끄덕이며 말했다.

"야, 이거 살 떨린다. 나래야, 유럽이 싫으면 우리 그냥 남한에서 애 펑펑 낳고 살면 안 될까?"

"이번 작업을 완성하려면 북에 반드시 가야 하는데, 작업을 포기하자고?"

"포기는, 때를 기다리자는 거지."

"때는 스스로 만드는 거지 기다리는 게 아냐."

"좋아. 설령 밀입북에 성공했다 하더라도 정치적인 판단에 의해 추방당하는 수도 있던데, 그땐 어쩌려고?"

"뭔 걱정이야. 보내 주면 감사하게 돌아와야지."

"허, 그 후에 돌아오는 징역살이는 어쩌고?"

"북한 체제를 찬양하러 간 것도 아닌데 몇 년 살겠어? 금방 풀려날 거니 걱정 마."

"에이, 그래 그렇담 가자. 나래가 가자고 하는데 어딘들 못 가겠어. 방법은?"

최나한이 담배에 불을 붙이며 물었다.

"풍산개라는 영화에서 보니 철책을 뛰어넘어 하룻밤에도 평양을 가고 오더만, 우린 그렇게는 못 하고 중국을 통해서 가는 게 어때?"

"중국이라……."

"이번에 초청장 때문에 알게 된 사람이 여럿 있는데, 그들의 말에 의하면 단동에 가면 북으로 갈 수 있는 길이 있다고 해."

"좋아. 언제 떠나지?"

"주변 정리가 되는 대로 곧. 어때?"

"야, 이거 북한에 간다고 작심을 하니 또다시 흥분되는 걸?"

최나한이 서나래의 벗은 몸을 훑어보며 말했다. 서나래가 "호호, 최 피디도 그렇구나. 나도 막 뜨거워지는데." 라며 최나한의 품을 파고들었다.

퀸카의 결혼

다음 날 최나한은 일어나자마자 오피스텔 내에 있는 부동산중개사무소를 찾아갔다. 사무실 직원은 최나한의 오피스텔이 위치가 좋은 데다 한강이 시원하게 내려다보이는 층이라 금방 나갈 것이라고 했다. 최나한이 부동산사무소에 다녀오는 사이 서나래는 콧노래를 부르며 아침 식사를 준비하고 있었다.

"햐, 반찬을 보니 간밤에 천국을 다녀온 게 맞네."

"아직도 구름 위에 뜬 기분인 걸. 매일 이런 기분으로 아침을 맞이했으면 좋겠다."

서나래가 활짝 웃으며 말했다.

"매일?"

"응, 매일 이렇게."

서나래가 최나한의 품에 안기며 행복한 표정을 지었다.

"좋아. 그럼 밥상 밀고 한 번 더?"

최나한이 서나래를 안아 들며 말했다.

"호호, 그건 오늘 밤으로 예약하고 그만 밥 먹자."

식탁이 차려지고 늦은 아침 식사를 마친 두 사람은 한강을 바라보며 커피를 마셨다.

"우리 떠나기 전에 혼인 신고라도 하면 어떨까?"

최나한이 서나래의 손을 잡으며 말했다.

"혼인 신고?"

"응, 그래야 북에 가서도 부부로 한 집에 살 거 아냐. 친구 사이라고 하면 한 집을 주겠어?"

"생각해 보니 그러네. 이왕 부부가 될 거면 혼인 신고만 할 게 아니라 결혼식까지 하지 뭐. 그리고 북한으로 진짜 신혼여행을 가는 거야. 어때 근사하지 않아?"

"이 시원시원한 결정이라니. 역시 서나래다."

최나한이 서나래를 안으며 소리 내어 웃었다.

결혼식과 밀입북을 동시에 추진하기로 결정하니 갑자기 할 일이 많아졌다. 둘은 각자 처리할 일과 함께 해야 할 일을 구분하여 하나씩 적어 나가기 시작했다. 양가 부모에게 알리는 일과 신변 정리는 각자의 일로 하고 재산이 될 만한 것은 모두 현금화하고 그중 일부는 박카스아줌마에게 건네기로 결정했다.

"밀입북에 관한 준비는 내가 할 테니 결혼식장을 잡는 일이나 청첩장을 만드는 일은 최 피디가 하는 게 어때?"

서나래의 제안에 최나한이 "좋아, 쇠뿔도 단김에 빼라고 오늘 할 일은 혼인 신고다. 나래야 가자." 라며 옷을 챙겨 입었다.

혼인 신고를 마치자 결혼 준비는 일사천리로 진행되었다. 양가 부모도 혼인 신고까지 끝냈다는 두 사람의 말에 순간 어안이 벙벙했으나 어쩔 도리가 없다는 듯 선선히 승낙을 했다. 며칠 후엔 오피스텔까지 새로운 주인이 정해졌고, 두 사람은 결혼식을 유월 첫 주말로 잡았다. 두 사람의 갑작스런 결혼 발표에 서나래의 주변이 먼저 술렁거렸다. 신문사 사람들은 서나래의 결혼 이야기로 일주일을 보냈고, 신랑 될 사람이 해직 피디 출신인 최나한이라는 사실에 경악하는 남자들까지 있었다.

"많고 많은 남자 중에 최나한 피디라니, 서 기자가 어떻게 된 거 아냐?"

신문사 동료들은 그야말로 퀸카였던 서나래가 최나한을 선택한 것에 대해 이해할 수 없다는 듯 고개를 흔들었다. 그들은 강남 사모님들로부터 하루에도 몇 차례씩 선이 들어오는 데다 잘나가는 판검사와 의사들이 앞다투어 신문사 앞을 지키던 모습을 기억하고 있던 터라 더욱 그러했다. 반면 최나한의 주변은 놀라움과 함께 서나래와 결혼한다는 게 사실이냐고 묻는 전화가 빗발쳤다. 뒤늦게 그 사실을 전해들은 한윤모는 전화를 걸어와 제주에서 자신을 속였다며 욕설을 섞었지만 둘이서 잘 어울린다는 덕담으로 결혼을 축하해 주었다.

둘의 결혼 이야기가 광화문과 여의도를 넘어 주변으로 퍼지더니 급기야 스포츠 신문과 인터넷 신문의 연예 면에 등장하기 시작했다. 그 기사는 여기저기로 옮겨지더니 순간이었지만 인터넷 검색 순위 상위권에 링크되는 희한한 일까지 생겨났다.

북창동 먹자골목에서 점심 식사를 끝낸 두 사람은 모자를 눌러쓴 채 시청 앞 서울광장으로 나왔다. 광장은 언제나처럼 경찰 버스로 둘러쳐져 있었다. 경찰 차벽 안쪽으로는 촛불을 든 시민들이 광장을 가득 채우고 있었으며 단체를 상징하는 깃발들도 바람에 펄럭였다. 스피커에선 대통령을 성토하는 연설과 함께 "민주주의 말살하는 대통령은 물러나라!" 라는 구호가 연이어 흘러나왔다. 광장을 지난 두 사람은 자판기 커피를 뽑아 들고 청계광장으로 갔다. 청계광장에서도 집회가 진행 중이었는데, 서울광장에서 집회를 하는 군중들에 대한 맞불집회였다. 대부분이 노인들로 구성된 그들의 입에선 '구국의 결단'이라는 구호가 자주 등장했고 "빨갱이들은 북으로 가라!" 라는 구호 또한 난무했다.

"할 일들이 그렇게 없나? 우리 결혼에 왜들 이렇게 관심이 많은 거지?"

광장 경계석에 걸터앉은 서나래가 인터넷을 검색하며 어이가 없다는 표정을 지었다.

"다들 심심해서 그런 거 아니겠어? 그도 아니면 나 같은 놈이 나래처럼 미인을 꿰찬 게 배가 아프거나, 나 같은 백마 탄 왕자를 만난 걸 부러워하거나."

"호호, 아무리 곱게 봐 준다 해도 백마 탄 왕자는 아닌 듯싶은데. 암튼 살면서 내 이름이 연예 면에 오르내릴 줄은 상상도 못 했다."

서나래가 소리 내어 웃었다.

"연예 면이야 오픈 게임이지. 밀입북에 성공만 하면 모든 신문이 우리 기사로 도배를 하지 않겠어?"

"그땐 별의 별 추측 기사가 다 뜰 텐데 생각만 해도 끔찍하다."

"기막힌 먹잇감의 등장에 몇몇 종편들은 신이 나서 춤을 출 거다."

"그렇겠지. 그나저나 결혼식 준비는 잘 돼가?"

"식장 예약과 청첩장 발송이 끝났으니 더 할 일이 있나. 나래는?"

"아직이야. 단동에서 우릴 도와줄 사람을 찾고는 있는데 국정원 끄나풀이 하도 많은 동네라 쉽진 않다네."

"자칫하면 밀입북은 고사하고 거기서 쇠고랑 차고 귀국하게 되는 참사가 발생할 수도 있으니 조심 또 조심해야 할 거야."

"걱정 마. 서나래가 누군데."

"오케이. 난 병원에 들렀다 오피스텔로 갈 테니 저녁때 봐."

최나한이 카메라 가방을 챙기며 먼저 일어났다. 최나한을 보낸 서나래는 광장에서 진행되는 집회를 한참이나 지켜보다가 근처에 있는 신문사로 걸음을 옮겼다.

조중혈맹주

유월 첫 주말 서울의 중심에 있는 한 호텔에서 치러진 결혼식은 하객들로
넘쳐났다. 밖에는 촉촉하게 비가 내리고 있었고, 서나래와 최나한은 많은 하
객들의 축복 속에 결혼식을 올렸다.

"신혼여행은 중국으로 가신다고요?"

김 반장이 축하의 악수를 건네며 물었다.

"예. 훌쩍 떠나게 되어 죄송합니다. 모쪼록 할아버지와 박카스아줌마를 잘
부탁드립니다."

서나래의 인사에 김 반장이 "두 분 걱정은 마시고 여행이나 잘 다녀오십시
오." 라며 웃음을 지었다.

"감사합니다."

서나래가 고개를 숙이며 고맙다는 말을 거듭했다.

피로연은 곧 시작되었고 주인공이 없어도 두 사람의 결혼을 축하하기 위해
모인 하객들은 즐거웠다. 모두가 식사와 낮술에 열중하는 시간, 두 사람은 친
구와 동료들의 배웅을 받으며 인천공항으로 출발했다. 공항에 도착한 두 사람
은 서둘러 출국 수속을 마치고 비행기에 올랐다.

"드디어 떠나는구나."

비행기가 움직이기 시작하자 최나한이 창밖을 내다보며 말했다.

"김달삼이 제주를 떠나 해주로 갈 때도 이런 기분이었을까?"

서나래가 작은 소리로 중얼거렸다.

"지금보다 격한 시절이었으니 우리보다 더 뜨거웠겠지."

최나한이 서나래의 어깨를 안으며 말했다.

1948년 8월 초, 김달삼은 해주에서 열리는 남조선인민대표자회의에 참석하기 위해 제주를 떠났다. 1948년 8월 10일 자 방첩대에서 작성하여 미군에 보낸 문서에는 "보고에 따르면 8월 2일 5명의 공산주의자들이 배를 타고 목포로 떠났다. 이들은 북한 선거에 참여하기 위해 평양으로 가는 길이다." 라고 기록되어 있다. 그러나 제주를 떠난 김달삼 일행은 평양이 아니라 제주도 인민대표 자격으로 남조선인민대표자회의가 열리는 해주로 갔다. 게다가 5명이라는 방첩대의 보고와 달리 이때 떠난 이가 김달삼, 안세훈, 강규찬, 이정숙, 고진희, 문등용 등 6명이라는 문서까지 있어 어느 기록이 맞는 것인지에 대해서는 알 길은 없다.

해주에 도착한 김달삼은 8월 21일에 있었던 주석단 선거에 출마하여 주석단에 선출되는 영광을 얻었다. 이때 선출된 주석단은 총 35명으로 박헌영을 비롯하여 허헌, 홍명희, 김원봉, 이승엽 등의 좌파 거물들이 거의 다 포함되어 있었다. 젊은 김달삼이 그들과 함께 주석단의 일원이 된 것만으로도 당시에는 뉴스거리가 되기에 충분했다.

지상을 이륙한 비행기가 바다 위를 날더니 이내 비구름 속으로 들어갔다. 잠시 후 안전벨트를 풀어도 된다는 신호음이 울렸고 기장의 인사가 이어졌다. 도착지인 다롄까지는 1시간 20분 정도 걸릴 예정이며 현재 다롄의 날씨는 맑고 화창하다는 기장의 말이 끝나자 서나래가 물었다.

"스무 살을 갓 넘긴 김달삼이 박헌영과 같이 주석단에 선출되었어. 놀라운 일이지 않아?"

"물론 놀랍지. 그런데 문제는 해주에 간 김달삼이 북한 정권을 지지했다는 점이야. 해주에서 있었던 김달삼의 연설문을 보면 '제주의 무장 봉기는 남한만의 단독 선거로 치러진 5·10 총선거를 보이코트하기 위한 자연발생적인 총궐기.' 라고 주장했지만, 마지막에 '우리 조국의 해방군인 위대한 소련군과 천재적 영도자 스탈린 대원수 만세!' 라고 외쳤거든."

"그게 무슨 문제야? 실제로 소련은 해방군으로 왔고 미국은 점령군으로 왔잖아?"

"허, 미군정과 이승만의 입장에서 보면 문제가 크지. 결국 그 발언으로 인해 지금까지 제주 봉기의 순수성이 의심을 받는 것이고, 더 나가선 4·3이 소련의 지령에 의해 조직적으로 일어난 폭동이라는 공격을 받고 있는 게 아니겠어. 그런 이유로 김달삼이 제주를 떠날 때 소련 잠수함이 제주 앞바다까지 왔었다는 소문이 파다하게 돌았잖아."

"김달삼이 공격의 빌미를 제공한 측면이 없진 않네."

"만약이지만 당시 김달삼이 제주로 돌아왔거나 처음부터 떠나지 않았다면 제주 4·3이 그렇게까지 길게 이어지지 않았을 수도 있고, 수만 명이나 되는 제주도민이 학살되는 일이 생기지 않았을지도 몰라."

"그렇다 해도 제주 4·3이 빨갱이라는 낙인에서 자유롭지는 못할 걸. 여순 사건과 대구 10월 항쟁이 지금까지 그런 대접을 받고 있잖아."

"하긴, 김달삼이 북에 갔건 말건 제주에 찍힌 주홍글씨는 변하지 않겠지."

최나한의 말이 끝나자 승무원들의 걸음이 바빠졌다. 잠시 후 기내식이 제공되었고, 승무원들이 놓고 간 음식은 빵을 곁들인 중국 음식이었다.

해주 인민회당에서 개최된 남조선인민대표자회의는 8월 21일 주석단을 선출하는 것을 시작으로 26일까지 엿새간 이어졌다. 이때 해주에 모인 대표자들은 모두 1,002명이었으며 이들은 남조선 각 지역에서 선출된 지역 대표였다.

제주도 대표로 참석한 김달삼은 "미제국주의는 우리 제주도에서도 남조선 다른 지역에서와 똑같이 친일파, 민족 반역자, 반동친미분자 등 매국도배들에 의거하여 갖은 난폭한 분할식민지 침략 정책을 강행하고 있습니다. 민주주의 애국자들과 무고한 일반 인민들은 까닭 없이 불법 체포와 고문, 투옥을 당하였습니다. 일반 농민과 어민들은 강제 공출과 혹독한 착취에 신음하고 있으며, 일반 인민들은 무권리와 가렴주구에 신음하고 있습니다." 라고 4·3 봉기가 일어날 수밖에 없었던 이유에 대해 보고했다. 그날 360명을 선출하는 최고인민회의 대의원에 제주 대표로는 안세훈, 김달삼, 강규찬, 이정숙, 고진희 등 5명이 선출되었다. 김달삼은 이어 9월 2일에는 김일성, 허헌 등 49인으로 된 조선민주주의인민공화국 헌법위원회의 헌법위원에 선출되면서 북한 정부 출범에 직접적으로 관여하기도 했다. 김달삼은 그 후 빨치산 양성소인 강동정치학원에 들어갔으며, 그곳에서 교관으로 지내다 이듬해인 1949년 8월 3백여 명의 게릴라를 이끌고 남한으로 내려왔다. 태백산맥을 중심으로 빨치산 활동을 한 김달삼은 전쟁을 전후하여 숱한 죽음의 설만 남긴 채 어디론가 사라졌으며, 그의 행방은 수십 년이 흐른 지금까지 확인이 되지 않고 있었다.

"난 할아버지가 인민유격대 사령관을 지낸 김달삼이 맞는 것 같은데, 자긴 어때?"

서나래가 후식으로 나온 커피를 마시며 물었다.

"글쎄, 지금까지 취재한 걸로 보면 반반?"

"반은 뭐고 나머지 반은 또 뭔데?"

"할아버지가 증언한 것들 중 확인된 것이 반이라면 확인 안 된 게 반이라는 뜻이야."

"결국은 북으로 넘어가야 한다는 말이네?"

"나머지 반은 북에서 확인해야 할 것들이니 그런 셈이지."

최나한이 고개를 끄덕였다. 그러는 사이 비행기는 다롄공항에 도착했고, 공항은 규모에 비해 어두침침한 데다 근무자들의 표정 또한 잔뜩 경직되어 있었다.

"신혼여행지 치곤 삼엄해 보이는 걸?"

서나래가 굳은 표정으로 입국 심사를 하고 있는 공안들을 보며 말했다.

"촌이라 그런가봐. 상하이나 북경 같은 덴 우리나라와 다를 바 없는데, 여긴 사회주의 냄새가 물씬 난다."

둘은 그렇게 말을 주고받으며 입국 심사대를 벗어났다. 그러나 막상 공항 대합실에 들어서니 대합실은 여행객으로 가득 차 있어 두 사람을 기함하게 했다.

"와, 이 어마어마한 인파라니."

서나래와 최나한이 탄성을 지르며 고개를 흔들었다.

"우릴 마중 나온 사람은 대체 어디 있는 거야."

최나한이 서나래의 손을 꼭 잡으며 입국장을 둘러보았다. 하지만 두 사람을 찾는 팻말은 보이지 않았고, 떠밀리듯 대합실을 빠져나오고서야 서나래와 최나한을 찾는 팻말이 보였다. 그는 서나래가 물색한 현지 코디로 두 사람이 중국에 머무는 동안 손과 발이 되어 줄 인물이었다. 서나래가 그에게 아는 척을 하자 코디는 반갑게 손을 내밀었다.

"아! 서나래 기자님이시군요. 저는 이 지역에서 코디 활동을 하는 김남철입네다."

코디의 걸걸한 음성이 시원하다는 느낌마저 들었다. 서나래가 최나한을 자신의 남편이라 소개하자 코디는 "감독님이라 하더만 정말이지 그렇게 보입네다. 뵙게 되어 영광입네다." 라며 인사를 했다.

간단한 인사가 끝나자 김남철은 두 사람의 여행 가방을 받아들었다. 두 사람을 자신의 차에 태운 김남철이 시동을 걸며 말했다.

"여기서 단동까지 4시간은 족히 걸리니 편히 쉬시라요."

차가 다롄을 빠져나가자 김남철이 자신의 이야기를 하기 시작했다. 나이 마흔에다 아이가 둘 있다는 김남철은 교포 3세이며 할아버지 고향이 경북 의성이라고 했다. 지금은 다롄에 살고 있지만 한국 붐이 한창일 때는 남한에 가서 막노동도 해 보았다며 껄껄 웃었다.

"돈은 버셨나요?"

서나래가 물었다.

"남조선 사람들도 벌기 힘든 돈을 우리 같은 놈이 어케 벌갔습네까. 겨우 이차 하나 사갯구 들어왔습네다."

김남철이 운전대를 텅텅 치며 말했다.

"한국 와서 몇 년 만 고생하면 중국에선 부자 소리 듣는다고 하던데, 그게 아닌 모양이지요?"

최나한이 카메라를 김남철에게로 돌리며 물었다.

"그건 다 옛날이야기디요. 중국도 물가가 올라서 예전만큼은 아이됩네다. 그기 또 여자라믄 모를까 남자들은 어딜 가도 기본적인 씀씀이가 있어서리 돈 모으기가 쉽지 않습네다."

김남철의 차가 고속도로로 진입했다. 고속도로를 이용하는 차량은 뜸했으며 길은 곧았다. 차창 밖으로 펼쳐진 주변의 땅은 한없이 넓었고 가도 가도 산은 보이지 않았다. 하늘엔 새털구름이 몰려왔는데, 그 구름은 노을이 물들고 어둠이 밀려올 때까지 사라지지 않았다. 그때까지 김남철은 자신의 이야기를 주절주절 늘어놓았고, 서나래와 최나한은 꾸벅꾸벅 졸면서 그의 이야기를 들었다.

어둠이 내린 고속도로는 여전히 오가는 차량이 뜸했다. 김남철의 차는 어둠 속에서도 한참을 달렸고, 두 사람은 서로 머리를 기댄 채 잠이 들었다. 두어 시간을 더 달린 김남철의 차는 멀리 불빛이 보이기 시작하자 속도를 조금 줄였다. 김남철이 현재 시간을 확인하곤 룸미러를 힐긋하며 두 사람을 깨웠다.

"곧 단동에 도착할 텐데 저녁 식사는 현지식으로 합네까? 한식으로 합네까?"

김남철의 말에 두 사람은 몰래 잔 잠을 들키기라도 한 듯 눈을 번쩍 떴다.

"한식? 아, 아니 현지식으로 합시다."

최나한이 말을 더듬으며 말했다.

"그, 그래요. 한식이야 지겹도록 먹었으니 오늘은 현지식으로 하는 게 좋겠어요."

서나래까지 그렇게 말하자 김남철이 "알갔습네다. 기럼 현지식으로 모시갔습네다." 라며 중국말로 어디론가 전화를 걸었다. 잠시 후 김남철의 차는 단동으로 진입했고, 네온이 켜진 단동의 밤거리는 생각보다 활기찼고 번화했다.

몇 개의 사거리와 시장을 지난 김남철의 차는 압록강변에 멈추었다.

"저짝에 보이는 다리가 신의주와 단동을 이어주던 압록강단교이고, 어두워서 잘 보이진 않지만 저 건너 불빛이 깜박거리는 곳이 신의주 땅입네다."

김남철이 어둠 속을 가리키며 말했다. 김남철의 말에 두 사람의 시선이 동시에 신의주 땅으로 향했다. 어둠이 내린 신의주는 평화롭고 고요해 보였다.

"그럼 여기가 압록강이라는 거죠?"

서나래가 물었다.

"기렇습네다."

김남철이 고개를 끄덕였다. 서나래가 차창을 내리며 먹빛으로 흐르는 압록강을 바라보았다. 열린 창으로 강바람이 들어오면서 물비린내가 훅 끼쳐왔다. 서나래가 숨을 크게 들이쉬면서 말했다.

"냄새 참 좋네."

"숙소가 근처니까 아침에 산책 삼아 나오시면 마음껏 보실 수 있을 겁네다."

김남철이 차를 출발시키며 말했다. 김남철의 차는 얼마 안 가서 멈추었는데, 넓은 주차장엔 차들이 빼곡하게 들어차 있었다.

"다 왔습네다."

김남철이 안내한 음식점은 4층 건물로 궁궐 건물처럼 기와를 올린 데다 조명 또한 화려했다.

"현지인이 운영하는 음식점인데, 단동에서는 가장 크고 맛도 좋습네다."

김남철은 두 사람을 3층의 룸으로 안내했고, 붉은색 치파오를 입은 접객원이 찻물을 들고 왔다. 김남철이 접객원과 중국말로 뭐라고 이야기를 나누더니 두 사람에게 물었다.

"오늘은 장어구이와 생선찜이 좋답네다. 어떻습네까?"

서나래와 최나한이 고개를 끄덕이자 접객원이 알았다며 돌아갔다.

"이 집은 생선 요리가 유명한가 보죠?"

서나래가 물었다.

"육고기도 있습네다만, 단동은 싱싱한 생선이 많이 나는 지역이라 생선 요리를 많이 합네다."

"아, 황해가 가까워서 그런가 보군요."

서나래가 차를 홀짝이며 말했다.

"기렇습네다."

그때 주문한 음식이 나오기 시작했고, 김남철이 "저는 밖에서 먹고 있을 테니 필요한 게 있으면 말씀하시라요." 라며 일어섰다. 최나한이 함께 식사를 해도 된다고 하자 김남철이 "그건 호상 간 예의가 아닙네다." 라며 룸을 나갔다.

"와, 역시 중국이야. 음식이 아주 맛깔나."

서나래가 차려진 음식을 보며 탄성을 질렀다.

"니보라우, 그래도 명색이 신혼여행 첫날밤인데 건배는 해야 되지 않갔습둥?"

최나한이 북한 말투를 흉내 내며 물었다. 서나래가 좋다며 엄지를 치켜들자 최나한이 룸을 나섰다. 잠시 후 돌아온 최나한의 손엔 북한 술인 대동강맥주와 중국 술 백주가 들려 있었고, 그가 양손을 번쩍 들어올리며 말했다.

"신부님께서 주문하신 술 개지고 왔습네다."

"와우, 대동강맥주? 말로만 듣던 대동강맥주를 드디어 마셔 보는구나."

서나래가 환호를 지르며 좋아했다.

"대동강맥주만 있는 게 아입네다. 여기 있는 술이 백주라는 중국 술 아이겠습둥. 기리니끼니 이 둘을 섞어 마시면 한미동맹보다 더 뜨거운 조중혈맹주가 된다 이 말입네다."

"이 간나 새끼 고새 빨간 물이 잔뜩 들었구나야."

서나래가 그렇게 말하며 깔깔거리고 웃었다.

최나한도 그런 자신이 우스웠던지 한바탕 웃고 나서 맥주와 백주를 일정

비율로 섞기 시작했다. 술을 제조한 최나한이 잔 하나를 서나래에게 건넸다.

"조중혈맹줍네다. 드시라요."

"호호, 맨날 소맥이나 마시다가 조중혈맹주라고 하니 단동에 독립운동하러 온 기분이네."

서나래가 활짝 웃으며 최나한과 러브샷을 했다. 빈 술잔을 내려놓은 두 사람은 생선 안주를 집어 서로의 입에 넣어 주었다.

"사랑해."

서나래가 부끄러운 듯 작은 소리로 말했다. 최나한도 서나래의 볼에 입술을 맞추며 "나도 사랑해." 라고 대꾸했다. 둘은 다시 조중혈맹주를 만들어 러브샷을 했고, 지글지글 익어가는 장어구이를 서로의 입에 넣어 주었다.

"서나래, 정말 고맙다."

"치, 고맙긴. 그 말은 내가 해야지. 최나한, 나의 반쪽이 되어 주어 정말 고맙다. 무슨 일이 있어도 함께하자 응?"

"그래, 세상이 무너지는 일이 있어도 나래 곁에 있을게."

최나한이 서 기자를 품에 안으며 입을 맞추었다.

비밀 사업

단동에서 첫날밤을 보낸 서나래와 최나한은 여느 신혼부부가 그러하듯 커플룩을 차려입곤 호텔을 나섰다. 이른 시간이라 그런지 단동의 거리는 한산했다. 하지만 도시의 규모는 서울의 도심이라 착각할 정도로 고층 건물들이 즐비했다. 호텔 앞에서 기념사진을 찍은 두 사람은 각자의 부모에게 신혼여행지에 잘 도착했다는 메시지와 함께 사진을 전송했다. 호텔 주변을 산책한 두 사람은 걸어서 오 분 거리에 있는 압록강으로 향했다. 그러나 막상 도착한 압록강은 안개로 자욱했고, 기대했던 강 건너 마을은 보이지도 않았다.

"뭐야, 웬 안개?"

서나래의 입에서 탄식이 흘러나왔다. 서나래가 안타까운 심정으로 압록강을 바라보고 있을 때 최나한이 카메라를 켰다.

"안개가 껴도 압록은 역시 압록이다. 저기 푸른 깃털을 단 청둥오리들이 북으로 북으로 날고 있는 게 느껴지지 않아?"

최나한이 안개 자욱한 압록강을 카메라에 담으며 말했다. 그때였다. 여행객으로 짐작되는 사람들이 와글거리며 강변으로 몰려나왔다. 그들은 안개가 내려앉은 압록강을 배경으로 사진을 찍으며 강 건너 나라와 강 건너 마을에 대해 뭐라고 이야기했다. 영어도 들리고 중국말도 들리고 그중엔 한국에서 온 여행객도 있었던지 귀에 익은 익숙한 경상도 사투리도 들렸다.

"마 저짝이 신의주가?"

"신의주는 무신 신의주, 기냥 안개다 안개."

"안개뺀이 읎는데 여는 멀라 왔노."

"그래도 이왕 왔는데 사진은 찍고 가야 안하나."

"아따, 안개 봐라. 절마들 가난한 거 보여주기 싫어서 부러 안개를 피운 거 아이가?"

"가난한 나라가 무신 돈이 있다고 철마다 안개를 피우겠노?"

국내의 한 사회단체명이 적힌 명찰을 목에 건 사람들이 그런 말을 주고받았다. 잠시 후 그들은 압록강이라 새겨진 표지석 앞으로 우르르 몰려가더니 단체사진을 찍고 돌아가면서 개인사진을 찍고 휴대폰으로 셀카까지 찍은 후에야 강변을 떠났다. 다시 조용해진 압록강을 보며 서나래가 말했다.

"저 물로 뛰어들면 우리가 원하는 곳으로 갈 수 있을까?"

"여긴 강폭이 너무 넓어서 어려워. 떠내려가다가 물고기 밥이 되기 십상일걸."

최나한이 고개를 저었다.

"그냥 풀쩍 걸어서 넘을 수 있는 곳이 있었으면 좋겠다."

"저기 압록강철교가 있잖아."

최나한이 압록강철교를 가리켰다.

"그럼 저리로 넘어가 볼까?"

서나래가 고개를 갸웃하며 웃어 보였다.

두 사람은 천천히 걸어 압록강철교로 갔다. 하지만 철교는 사람의 통행을 금지했고, 한국전쟁 통에 끊어진 압록강단교는 입장권을 끊어야만 들어갈 수 있었다. 매표소는 시간이 일러서 그런지 문이 굳게 닫혀 있었다. 두 사람은 매표소를 뒤로하고 근처 공원으로 걸음을 옮겼다. 공원은 산책을 하는 사람과 집단 체조를 하는 사람들로 붐볐다. 음악에 맞춰 율동을 하는 단동 사람들의 표정은 맑고 건강해 보였다. 그 모습을 우두커니 지켜보던 서나래가 부러운 듯 말했다.

"이쪽 사람들은 땅이 넓어서 그런지 참 여유롭게 보여."

"그런 점이 없진 않겠지만 아무래도 경쟁이 덜해서 그런 게 아닐까?"

"하긴, 한국 같으면 이 시간에 저러고 있는 게 이상하겠지."

서나래가 고개를 끄덕이며 사람들의 춤 동작을 이리저리 따라했다. 그러다가 문득 생각났다는 듯 "자기야." 하고 최나한을 불렀다.

"왜?"

"내가 떠나기 전에 병원에 가서 그랬거든. 할아버지, 북쪽에 있는 부인을 만나러 가는데 전하실 말씀은 없으세요? 라고 말야."

"그랬더니?"

"잠시 무슨 생각을 하시는가 싶더니 눈물을 주르륵 흘려."

"아무 말씀 안하시고?"

"응. 그 정도 일이라면 무슨 말씀이라도 하실 줄 알았는데 눈물만 계속 흘려. 아줌마 말로는 이틀이나 눈물을 흘리는 통에 애를 먹었다고 해. 내가 괜한 말을 했나 봐."

"거참. 우리가 북쪽 소식을 전해 드리면 벌떡 일어나시려나."

최나한이 그렇게 말하며 담배를 빼물었다. 불을 붙인 최나한이 담배를 길게 한 모금을 빨더니 말을 이었다.

"나래야, 우리 북에 갔다가 한국으로 돌아가는 게 어때?"

"유럽에서 자식 펑펑 낳고 살자더니 왜?"

"할아버지가 자꾸만 걸리네. 우리가 북에 있는 가족들 모습을 보여 드리면 아픈 게 싹 나을지도 모르잖아."

"좋아. 실은 나도 벌써 엄마가 보고 싶고, 또 우리 때문에 시달릴 부모님을 생각하니 걱정부터 되는 걸."

서나래가 눈물을 글썽이며 말했다. 최나한이 그런 서나래에게 "에이, 신혼여행 첫날부터 엄마보고 싶다며 눈물 짜는 신부는 별론데." 라며 등을 토닥였다.

호텔로 돌아온 서나래는 북한행을 돕기로 한 송국영에게 전화를 걸었다. 송국영은 그러잖아도 기다리고 있었다며 반갑게 전화를 받았다. 그는 자신이 점심을 대접하겠으니 사업에 필요한 서류를 가지고 나오라고 했다. 두 사람은 점심때가 되기를 기다렸다가 송국영과 만나기로 한 장소에 미리 가 있었다. 송국영이 말한 장소는 음식점이 아니라 중국의 국영 은행이었다. 두 사람은 '점심을 먹자며 은행은 왜?' 하는 표정을 지으며 어깨를 으쓱했다. 서나래가 송국영과 만나기로 한 장소를 다시 한 번 확인하더니 "여기가 맞나봐." 했다. 그렇게 의자에 앉아 송국영을 기다리고 있는데, 작은 키에 날랜 몸을 한 사내가 은행 문을 열고 들어왔다. 서나래는 그가 송국영일 것이라 생각하고 엉거주춤 일어섰다. 하지만 사내는 두 사람을 처음 보는 사람인 양 힐긋하더니 별다른 내색 없이 창구로 향했다. 서나래는 사람을 잘못 보았나 싶어 다시 입구쪽으로 시선을 돌렸다. 은행을 드나드는 사람을 살피며 송국영을 기다리고 있을 때, 창구에 서 있던 사내가 두 사람 앞을 스치듯 지나갔다.

"아는 내색 하지 말고 따라오시라요."

사내가 작은 소리로 그렇게 말하더니 건물 반대편 출입문을 향해 빠르게 걸어갔다. 서나래와 최나한은 직감적으로 미행이라는 단어를 떠올리며 전혀 모르는 사이인 듯 송국영의 뒤를 따랐다. 그 순간 최나한은 옷 단추에 숨겨놓았던 소형 카메라를 작동시켰고, 카메라는 송국영의 행동을 놓치지 않고 담기 시작했다.

횡단보도를 건넌 송국영은 주변을 경계하면서 고층 빌딩이 즐비한 거리로 들어갔다. 한참을 걸어 빌딩 숲을 지난 송국영이 횡단보도 하나를 더 건너는가 싶더니 갑자기 골목으로 꺾어 들어갔다. 두 사람은 송국영을 놓치기라도 할세라 바쁜 걸음으로 그의 뒤를 쫓았다. 골목으로 들어간 송국영은 어느 고층 건물로 사라졌는데, 두 사람이 그의 뒤를 밟았을 때 송국영은 엘리베이터 앞에 서 있었다. 서나래와 최나한이 나타나자 송국영은 두 사람에게 "타시라요." 라고 말했다. 두 사람이 무슨 영문인지 모르겠다는 표정을 짓자 송국영이 타라는 듯 고개를 끄덕였다. 두 사람이 엘리베이터에 오르자 그는 15층 버튼을 눌렀고, 그제야 "반갑습네다. 송국영이라고 합네다." 라며 불쑥 손을 내밀었다. 두 사람이 송국영과 악수를 나누는 사이 딩동, 하며 엘리베이터 문이 열렸다.

송국영을 따라 들어간 집은 일반 가정집이었다. 넓은 거실엔 고목으로 만든 둥근 테이블이 있고, 벽에는 김일성—김정일 부자의 초상화와 함께 서화 작품 몇 점이 걸려 있었다. 김일성 부자의 초상화를 본 서나래와 최나한이 멈칫하며 굳은 표정을 지었다. 그 모습을 본 송국영이 빙긋 웃으며 "긴장하실 거 없습네다." 했다. 이어 그는 내실을 향해 "선생님, 송국영입네다." 라고 소리쳤고, 검은 뿔테 안경을 쓴 집주인이 거실로 나왔다.

"인사 나누시라요. 단동에서 활동하고 계시는 역사학자 정명훈 선생이십네다. 두 분의 평양행에 큰 도움을 주실 분이기도 하십네다."

송국영의 소개가 있자 정명훈이 "어서 오시기요. 정명훈이우다." 라며 손을 내밀었다. 서나래와 최나한이 정명훈과 악수를 나누며 자신들의 명함을 건넸다.

"아이고, 훌륭한 선생님들을 이렇게 만나게 되어 영광임매."

명함을 확인한 정명훈이 활짝 웃으며 말했다. 서나래와 최나한이 "과찬이십니다. 고명하신 선생님을 뵙게 된 저희가 오히려 영광입니다." 하며 가볍게 고개를 숙였다.

"허허, 우리 호상 간에 상대 얼굴에 금칠하는 일은 고만하고 배가 출출할 거이니 식사부터 하십시다이."

정명훈이 서나래와 최나한을 주방으로 안내했다. 주방은 이상하리만치 단출했으며 정명훈의 부인인 듯한 여인이 식사를 차리고 있었다. 두 사람이 그녀에게 인사를 하고 의자에 앉자 정명훈이 말했다.

"함경도 식이니 차린 건 옳지만 마이 드시기요."

송국영이 어색하게 앉아 있는 두 사람에게 "선생님 댁 반찬이 맛있다고 소문이 났으니 천천히 그리고 많이 드시라우요." 라며 너스레를 떨었다.

"허허, 송 선생. 손님 앞에서 우째 그런 칭찬을 다 하우다. 혹 반주라도 생각나 그런 거 아이오?"

정명훈이 그렇게 말하고는 상을 차리고 있는 부인에게 술을 부탁했다. 부인이 술병을 내오자 정명훈이 술 한 잔씩을 돌렸다.

"우리 공화국에서 맹근 들쭉술이우다. 두 분 이 술 마셔 봤습매?"

서나래와 최나한이 처음이라고 말하자 정명훈이 술잔을 들며 "쭉 마셔보기요. 속이 싸한 기 백두산 천지 물맛과 비젓하우다." 했다. 두 사람이 잔을 비우자 잔은 또 채워졌고, 잔을 받던 최나한이 정명훈에게 물었다.

"선생님께서는 역사학자라고 하셨는데, 어떤 분야를 연구하시는지 여쭈어도 되겠습니까?"

"아, 선생님께서는 동북 3성에 산재한 고구려 역사와 간도 지방의 독립군 투쟁사 등을 연구하시는데, 우리 재중 동포들의 자랑입네다."

송국영이 대신 나섰다.

"송 선생, 아이오. 내 안즉은 그런 공치사 들을 처지가 아임매."

정명훈이 손사래를 치며 말했다.

식사가 끝나자 정명훈은 자리를 서재로 옮겼다. 그의 서재는 작고 아담했지만 책으로 가득 차 있었다. 정명훈은 서재를 둘러보며 한국에서는 구경도 할 수 없는 공화국 관련 서적이 많다고 했다. 서나래가 무슨 책인가를 손으로 뽑아내자 정명훈이 말했다.

"그것도 공화국에서 나온 책이지비. 필요하시면 골라봅서."

서나래와 최나한이 책을 살펴보는 사이 정명훈의 부인이 차를 내왔다. 정명훈이 두 사람의 잔에 찻물을 채우며 "송 선생에게 듣자니 선생님들께서는 공화국에 대해 관심이 많다고 하던데, 공화국에 무슨 일이라도 있슴둥?" 하고 물었다. 책을 뒤적이던 서나래가 "아 예." 하곤 말을 이었다.

"저희가 어떤 인물을 쫓고 있는데, 북한과 관련이 있어서요."

"인물? 내도 아는 인물일지 모르니 누군지 말씀해 보우다."

"김달삼이라고 하는 인물인데요. 해방 공간에서 빨치산 활동을 했던 사람입니다."

"공화국 수립 전에 제주에서 인민 봉기를 일으킨 남조선 혁명가 김달삼 말임둥?"

정명훈의 물음에 서나래가 고개를 끄덕이며 말했다.

"김달삼의 가족이 북한에 산다고 들었습니다. 그래서……."

서나래는 그런 이유로 북한에 가야 한다는 말은 하지 않았다.

"김달삼 선생의 피붙이라면 평양에서 아주 잘 살고 있디요. 그이들은 애국 열사의 가족이 아임매."

정명훈이 차를 홀짝이며 말했다. 서나래가 눈을 동그랗게 뜨며 물었다.

"김달삼 가족에 대해 잘 아십니까?"

"내 그이들을 직접 만나볼 기회야 없었지만 독립운동사를 연구하다 보이 김달삼의 피붙이와 독립운동가 가문이 서로 연결된 점이 있다는 걸 발견하지 않았겠음둥? 그래서리 관심을 가진 적이 있었음매."

"독립운동가 가문이면 어느 집을 말씀하시는 건지요?"

"안중근 열사 가문임매."

"안중근 의사요?"

서나래의 눈이 번쩍 뜨였다.

"그렇슴매."

"김달삼과 안중근 가문이 어떤 관계인지 말씀해 주실 수 있으십니까?"

"잠시만 기다려 보시기요."

정명훈이 책꽂이에서 몇 권의 책을 뽑아 왔다. 정명훈이 뽑아 온 책은 김일성의 전기 『세기와 더불어』와 북한과 중국에서 발행한 안중근에 관한 책들인데, 저자 이름은 다 가려져 있었다. 정명훈이 여러 책을 동시에 이곳저곳 펼쳐 놓더니 말을 이었다.

"공화국에서는 조선 침략의 원흉인 이토 히로부미를 저격한 안중근의 영웅적 독립 투쟁을 높이 평가하고 있는데, 이런 인식은 김일성 수령 동지도 다르지 않았슴매. 여길 보면 수령 동지께서 안중근의 독립 투쟁을 얼마나 자랑스러워했는지 알 수 있슴둥."

정명훈이 김일성의 전기 『세기와 더불어』를 손으로 가리키며 말했다. 서나래가 정명훈의 손끝이 가리킨 문장을 읽기 시작했다.

"나는 어릴 적 아버지로부터 안중근 의사 이야기를 듣고 자랐다……."

"그뿐이 아임매. 1986년인가 수령 동지께서 뤼순감옥을 직접 방문하시어 안중근 열사의 유해를 발굴할 수 있도록 해달라고 중국 측에 부탁한 적도 있었습둥."

"그렇군요. 그렇다면 안중근 가문과 김달삼과는 어떻게 연결이 되어 있다는 건가요?"

서나래가 취재 수첩을 꺼내며 물었다. 정명훈이 안중근 가족의 사진첩을 펼쳐 들며 말을 이었다.

"안중근 가문이야 워낙 독립운동가가 많으니 다 언급할 순 없고 내 김달삼 선생과 연결되는 핵심만 말하겠음매. 안중근에겐 안정근과 안공근 등의 형제가 있는 건 아실 거우다. 이 중에서 막내 동생인 안공근 역시 독립운동가로 이름을 날렸는데, 이 안공근의 큰아들이 독립운동가 안우생이라는 인물이우다. 안우생은 낭중에 이야기 하겠디만 김구 선생과도 연결되는 인물로 조선의 독립운동사에서는 빼놓을 수 없는 인물이디요. 안우생은 슬하에 3남 1녀를 두었는데, 그중 큰아들의 이름이 안기철이우다. 이 안기철의 부인이 바로 남조선 혁명가 김달삼의 외동딸인 데다 둘 사이엔 김일성대학에서 박사 학위를 받은 안덕준이라는 장성한 아들도 있습둥."

"놀랍군요. 그러니까 김달삼과 안중근 가문과는 서로 사돈이 되는 것이고, 김달삼의 딸은 안중근을 큰할아버지라 부른다 이거죠?"

서나래가 이야기를 다시 한 번 정리하며 물었다.

"그렇습둥."

"두 가문의 혼인 사실은 뜻밖인데요. 혹시 당의 명령에 의해 이루어진 혼인은 아닌가요?"

서나래가 물었다.

"허허, 혼인은 인륜지대사 아이겠슴둥. 그런 중대사를 어찌 당에서 강제한단 말임매. 공화국 사람들도 두 분 선생님처럼 연애로 결혼하고 살다 서로 맘에 안 들면 이혼도 하고 그럼매."

정명훈의 말에 송국영이 한마디 했다.

"남조선은 어떨지 모르겠지만 공화국에선 공화국 창건에 공이 큰 혁명 열사나 애국 열사의 자녀들에게 특별한 대우를 해 주고 있습네. 그러니 열사들의 자녀들끼리 자연스럽게 만나면서 연애도 하고 결혼도 하지 않나 싶습네."

서나래가 무슨 말인지 알았다며 고개를 끄덕였다.

"아까 말씀 중에 김달삼과 사돈 관계인 안우생이라는 분이 언급되었는데, 그분은 어떤 분이십니까?"

이번엔 최나한이 물었다.

"안우생 선생은 임시정부하에서 아버지 안공근의 뒤를 이어 김구 선생을 모신 독립운동가로 해방이 되자 김구 선생과 함께 남조선으로 귀국하여 비서로 쭉 지냈디요. 이때 조국 통일에 대한 열망을 품은 선생께서는 김구 선생께 북남연석회의 참석을 청했고, 김구 선생을 수행하여 김규식 등과 함께 평양에 왔었지비. 그 이후 서울로 돌아가지 않고 평양에 남아 있다가 20년 전쯤에 돌아가셨는데, 지금은 애국열사릉에 모셔져 있디요. 안우생 선생은 독립운동도 하셨디만은 엘핀이라는 필명으로 번역 문학가로도 이름을 날린 분이우다. 영어, 중국어, 러시아어, 에스페란토어 등에 능해 중국 문학가 루쉰의 작품을 외국말로 마이도 번역했디요."

정명훈이 잠시 말을 끊고는 찻물로 입을 적셨다. 그 사이 최나한과 서나래도 찻물로 목을 축이곤 안우생에 대한 이야기가 이어지길 기다렸다. 정명훈이 잠시 책을 이리저리 뒤적이더니 말을 이었다.

"사실 김구 선생과 안중근 가문과의 인연은 안중근의 부친 안태훈 때부터 이어졌디요. 김구 선생께서 열아홉의 나이로 동학 접주를 할 때 안중근은 열여섯의 나이로 동학을 토벌하는 위치에 있었디요. 당시 안중근과 김구가 서로 만나지는 않았디만 후에 김구 선생이 이끈 동학이 대패하고 선생께서 몸을 숨겨야 할 처지에 있을 때 안태훈이 김구와 그의 부모님을 몰래 숨겨 주는 일이 생겼디요. 그 일이 인연이 되어 훗날 김구 선생이 독립운동의 길에 들어섰을 때 안중근의 동생인 안정근과 안공근이 김구 선생을 보필했고, 그 인연이 안우생 선생까지 이어진 것임매."

"대단한 인연이로군요."

서나래가 고개를 끄덕이며 말했다.

"안중근 가문과 김구 선생과의 인연은 그뿐이 아이우다. 안중근의 동생이자 청산리 전투에서 맹활약을 한 안정근 선생에겐 안미생이라는 큰딸이 있는데, 이 안미생이 김구 선생의 큰아들 김인과 혼인하여 김구 선생의 큰며느리가 되지 않았슴둥."

"그러니까 안중근 가문과 김달삼 가문이 사돈이듯이 안중근 가문과 김구 가문 또한 사돈이라 이 말씀인 거네요?"

"그렇슴매."

"겹사돈이긴 하지만 김구 선생과 김달삼이 사돈이 되는 셈이네요."

서나래의 말에 정명훈이 빙긋이 웃으며 "거기엔 강문석도 포함해야 되겠디요." 했다.

"안중근, 안정근, 안공근, 김구, 김달삼, 강문석 이 여섯 사람은 현대사에서 빼놓을 수 없는 인물들인데, 서로 사돈 관계로 얽혀 있다니 놀라운 일이네요."

최나한이 새로운 사실을 알게 되었다며 흥분을 감추지 못했다.

"김구의 임시정부와 안중근 가문의 독립운동사 그리고 김달삼과 강문석 박헌영으로 연결되는 남조선 항일 항미 운동사 등, 김구, 안중근, 김달삼 이 세 가문의 이야기만 써도 조선의 현대사가 완성될 정도니 놀랍긴 하더요."

"하지만 안중근 가문에도 옥의 티는 있더군요."

최나한이 말했다.

"아, 안중근의 아들 안준생을 말하는 거 아이오?"

"그렇습니다. 그분의 친일 행각에 대해서는 한국에서도 말이 많습니다."

"안타까운 일이지비. 아버지는 침략의 원흉인 이토 히로부미를 독립군 장군의 이름으로 저격하여 아시아의 영웅이 되었는데, 아들은 이토의 아들에게 머리를 조아리고 그것도 모자라 이토의 손자와 의형제까지 맺었다 하지 않습 둥."

"예, 그일을 두고 김구 선생께서도 화가 많이 나셨던 모양입니다. 당시 얼마나 화가 나셨는지 선생께서는 '민족 반역자로 변절한 안준생을 체포하여 교수형에 처하라고 중국 관헌에게 부탁했으나 그들이 실행치 않았다.' 라는 기록을 선생의 저서 『백범일지』에까지 남겨 놓았습니다."

"안준생이 이토의 아들을 찾아가 '죽은 아버지의 죄를 내가 속죄하고 전력으로 보국의 정성을 다하고 싶다.' 라고 머리를 조아렸으니 김구 선생께서 화가 날 만하지 않았겠습둥."

정명훈이 안경을 밀어 올리며 말했다. 그때 그의 부인이 따뜻한 찻물을 더 내왔고, 송국영은 걸려 온 전화를 받기 위해 거실로 나갔다. 정명훈이 두 사람

잔에 찻물을 따르며 "남조선 선생님들과 이렇게 격의 없이 담화를 나누니 차 맛이 더 그윽하우다." 했다. 최나한이 "오늘 선생님께 많은 것을 배웁니다. 감사드립니다." 라며 인사를 했다. 옆에 있던 서나래가 찻물을 마시다 말고 "선생님, 그러면 김달삼은 죽었습니까? 살았습니까?" 라고 물었다. 갑작스런 질문에 정명훈이 잠시 멀뚱하더니 "김달삼 선생은 죽지 않았습둥?" 하고 되물었다.

"혹시 언제 사망했는지 알고 계십니까?"

서나래가 또 물었다. 정명훈이 책을 뒤적이더니 "공화국 애국열사릉에 있는 김달삼의 묘비에 그의 사망 일자가 1950년 9월 30일로 되어 있으니 그날이 아니겠습둥?" 하고 말했다.

"애국열사릉에 있는 묘비명의 기록은 믿을 만합니까?"

"혁명열사릉과 애국열사릉은 공화국의 얼굴이자 자랑이디요. 그런 데서 엉터리 기록을 남기진 않을 거우다."

정명훈이 그렇게 말하곤 책에 나와 있는 내용을 언급했다.

"여길 보면 '1926년 5월 10일 생인 남조선 혁명가 김달삼은 해방 전쟁이 한창 진행 중이던 1950년 9월 30일 대부대와 전투 중 장렬하게 전사했다.' 라고 되어 있습둥. 믿기 어렵겠다면 여길 보우다."

정명훈이 서나래에게 책을 건넸다. 최나한과 서나래가 책에 든 내용을 확인하곤 고개를 설레설레 흔들었다.

"허, 한 인물에 대한 기록이 이렇게 차이가 나도 되는 건가?"

서나래가 탄식하듯 내뱉었다.

"남조선에서는 뭐라 기록하고 있습둥?"

정명훈이 물었다.

"출생만 해도 1921년생이다 1923년생이다 1925년생이다 하며 서로 다른 기록이 있는 데다 죽음 또한 1950년 3월에 죽었다 4월에 죽었다 다들 제각각입니다. 심지어는 내가 김달삼이요, 하는 사람까지 생겨났고요. 그런데 북한에선 1926년생에다 1950년 9월 30일 전투 중 사망했다고 기록하고 있으니 이걸 어떻게 이해해야 하나 난감할 뿐입니다."

서나래가 답했다.

"허허, 그래서 그 진실을 알고자 공화국에 가고 싶다 이 말 아임매?"

"그렇습니다. 북한에 가면 김달삼에 관한 모든 의문이 풀리지 않을까 생각합니다."

"허허, 단동에 나와 있는 북조선 영사관에 내 아는 사람이 많슴둥. 그들에게 힘을 써 볼 기니 기다려 보우다."

정명훈이 서나래와 최나한의 손을 잡으며 말했다. 그때 송국영이 서재로 돌아왔고, 정명훈은 펼쳐 놓았던 책들을 챙겨 제자리에 꽂았다. 책 정리를 끝낸 정명훈은 서나래와 최나한을 향해 "기럼 난 영사관에 약속이 있어 잠시 나가야 하니 담화들 나누기요." 하며 손을 흔들었다. 두 사람이 엉거주춤 일어서며 인사를 하자 송국영이 정명훈을 따라나섰다. 잠시 후 송국영이 돌아왔는데, 그의 손엔 꽃장식이 된 작은 상자 두 개가 들려 있었다.

"두 분의 결혼 선물입네다. 열어 보시라요."

송국영이 서나래와 최나한에게 상자를 건넸다. 상자를 열어보던 두 사람이 흠칫 놀라며 송국영을 바라보았다.

"이건……?"

"김일성 주석과 김정일 위원장 동지의 초상이 있는 공화국 뱃지입네다. 두 분이 함께 들어 있는데, 공화국에서는 결혼식 날 그 뱃지를 가슴에 꼭 달고 입장합네다."

"저희보고 이걸 가슴에 달라는 건 아니시죠?"

서나래가 난감한 표정을 지으며 물었다.

"하하, 평양에 가면 필요할 겁네다. 여기서야 달지 않아도 되니 가방에 찔러 넣으시라요."

송국영의 말에 두 사람이 알았다며 뱃지를 각자의 가방에 넣었다. 두 사람의 행동을 지켜보던 송국영이 "지금부터 제 말을 잘 들으시라요." 라며 의자를 당겨 앉았다.

"오늘 우리는 만나지 않았으며 여기에 와서 밥을 먹었다는 사실조차 없었던 일입네다. 무슨 말씀인지 아시갔디요?"

송국영이 두 사람을 번갈아 쳐다보았다. 서나래와 최나한이 무슨 말인지 알아들었다며 고개를 끄덕였다. 송국영이 말을 이었다.

"들어서 아시갔디만 단동은 조중 두 나라의 무역 창구에다 북과 남의 첩보 활동 또한 어느 곳보다 활발한 곳입네다. 그러다 보니 단동에서 공화국과 남조선을 오가며 사업을 하고 있는 저도 누가 공화국의 보위부 사람인지 누가 남조선의 국정원 공작원인지 잘 모릅네다. 보위부 공작원인 거 같은데, 알고 보면 국정원 공작원인 경우도 있고, 국정원 끄나풀로 알고 있었는데, 보위부 끄나풀인 경우도 있다 그 말입네다. 그뿐이 아닙네다. 단동엔 일본 정보원도 있고 미국 정보원도 있고 중국 정보원도 있습네다. 암튼 각 나라의 정보원들이 각기 제 나라의 이익을 위해 활동하는 곳이니 입을 조심하지 않으면 언제 어디서 누구에게 잡혀가 간첩죄를 뒤집어쓸지 모른다 이겁네다. 그러니 오늘 있었던 우리의 만남이 밖으로 새어 나가선 절대로 안 된다 이 말입네다. 제 말이 무슨 뜻인지 아시갔습네까?"

송국영의 말에 두 사람의 표정이 하얗게 질려 갔다. 순간 뭔가 이상한 공작에 휘말리고 있다는 생각까지 들었다. 서나래가 정신을 수습하며 물었다.

"그렇게 말씀하시면 송 선생님 또한 대한민국 정보원인지 북한 정보원인지 중국 정보원인지 우리가 알 도리가 없지 않습니까?"

"하하, 좀 전에 제가 뱃지를 하나씩 드렸잖습네까? 그게 증표입네다."

"신분증이나 명함이라도 있으면 보여 주십시오. 그러면 저희도 송 선생님을 믿고 일을 진행하겠습니다."

서나래의 말에 송국영이 순간 멈칫했다. 그는 잠시 무슨 생각인가 하더니 큰 소리로 웃었다.

"하하, 그런 건 필요하다면 뭐든 못 만들갔습네까? 그러나 단동에선 가짜가 워낙 많아서 신분증이나 명함을 믿고 일했다간 큰납네다. 아시갔습네까?"

"어떤 분의 소개로 송 선생님을 알게 되었지만, 실제로 우리도 송 선생님에 대해 아는 건 하나도 없습니다. 그래도 뭔가 신분을 보증할 수 있는 건 있어야……."

최나한이 조심스럽게 말했다. 송국영이 이번엔 어이가 없다는 듯 풀썩 웃더니 손을 내저었다.

"허, 이번 사업은 단순하게 강을 건네주는 기 아니라 두 분을 평양까지 편안하게 모시는 사업이라 여기저기 돈도 많이 들고 만들어야 할 서류도 아주 복잡합네다. 뭐, 두 분께서 정 믿지 못하갔다면 어쩔 수 있갔습네까. 저는 이 일에서 빠질 테니 다른 선을 알아 보시라요."

"아, 아닙니다. 송 선생님께서 하도 겁을 주시기에 드린 말일 뿐입니다. 일은 예정대로 진행해야지요."

서나래가 고개를 저으며 말했다.

"좋습네다. 그럼 저도 두 분을 믿을 테니 두 분께서도 다른 누구의 말은 절대로 믿지 말고 저만 믿으셔야 합네다. 그렇게 하시갔습네까?"

송국영이 다짐을 받듯 물었다. 두 사람이 고개를 끄덕이자 송국영이 "좋습네다. 그럼 가지고 온 서류를 건네주시고, 착수금으로 미화 1만 불을 준비하시라요. 나머지 1만 불은 평양에 도착하는 순간 지불하면 됩네다. 사업은 착수금을 받는 즉시 시작하도록 하갔습네다." 했다.

"알겠습니다."

최나한이 사진과 인적사항이 기록되어 있는 서류를 송국영에게 건넸다. 서류를 확인한 송국영이 눈을 번득이며 말을 이었다.

"그리고 두 분은 지금 신혼여행을 온 것으로 되어 있습네다. 그러하니 일이 진행되는 동안 주변의 눈도 있고 하니 두 분은 백두산도 가고 호태왕비도 가면서 남들과 같이 여행을 즐기시라요. 아시갔습네까?"

"그러겠습니다. 착수금은 언제 드리면 되겠습니까?"

서나래가 물었다.

"낼 아침 7시 정각 호텔로 누가 찾아갈 겁네다. 그 편으로 보내 주시라요."

두 사람이 고개를 끄덕이자 송국영이 손을 내밀었다.

"다시 한 번 말하지만 이 집을 나가는 순간 정명훈 선생이랑 우린 모두 모르는 사입네다?"

서나래와 최나한이 송국영과 악수를 나누며 알았다고 했다. 거실로 나오자 송국영이 두 사람을 불러 세웠다.

"그래도 오늘 일에 대해 증명은 해야 하니 여기서 기념사진이라도 한 장 박아 둡세다."

송국영이 카메라를 가지고 와선 두 사람을 김일성 부자의 초상화 앞에 세웠다. 사진을 찍던 송국영이 뭔가 아쉽다는 표정을 지으며 말했다.

"김일성—김정일 동지의 뱃지를 단 모습도 한 장 찍어 보갔습네다. 잠시만 더 서 계시라요."

송국영이 자신의 주머니에서 뱃지 두 개를 꺼내더니 서나래와 최나한의 가슴에 꽂았다.

"오, 훌륭합네다. 이 사진은 평양으로 출발하는 날 선물로 드리갔습네다."

사진을 찍은 송국영이 엄지를 치켜들며 두 사람을 엘리베이터로 안내했다.

단동 유람

호텔로 돌아온 두 사람은 한동안 멍하니 앉아 있었다. 김달삼 프로젝트를 마무리할 수 있다는 기쁨과 환희에 들떠 있어야 하는데 찜찜한 기분이 더 들었다. 그 근원은 바로 송국영이라는 사람 때문이었다. 서나래와 최나한은 호텔로 돌아오는 내내 송국영이라는 인물에 대해 생각했다. 그는 대체 누구이며 믿을 수 있는 사람인지 생각하고 또 생각해도 답은 나오지 않았다. 식사를 하자며 데려간 집은 가정집인지 사무실인지도 알 수 없었고, 사람의 온기라고 느껴지지 않는 공간에 걸려 있는 김일성—김정일의 초상화는 제 자리가 아닌 듯 어색하기 이를 데 없었다. 정명훈 역시 역사학자가 맞는지도 모르겠고, 식사를 차리고 찻물을 내오던 그의 부인이라는 여자 또한 어떤 사람인지 가늠이 되지 않아 나중엔 둘이 부부인지조차 의심이 갔다. 그 의심은 녹화된 동영상을 재생해 보아도 풀리지 않아 두 사람을 한숨짓게 했다.

"평양 간다며 집까지 팔고 왔는데, 기분은 왜 이렇게 엿 같지? 나래야, 우리 바람이나 쐬자."

최나한이 무슨 생각엔가 잠겨 있는 서나래에게 말했다. 호텔을 나선 두 사람은 빌딩 숲을 지나 압록강으로 나갔다. 안개가 사라진 유월의 압록강은 생각보다 넓었으며 수량 또한 한강과는 비교도 할 수 없을 정도로 많았다. 강에는 관광객을 태운 유람선이 수시로 떴으며, 배에 탄 관광객들은 북한 쪽을 향해 사진을 찍거나 손을 흔들며 즐거워했다. 강변에 앉은 두 사람은 강을 오르

내리고 있는 유람선에다 시선을 던진 채 잠시 말을 잊었다.

"송국영이라는 사람 말야. 믿어도 될까?"

최나한이 침묵을 깼다.

"나도 지금 그 생각을 하고 있는데, 뭔가 속는 기분도 들고 마음이 영 편치 않네."

서나래가 한숨을 길게 내쉬며 말했다.

"평양까지 비행기를 태워 보낼 것도 아니면서 돈은 또 왜 그렇게 많이 들고 공작원이 어쩌고저쩌고 하면서 겁은 또 왜 그렇게 많이 주는지 원."

최나한이 주변을 의식하며 목소리를 낮췄다.

"그렇다고 이제 와서 사람을 바꿀 수도 없잖아."

서나래도 답답하다는 듯 말했다.

"그러니 더 답답하다는 거지."

최나한의 말에 서나래가 땅이 꺼져라 한숨을 내쉬었다.

"내가 사람을 잘못 소개받은 건 아닌지 하는 생각까지 드네."

"그렇게까지 자책할 건 없어. 우리 둘 다 이런 일은 처음이라 과민반응일 수도 있고."

"차라리 과민반응이었으면 좋겠다."

"야, 서나래. 사람을 바꿀 수 없다면 삼수갑산을 가더라도 그 사람을 믿기로 하자. 그래야 우리 마음이 편하지 않겠어?"

최나한이 씨익 웃으며 서나래의 어깨를 안았다.

"좋아, 썩 내키지는 않지만 자기 생각이 그렇다면 나도 그렇게 간다."

"그래, 의인불용疑人不用 용인불의用人不疑라는 말도 있으니 사람 한 번 통 크게 믿어보자."

"하, 우리 신랑이 갑자기 왜 이러시나. 어려운 말로 사람 기죽이네."

"하하, 별건 아니고. 사람이 의심스러우면 쓰지 말고, 사람을 썼다면 의심하지 말라, 뭐 그런 뜻이야."

최나한의 말에 서나래가 "혼탁한 머리를 맑게 해 주는 아주 명쾌하고도 쿨한 답이로군." 했다. 그때 서나래의 휴대폰이 울렸다. 전화를 건 이는 서나래의 어머니였다. 어머니는 서해에서 남과 북이 교전을 벌이고 있는데, 단동은 별일이 없냐고 물었다. 서나래는 단동은 평화로우니 걱정하지 말라며 어머니를 안심시켰다.

"또 교전이 붙었어?"

최나한이 물었다.

"그렇다나 봐."

"무기가 녹슬고 있으니 가끔씩 소비 차원에서 붙는 건가?"

최나한이 고개를 갸웃하며 말했다.

"그럴 수도 있겠다."

서나래가 그렇게 말하곤 "야, 최 피디. 사람을 믿기로 결정했으면 우리 이렇게 아니라 유람선이나 타러 가자 응?" 하며 최나한의 손을 잡아 일으켰다.

"좋지. 그래도 명색이 신혼여행인데, 유람선 정도는 타 줘야지."

두 사람은 선착장으로 내려가 기다리고 있던 유람선에 올랐다. 유람선은 이내 출발했고, 물살을 가르며 강 중앙으로 나아가기 시작했다. 배가 속도를 높일수록 신의주 땅은 점점 가까워졌으며, 굳이 망원렌즈를 쓰지 않아도 북한의 선전 구호와 주민들의 생활 모습이 한눈에 잡혔다. 배가 상류로 이동하자 물수제비를 뜨는 아이들이 보였고, 아이들은 다가오는 유람선을 향해 손을 흔들었다. 서나래가 아이들을 향해 안녕, 하고 소리치자 아이들도 해맑게 웃으며

"안녕!" 하고 답했다. 그 모습을 카메라에 담던 최나한이 "대한민국 아이들에 비해 옷은 허름하지만 아이들 표정만큼은 천진하면서도 참 맑다." 라며 미소를 지었다. 강을 한 바퀴 돈 유람선은 곧 선착장으로 돌아왔고, 못내 아쉬운 두 사람은 다른 유람선으로 갈아타고 또 한 바퀴를 돌았다.

"저 금단의 땅에 과연 발을 딛을 수가 있을까?"

서나래가 신의주를 바라보며 말했다.

"무슨 말씀, 송국영이 잘 준비하고 있을 테니 염려 붙들어 매셔."

유람선에서 내린 두 사람은 압록강단교로 걸음을 옮겼다. 새벽에 닫혀 있었던 매표소는 활짝 열려 있었고, 입장권을 산 관광객들이 단교로 올라가고 있었다. 그들을 따라 단교에 오르니 다리 아래로는 압록의 물이 힘차게 흐르고 있었다.

압록강단교는 대륙 진출을 노린 일제가 1911년 완공한 철교로 조선이나 중국 측에서 보면 통한의 다리였다. 일제의 수탈과 침략의 통로 역할을 했던 압록강철교는 해방이 되면서는 동포들의 귀국 통로로 이용되었다. 이후 한국전쟁 때는 연합군의 참전으로 북한군이 압록강까지 밀리자 중국이 형제의 나라를 돕는다는 명목으로 전쟁에 참전했고, 미군은 물밀 듯 내려오는 중공군을 막기 위해 다리를 폭격했다. 철교가 끊어지면서 다리의 이름도 압록강철교에서 압록강단교가 되었다. 중국은 부서진 철교의 형체를 그대로 보존한 채 항미원조抗美援朝의 선전장으로 활용하고 있는 중이었다.

한참을 걸어 다리 중간쯤에 이르니 다리는 처참한 모습으로 끊어져 있고, 북한 땅으로는 교각만이 쓸쓸하게 서 있었다. 단교 옆으로 다리 하나가 더 있는데, 이 다리 역시 일제가 만든 압록강철교로 지금은 중조우의교라는 이름으로 신의주와 단동을 잇는 역할을 하고 있었다.

"저 다리 앞에서 히치하이킹을 하면 통하지 않을까?"

서나래가 줄을 지어 신의주로 들어가는 트럭을 보며 말했다.

"오케이, 그거 좋은 방법이다. 그러면 돈도 굳고 좋잖아. 가슴골이 푹 파인 티셔츠에다 야시시한 치마를 허벅지까지 훅 걷어 올리면 트럭 운전사들의 심장이 단박에 무너지지 않겠어? 우리 한번 해 볼까?"

최나한이 낄낄거리며 말했다.

"호호, 트럭 운전사들이 바보냐? 여자인 나만 태우지 곁에 있는 남자까지 태울까?"

"아으, 그러면 하지 말자."

최나한이 고개를 설레설레 흔들더니 강 건너 마을을 클로즈업했다.

단교에 걸터앉은 두 사람은 신의주로 향하는 트럭을 부러운 듯 바라보다가 노을이 물들 즈음에야 압록강공원으로 나왔다. 잘 꾸며진 공원은 키 큰 메타세콰이어와 강을 향해 능청능청 늘어진 수양버들이 있어 산책을 하기엔 더없이 좋았다. 공원 정자 아래에선 단동 사람들인 듯 얼후와 단소 손풍금 등의 악기로 연주를 하고 있었고, 공원을 산책 중인 사람들은 그들의 연주가 끝날 때마다 환호와 박수로 화답했다.

"중국 사람들, 사는 거처럼 산다."

최나한이 즉석에서 펼쳐지는 연주를 들으며 말했다.

"사실 외국 여행을 다녀보면 우리나라 사람들이 가장 팍팍하게 사는 거 같아. 돈이 아니면 죽음을 달라 하는 돈벌레처럼 말야."

서나래가 연주자들에게 박수를 보내며 말했다.

"하하, 그렇게라도 벌어서 건강하게 쓰면 좋게. 그게 안 되니 문제지."

최나한이 활짝 웃으며 말했다.

노을마저 지고 있을 때 두 사람은 인근에 있는 단동의 코리아타운인 조선 한국민속거리로 이동했다. 거리엔 한글로 된 상점이 즐비했으며 음식점은 물론 골동품 가게와 한의원도 있었다. 거리를 오가는 이들은 대부분 조선족이지만 한국인, 북한 사람들로 짐작되는 이들도 눈에 많이 띄었다. 이곳저곳을 기웃거리던 두 사람은 삼계탕을 전문으로 하는 음식점 하나를 발견했다.

"와우, 삼계탕. 오늘 저녁은 삼계탕에 소주 한잔 어때?"

최나한이 서나래를 향해 술잔 꺾는 시늉을 해 보였다.

"좋지."

서나래가 엄지를 치켜들며 말했다. 음식점에 들어서니 넓지 않은 실내에는 테이블이 몇 개 있었고, 사람들은 텔레비전을 보며 식사를 하거나 술을 마시고 있었다.

"어서 오시라요."

주인인 듯한 여자가 두 사람을 빈자리로 안내하며 주문을 받았다. 삼계탕을 주문한 최나한은 메뉴판에 적혀 있는 소주를 가리키며 "각 1병?" 하고 물었다. 서나래가 좋다며 눈을 찡긋하자 최나한이 삼계탕과 소주 두 병을 주문했다. 잠시 후 펄펄 끓는 삼계탕과 소주가 차려졌고, 두 사람은 삼계탕을 안주로 술을 마시기 시작했다. 두 사람이 이런저런 이야기를 하며 술을 주거니 받거니 하고 있는데, 옆 테이블에서 홀로 식사를 하던 사내가 말을 걸어왔다.

"두 분은 남조선에서 오셨습네까?"

서나래와 최나한이 그렇다며 고개를 끄덕거리자 사내가 "북조선에서 금방 들어온 고려청자가 있는데, 구경 좀 해 보실랍네까?" 라고 물었다. 최나한이 "아닙니다." 라며 고개를 흔들자 사내가 "남조선에 가면 돈 되는 것들도 많이 있습네다. 잘만 골라 가면 여행 경비가 쫙 빠지고도 남디요." 라고 덧붙였다.

"저희는 여행 중이라 그런 거 구입할 여력이 없습니다."

"신용카드도 되니 걱정 마시라요."

사내가 두 사람 쪽으로 의자를 돌려 앉으며 말을 이었다. 그때 텔레비전에선 뉴스가 시작되었고, 서해에서 벌어진 교전 소식이 첫 뉴스로 나왔다. 화면을 지켜보던 이들이 저마다 한마디씩 했는데, 다들 한국을 비난하는 말들 일색이었다.

"남조선 아 새끼들이래 미국 놈들 믿고 저래 까부는데, 배알도 없는 놈들 아이겠슴둥."

"배알통이 읎으니 저 지랄이지 있으믄 미국 놈들에게 이리저리 개처럼 끌려 다니겠슴둥."

서나래와 최나한은 손님들이 하는 말을 들으며 말없이 술만 들이켰다. 뭔가 한마디 할 분위기도 아니었지만 잘못 나섰다간 손님들에게 집중포화를 당할수 있겠다는 생각이 들었다.

교전에 관한 뉴스가 끝나자 사내가 "식사 끝나고 구경해 보실랍네까?" 하고 물어왔다. 서나래와 최나한은 송국영의 말도 있고 하여 고개를 저었다.

저녁 식사를 마친 두 사람은 호텔 근처에 있는 편의점에 들러 독한 중국 술한 병을 샀다. 룸으로 돌아온 서나래와 최나한은 누가 먼저랄 것도 없이, 서로의 옷을 벗기기 시작했다. 두 사람은 마치 죽음을 앞둔 전장의 병사들처럼 상대의 몸을 탐닉했다. 침대와 소파와 샤워실을 오가며 벌어진 격정적인 섹스가 끝나고 서나래는 "아, 목말라." 하며 술병을 땄다.

두 사람이 술을 반쯤 비우고 있을 때, 최나한의 휴대폰이 울렸다.

경계의 땅, 압록

아침 7시 정각에 딩동 하고 벨이 울렸다. 서나래는 기다렸다는 듯 준비한 돈을 챙겨 나갔다. 문을 여니 복도엔 운동복 차림의 사내가 모자를 눌러 쓴 채 서 있었다. 사내가 서나래를 힐긋 보더니 "송 사장님께서 보내서 왔습네다." 했다.

"기다리고 있었습니다. 송 선생님께 잘 전달해 주세요."

서나래가 사내에게 돈이 든 가방을 건넸다. 가방을 건네받은 사내는 빠른 손놀림으로 가방을 열더니 서나래가 보는 앞에서 돈 뭉치를 확인했다. 그 순간 검게 그을린 사내의 손과 얼굴이 언뜻 드러났고, 사내는 이내 몸을 돌리더니 서나래의 시야에서 사라졌다.

그 시간 복도에서 사내를 기다리던 최나한은 가방을 건네받은 사내가 돈을 확인하고 계단으로 사라질 때까지의 모습을 카메라에 담았다. 이어 엘리베이터를 타고 1층으로 내려간 최나한은 계단 입구에서 사내가 나타나기를 기다렸다. 하지만 한참을 기다려도 돈을 받아간 사내는 나타나지 않았고, 엘리베이터를 이용한 사람 중에도 운동복 차림의 사내는 보이지 않았다.

룸으로 돌아온 최나한은 서나래에게 사내의 모습이 담긴 동영상을 보여 주었다.

"무슨 첩보 영화를 찍는 것 같다."

"그러게 말야. 기분이 영 거시기하네. 간밤의 이상한 전화도 그렇고."

최나한이 그렇게 말하며 아무래도 느낌이 안 좋으니 오늘 예정했던 백두산행을 취소하자고 했다.

"그럼 뭐해?"

외출복으로 갈아입고 있던 서나래가 물었다.

"백두산은 다음 기회에 가기로 하고 오늘은 압록강이나 거슬러 올라가 보자."

"압록강의 길이가 2천 리야. 왕복이면 4천 리고. 그 긴 강을 다 답사하자고?"

"송국영만 믿고 있을 순 없잖아. 우리도 나름 준빌 해야지."

최나한의 말에 서나래가 무슨 뜻인지 알았다는 듯 "그래, 우리가 지금 한가하게 관광이나 할 때는 아니지." 라며 고개를 끄덕였다.

호텔에서 아침 식사를 한 두 사람은 여장을 챙겨 로비로 내려갔다. 로비에서 두 사람을 기다리던 김남철이 가방을 받아들며 "오늘 날씨로 보아 천지가 확 열릴 것 같습네다." 했다.

"아, 백두산은 다음에 가기로 하고요. 오늘은 집안으로 가서 만포 구경이나 합시다."

최나한이 지도를 펼쳐 보이며 말했다.

"그래요? 집안까지라면 하루 코스로 적당하갔습네다."

김남철은 집안시集安市가 고구려 수도였던 국내성의 현재 이름이며 도시 이름이 집안으로 바뀐 것은 50년도 되지 않는다고 했다.

"좁은 길도 상관없으니 반드시 압록강을 따라가야 합니다. 아셨죠?"

서나래가 다짐을 받듯 말했다. 김남철이 알았다며 가방을 차에 실었다. 호텔을 떠난 김남철의 차는 천천히 압록강을 거슬러 오르기 시작했다. 강은 여전히 안개가 끼었지만 북한 땅이 보이지 않을 만큼 지독한 안개는 아니었다.

"저 섬이 이성계가 회군을 했다는 위화도입네다. 이성계가 회군할 때가 딱 이맘때인데 왜 요동을 치지 않았는지 지금 생각해도 참말로 아쉽습네다. 이건 가정입네다만 그때 요동을 정벌했다면 고구려 땅은 회복했을 것이고, 그랬다면 북과 남이 갈라지지 않았을 수도 있지 않았습네까?"

김남철이 안개가 내려앉은 위화도를 가리키며 말했다.

"역사는 가정이 없지만 그때 만약 이성계가 그리만 했다면 나라는 갈라지지 않았고, 김 선생과 우리가 이처럼 중국 영토를 따라 압록강을 거슬러 올라갈 일도 없겠지요."

최나한이 안개 자욱한 위화도를 카메라에 담으며 말했다.

상류로 올라가자 안개는 옅어졌고, 잠시 후엔 해가 쨍하고 떴다. 압록강은 중국과 북한을 가르는 국경 지대라 강변으로는 철조망과 보초막이 곳곳에 세워져 있었다. 손에 잡힐 듯 가까이 보이는 북한의 강변 마을은 고즈넉해 보였는데, 개울에서 빨래를 하는 모습이나 소를 몰고 들로 나가는 풍경은 한국의 옛 모습과 다르지 않았다. 평화롭게만 보이는 강변 마을 뒤로는 나무 하나 없는 민둥산이 이어져 마치 목장지대를 보는 듯했다. 서나래는 민둥산이 마치 제주의 오름을 닮았다고 말했다.

박작성을 지나자 강변으로 선착장 하나가 나타났다. 선착장에 차를 댄 김남철이 "여기가 단동보다 유람하긴 더 좋습네다." 라며 뱃놀이를 권했다. 선착장은 단동보다 한가했고, 유람선을 기다리는 사람도 많지 않았다. 십여 명을 태운 배는 북한 쪽 강변까지 스스럼없이 넘나들었는데, 강폭이 좁아 보초를 서고 있는 북한 병사들과 이야기를 나눌 수도 있었다. 최나한이 그들에게 "고생 많으십니다." 라고 말을 던지자 초소를 지키던 젊은 병사가 "별말씀을 다 하십네다. 이게 다 조국과 인민을 위한 일 아닙네까." 라며 빙긋이 웃었다. 최나한이 지니고 있던 담배 몇 갑과 라이터를 병사들에게 던져주자 그들은 고맙다며 손을 크게 흔들어 주었다.

유람선은 압록을 따라 상류로 올라갔다가 다시 하류로 향했는데, 그렇게 한 바퀴 도는 데 걸린 시간은 이십 분도 채 걸리지 않았다.

김남철의 차는 다시 압록강 상류로 향했다. 강은 거슬러 올라갈수록 강폭이 좁아져 어떤 곳은 이십 미터도 되지 않았다. 그럴수록 강변 마을은 더욱 드넓어 밭에 심어진 옥수수 고랑이 끝도 없이 이어졌다.

"이 마을에 사는 사람들은 서로 왕래도 하고 그러겠어요?"

서나래가 보초막조차 없는 강을 보며 물었다.

"기러믄요. 말이 국경이지 한 마을과 같으니 고저 이웃집 다녀오듯 하루에도 몇 번씩 넘어갔다 넘어오고 하면서들 삽네다."

최나한이 "그래요?" 하며 마을 이름을 물었고, 김남철의 말은 고스란히 카메라에 담겼다.

김남철의 차는 가끔씩 압록강을 버리고 산중으로 들어갔다가 다시 강을 찾아 나오기도 했는데, 그때마다 새로운 마을이 나타났다가 사라지곤 했다.

단동에서 집안으로 가는 길은 강원도 산간 마을을 드라이브하는 듯 구불구불했다. 길옆으로는 옥수수가 자라고 있었고, 드문드문 만나는 마을은 정겹기만 했다.

"여긴 꼭 아우라지로 가는 길 같다."

서나래가 산자락을 휘도는 강을 바라보며 말했다. 최나한의 눈에도 집안의 산들은 정선의 산을 닮았고, 굽이쳐 흐르는 강은 아우라지강을 많이 닮아 있었다. 최나한이 정선아리랑을 흥얼거리자 서나래가 "어? 그 노랜 언제 배웠어?" 하고 물었다.

"할아버지한테서 배웠지."

"호호, 그랬구나. 여기서 정선아리랑을 들으니 가슴이 더 두근거리는 걸."

서나래가 북한 땅을 바라보며 말했다.

집안에 도착하자 점심때가 지나 있었다. 김남철은 두 사람을 집안 시내의 북한 음식점으로 안내했다. 음식점은 오후 시간이라 그런지 한가했다. 꿩고기 냉면으로 점심을 때운 두 사람은 인근에 있는 환도산성과 광개토왕비 광개토왕릉 장수왕릉 등의 고구려 유적지를 둘러보곤 압록강변으로 향했다. 집안 시내와 인접한 압록강변은 유원지로 조성되어 집안 사람들의 휴식처 역할을 하고 있었다. 집안에서 만난 압록강은 하류인 단동에 비해 강폭이 좁은 데다 물살이 약해 헤엄만으로도 넘을 수 있을 것 같았다. 그 때문인지 단동과 같은 유람선은 없고 강을 한 바퀴 돌아오는 모터보트만이 관광객을 대상으로 영업을 하고 있었다.

압록강으로 나간 서나래와 최나한은 신발과 양말을 벗고 흐르는 물에 발을 담궜다. 조금은 덥다 싶은 날씨였지만, 발을 담그고 있자니 강물의 찬 기운이 뼛속까지 전해졌다. 잠시 후 신발을 챙겨 신은 두 사람은 김남철의 차를 타고 만포시가 보이는 곳으로 갔다. 제방을 따라 이동하니 강 건너편으로 북한의 공업 도시 만포가 나타났다. 산허리 중간엔 제련소 굴뚝이 우뚝 솟아 있었으며, 그 아래로 집들이 길게 늘어져 있었다. 만포 사람들은 주로 걷거나 자전거를 타고 이동했는데, 서해에서 교전이 있었다는 뉴스의 호들갑과는 달리 만포의 풍경은 평화롭게만 보였다.

조금 더 이동하니 만포와 집안을 연결하는 만포철교가 나타났다. 다리의 출입은 북중 국경 지대인 다리 중간까지만 관광객의 입장이 허락되었다. 만포철교에 올라 북한 쪽을 바라보던 서나래가 최나한의 손을 잡으며 말했다.

　"우리 뛸까?"

　"그래, 뛰자!"

　최나한이 금방이라도 뛰어나갈 것처럼 허리를 앞으로 숙였다. 전력을 다해 질주하면 북한 측 병사에게 당도하는 시간은 30초도 걸리지 않을 것 같았다.

　"정말?"

　"그럼, 설마 총으로 쏘기야 하겠어."

　"근데, 저 북한 병사 표정을 보니 우리가 장난하는 줄 알고 중국 측으로 돌려보낼 것 같은데."

　서나래가 두 사람을 지켜보고 있는 북한 병사를 가리켰다.

　"그러네. 뭐가 재밌는지 우릴 보며 낄낄 웃고 있어."

　"우리 같은 관광객이 제법 있는 모양이지 뭐."

　"좋아, 상황은 대충 파악이 되었으니 오늘은 일단 후퇴하자."

　두 사람이 북한 병사를 향해 손을 흔들어 주고는 김남철의 차로 돌아왔다.

위험한 여행

단동과 집안을 가고 오는 길에 두 사람은 경계가 허술한 지점 몇 군데를 찾아냈다. 두 사람이 도강을 결심한 장소는 강을 건너는 데 일 분도 채 걸리지 않을 정도로 수심이 낮으면서도 강폭이 좁은 곳이었다.

이튿날 두 사람은 다시 집안으로 가면서 강변의 상황을 살폈고, 그곳에서 하루를 묵었다. 다음 날 두 사람은 단동으로 돌아오지 않고 반나절을 더 달려 압록강 최상류이자 또 다른 국경 마을인 장백현으로 갔다. 백두산으로 가는 길목에 있는 장백현은 연변과 같은 조선족 마을로 압록강을 사이에 두고 북한의 혜산시와 마주보고 있었다. 장백현과 혜산시를 가로지르는 압록강의 폭은 만포와 집안보다도 좁아 굳이 큰 소리를 내지 않더라도 대화가 가능한 정도로 가까웠다. 강변으로 나가면 혜산시 주민들의 생활 모습이 그대로 보였고, 장백현 탑산공원에 올라가니 혜산 사람들의 움직임이 손에 잡힐 듯 다가왔다.

"저 동산 위에 우뚝 솟아 있는 구조물은 크기가 상당한데 무엇인가요?"

최나한이 북한 지역으로 카메라를 클로즈업하며 물었다.

"저것이 그 유명한 보천보 전투 기념탑입네다."

"아, 김일성 주석이 이끌었던 항일 유격대가 일본 주재소를 공격했다는 그 전투 말이지요?"

"기렇습네다. 선생님들께서도 알고 계시다시피 보천보 전투는 일제 식민지

시절 항일 무장 투쟁의 역사 중에서 국내로 진공한 유일한 전투였습네다. 당시 일본 놈들의 간담을 서늘하게 만든 건 물론이고 전 세계를 깜짝 놀라게 한 일대 사건이었디요."

"역사적인 장소가 바로 저곳이었군요."

서나래가 고개를 끄덕이며 말했다.

"마침 지난 6월 4일이 전투 승전기념일이라 하여 공화국에서 떠들썩하게 행사를 치렀다는 얘길 혜산을 드나드는 동무로부터 전해 들었습네다."

김남철이 답했다.

"아, 그래서 저런 선전 구호가 곳곳에 남아 있군요."

카메라로 기념탑 주변을 살피던 최나한이 말했다.

"그럴 겁네다."

"혜산은 탈북 루트로 알려져 있던데 지금도 그렇습니까?"

서나래가 혜산과 장백현을 내려다보며 물었다. 압록강을 사이에 두고 있는 두 마을은 강을 끼고 있는 한국의 지방 소도시같이 마치 하나의 마을처럼 느껴졌다.

"초기엔 심했더랬디요. 하지만 지금은 양국이 서로 국경 수비를 강화하여 넘기가 쉽지 않다고 합네다. 더구나 최근엔 공화국의 고위 간부가 탈북을 하여 남한으로 갔다는 소문까지 퍼져 북중 접경 지역의 긴장도가 어느 때보다 높습네다."

"북한 고위급이 대한민국으로 망명했다는 소문은 우리도 들었습니다. 황장엽 수준이라는 이야기도 있더군요."

최나한이 고개를 끄덕이며 말했다.

"그런 놈이야 고급 정보 개지고 내 튀면 저 하나야 잘 먹고 잘 살겠디만 공화국 인민들은 그놈 때문에 얼마나 많은 고생을 하겠습네까. 정치적 망명이니 어쩌니 하디만 배신자도 그런 배신자는 도륙을 내야디요."

김남철이 눈을 부릅뜨며 주먹을 불끈 쥐었다.

"아까 말씀 중에 혜산을 드나드는 동무가 있다고 했는데, 요즘 같은 시기에 그런 일이 가능한가요?"

서나래가 문득 생각났다는 듯 물었다.

"아, 조선족인데, 혜산과 장백현을 오가며 밀무역을 하는 친굽네다. 아무래도 그 때문에 요즘은 여기저기 뜯기는 게 더 많아 남는 것도 없다고 울상입네다."

"경비가 강화되어 생긴 일이겠군요."

"맞습네다. 몇 해 전까지만 해도 그런 일이 없었는데, 고위급의 잇따른 탈북과 강을 넘어 장백으로 오는 인민들이 많아지면서 단속이 심해졌다고 합네다."

김남철의 말에 두 사람은 장백과 혜산이 가까이 있는 마을이긴 하지만 경비가 삼엄하여 밀입북을 하기엔 적절하지 않은 곳이라고 생각했다. 혜산 땅을 망연히 바라보던 두 사람은 탑산공원 정상에 있는 탑과 혁명 유적지를 둘러보곤 장백현 시내로 내려왔다.

"장백현은 일제 때 경상도 사람들이 자릴 많이 잡았다고 합네다. 그래서인지 이 지역에 사는 조선족들의 어투가 경상도 억양을 많이 닮았습네다."

김남철이 시내에 있는 한식집으로 두 사람을 안내하며 말했다. 삼겹살을 안주로 하여 술잔을 비우는 사이 주인이 몇 차례 다녀갔는데, 그는 경상도 억양과 함경도 억양이 적당히 섞인 말로 남조선에서 온 두 사람을 반겨주었다.

된장찌개를 후식으로 식사를 끝내자 김남철은 두 사람을 장백현의 한 호텔로 데리고 갔다. 그곳에서 하룻밤을 묵은 두 사람은 호텔에서 아침 식사를 간단하게 때우고 강변으로 나갔다. 장백현에서 만난 압록강은 안개가 옅게 피어오르고 있었으며, 강은 자신을 기준으로 국경이 생긴 것을 아는지 모르는지 무심하게 두 마을을 휘돌아 흐르고 있었다.

"저 벌거벗은 산들을 넘어 백두대간을 타면 금강산과 설악산을 지나 일월산이나 지리산까지 갈 수 있겠지?"

서나래가 혜산을 품고 있는 산들을 보며 말했다.

"그럼, 산을 넘고 넘으면 개마고원이 나타날 것이고 그 등줄기를 따라 남하하면 김달삼 부대의 활동 무대였던 보현산까지 갈 수 있지."

최나한이 강변에서 빨래를 하는 여인들의 모습을 카메라에 담으며 말했다. 여인들은 빨랫방망이를 펑펑 소리가 나게 휘둘렀는데, 그 소리는 서나래와 최나한의 귀에까지 들려왔다. 여인들이 빨래를 하고 있는 모습을 지켜보던 서나래가 담배에 불을 댕기며 한숨을 내쉬었다.

"이 마을과 저 마을이 지척인데, 장백현에 와서도 저 압록강을 넘지 못하네."

"상황이 그런 걸 어쩌겠어. 나래야, 우리 돈도 충분한데 차라리 경비병을 매수해 버려?"

"안 돼. 그랬다가 잘못되면 평양은 고사하고 중국에서도 추방당하고 말거야."

서나래가 고개를 저었다. 그때 김남철이 단동으로 출발하려면 지금 체크아웃을 해야 한다며 전화를 걸어왔다. 두 사람이 알았다며 묵었던 호텔로 돌아갔다.

한나절을 꼬박 달려 호텔에 도착하니 단동은 이미 깊은 밤이었다. 두 사람은 김남철에게 며칠 동안 단동에 머물 것이니 이곳을 떠날 계획이 잡히면 연락을 하겠노라 일러두곤 룸으로 향했다.

다음 날 두 사람은 그동안 머물던 호텔을 나와 압록강이 잘 보이는 호텔로 숙소를 옮겼다. 다른 호텔보다 비용은 비쌌지만 룸으로 들어가니 압록강단교는 물론 신의주까지 다 보였고, 룸에는 신의주를 가까이 당겨 볼 수 있는 망원경까지 구비되어 있었다.

호텔에서 잠시 휴식을 취한 두 사람은 지금까지 있었던 일을 점검하며 송국영과는 별도로 밀입북을 추진하기로 결정했다. 송국영과의 일이 틀어지기라도 한다면 도강을 통해 국경을 넘어갈 생각이었다. 마음을 그렇게 정한 두 사람은 그날부터 버스와 택시를 이용해 단동 일대를 돌며 지리 파악에 나섰다. 그렇게 며칠을 보내니 단동이라는 도시 또한 어느 정도 익숙해져 어디가 어딘지 분간이 갔으며, 도강을 하리라 마음먹은 곳이 단동에서 그리 먼 거리가 아님도 알게 되었다.

도강 후 평양으로 갈 수 있는 동선까지 마무리한 두 사람은 도강에 필요한 물품들을 구입하기 위해 단동의 번화가로 나갔다. 백화점에 들른 두 사람은 가장 먼저 야간에도 자유롭게 이동할 수 있는 적외선 망원경부터 구입했다. 이어 침낭과 나침반, 등산용 칼 그리고 우비와 헤드 랜턴 등을 구입한 후, 인근의 어구점에 들러 가슴까지 올라오는 장화를 사고 신발가게에서는 등산화도 구입했다. 또 만약의 사고를 대비하여 붕대와 구급약 등을 산 후 배낭과 가방 등이 젖지 않도록 포장용 비닐과 비가림막까지 준비했다.

"비상식량도 필요하지 않을까?"

서나래가 물었다.

"어떤 일이 생길지 모르니 준비해야겠지."

소형 버너와 쌀까지 넉넉하게 준비한 두 사람은 택시를 타고 호텔로 돌아왔다.

"와, 이 정도면 평양 가서 살림을 차려도 되겠다."

서나래가 바닥에 펼쳐진 물품을 바라보며 풀썩 웃었다.

"그러게. 이번 여행은 제법 준비할 게 많은 걸."

최나한이 어깨를 으쓱하며 말했다.

쇼핑해온 물품을 정리한 두 사람은 가족과 언론 방송 등에 보낼 영상 메시지를 만들기 시작했다. 서나래가 영상 메시지에 담을 원고를 작성하는 동안 최나한은 몇 번에 걸쳐 촬영 테스트를 했다. 막상 카메라 앞에 서려니 왠지 불안하고 떨렸다. 두 사람은 캔 맥주 하나씩을 비우고서야 카메라 앞에 섰다. 신의주를 배경으로 카메라 앞에 선 두 사람은 한국에 있는 방송과 언론 등에 보낼 영상 메시지부터 만들었다.

"방송사 전직 피디이자 다큐 감독으로 활동하고 있는 최나한과 현직 언론사 기자인 서나래는 오늘 금단의 강인 압록강을 넘어 북한으로 갑니다. 우리 부부가 이처럼 북한행을 결심한 이유는 대한민국이 싫어서도 북한의 체제가 좋아서도 아닙니다. 다큐 감독과 현직 언론인으로 북한에서 반드시 진행해야 할 취재가 있어 방문하는 것임을 분명히 밝힙니다. 우리는 그동안 합법적인 방법을 통해 북한을 방문할 수 있는 길을 찾아보았으나 대한민국 정부는 우리의 북한 방문을 끝내 승인하지 않았습니다. 하여 우리는 부득불 국경을 넘기로 결심하였으며, 오늘에서야 그 뜻을 실행하게 되었음을 국민 여러분과 언론 방송에 종사하는 여러분께 알려드립니다. 우리의 북한행은 그 누구의 도움 없이 우리의 뜻과 의지만으로 실행하는 것이니 가족이나 주위 분들을 괴롭히지 말기를 대한민국 정부에 간곡히 당부드리며 북한 정부 또한 우리 부부의 방문을 인도적인 차원에서 선선히 받아 주어 우리의 방문 목적이 성사될 수 있도록 도움을 주시길 바랍니다."

원고 읽기를 마친 두 사람은 서로를 부둥켜안은 채 한참을 있었다. 긴장과 환희가 동시에 찾아왔고, 딛고 선 다리엔 힘이 빠져나갔다. 최나한은 서나래의 볼을 어루만지며 "나래야, 잘했어." 하고 위로했다.

가족들에게 보낼 영상 메시지는 원고 없이 하기로 했다. 두 사람은 신혼여행 온 부부답게 서로의 허리에 팔을 두른 채 행복한 표정으로 카메라 앞에 섰다. 먼저 최나한이 부모님에게 안부 인사를 남겼고, 다음으로 서나래가 엄마 아빠에게 안부 인사를 전했다. 이어 두 사람은 압록강을 넘어 북한에 간다는 사실과 북한에 가야만 하는 이유를 설명했고, 북한행은 두 사람이 토론하고 합의한 후 신중하게 결정한 일이니 누구의 탓도 하지 말아 달라고 부탁했다.

"…… 우리의 신혼여행은 우리가 건강한 몸으로 돌아오는 날 끝날 것이니 그 녀석들 신혼여행 한번 오래 하네, 라고 생각해 주시고요. 그때까지 건강하게 지내세요. 엄마, 아빠 그리고 가족 모두를 사랑합니다."

활짝 웃는 얼굴로 마지막 인사를 한 서나래는 솟구치는 감정을 참지 못하고 눈물을 펑펑 쏟아 냈다. 눈물이 나오기는 최나한도 마찬가지여서 서나래를 안은 채 한참을 울었다.

밀입북 준비를 끝낸 두 사람은 김남철의 차를 타고 마지막 점검에 나섰다. 그 일은 낮과 밤 그리고 새벽 시간에도 이루어졌는데, 김남철에게는 압록강에 관한 다큐를 찍는 중이라고 말해 두었다.

서나래와 최나한은 어느 시간대에 어느 장소로 넘어 가는 것이 가장 안전

한지 알아보기 위해 실전에 가깝게 테스트를 진행했고, 강 건너 마을의 상황을 살피기 위해서 강변에서 밤을 보내는 일도 마다하지 않았다. 압록강변에서 밤을 새운 두 사람이 단동으로 돌아오고 있을 때 송국영으로부터 전화가 왔다.

"아, 송 선생님. 그러잖아도 소식이 궁금하던 참이었습니다. 준비는 잘 되어가고 있습니까?"

서나래가 전화를 받았다.

"아, 떠날 준비야 다 되었는데, 도중에 문제가 생겨서 말입네다. 전화로 이야기하긴 뭐하니 일단은 만나서 이야기합세다."

송국영은 서나래에게 이틀 후 저녁 6시 정각 단동역 광장에 있는 마오쩌둥 동상 앞에서 만나자고 했다. 서나래가 알았다며 전화를 끊자 김남철이 고개를 갸웃하더니 한마디 했다.

"방금 전화 건 이가 혹시 단동 사는 송국영입네까?"

"예, 그런데요?"

서나래가 무슨 일이냐는 듯 되물었다.

"두 분께서 그런 협잡꾼을 어케 아십네까?"

김남철이 이해가 되지 않는다는 듯 물었다.

"아, 그냥 어쩌다 아는 사이일 뿐입니다."

최나한이 그렇게 얼버무렸다.

"기렇담 조심하시기요. 질이 안 좋은 잡네다."

김남철이 룸미러에 잡힌 두 사람을 보며 말했다.

"나쁜 사람 같지는 않던데……."

"아유, 말도 마시라우요. 송국영 그 사람, 남조선 사람들 등쳐먹는 데는 선숫네다."

김남철이 손사래를 치며 말했다.

"사기를 친다고요?"

"사기만 치는 기 아니라 돈 되는 일이라면 협박에다 납치 살인까지 안 하는 게 없는 놈입네다. 가차이했다간 뭔 일 나는 인간이니 당최 아는 체도 마시라요."

두 사람이 알았노라 고개는 끄덕였지만 당혹스러운 빛이 역력했다. 호텔로 돌아온 두 사람은 뭔가 이상한 일에 휘말리고 있다는 기분을 감출 수가 없었다.

"김남철이 없는 얘기를 지어낼 사람은 아니잖아. 그렇담 우리도 당하고 있는 건 아닐까?"

최나한이 말했다.

"에이, 준비가 다 됐다고 하잖아."

서나래는 송국영에 대한 믿음과 기대를 끝까지 버리지 않았다.

"아니야, 아무래도 느낌이 이상해."

"우리한테 사기를 친 거라면 이미 돈까지 받았는데, 전화를 또 하겠어?"

"그 말도 맞긴 한데, 뭔가 속고 있다는 느낌이 사라지질 않네."

최나한이 고개를 갸웃거리며 말했다.

다음 날 아침, 안개 낀 압록강을 내려다보던 최나한이 뭔가 미심쩍다는 표정을 지으며 말했다.

"나래야, 밤새 생각해 보았는데 아무리 생각해도 우리가 당한 것 같아."

"나도 그런 생각이 들지 않는 것은 아니지만, 송국영이 평양으로 갈 준비가 다 되었다고 했잖아. 우리 자꾸 흔들리지 말고 사람을 믿기로 했으면 끝까지 한번 믿어 보자. 응?"

"아냐, 분명히 뭔가가 있어. 그러니 이번만큼은 내 말을 들어."

"그래서 뭘 어떻게 할 건데?"

서나래의 음성에 짜증이 묻어났다.

"그렇게 짜증 낼 일이 아니라 조금은 냉정하게 송국영을 보자는 거지."

"아, 미안해. 신경이 곤두서서 그런가 봐."

서나래가 머리를 흔들며 말했다.

"우리가 당한 건지 아닌지는 송국영이 어떤 인물인지부터 알아보고 판단해도 늦진 않으니 우선은 그자의 뒤를 캐보는 게 어때? 만사불여튼튼이라고 했잖아."

"좋아, 나쁠 건 없네."

최나한과 서나래는 그길로 정명훈의 집부터 찾아갔다. 하지만 송국영과 함께 식사를 했던 정명훈의 집은 주인이 바뀌어 있었고, 거실에 걸려 있던 김일성—김정일 부자의 초상화도 보이지 않았다. 서나래가 집주인에게 물으니 집주인은 정명훈 부부와 송국영에 대해서는 아는 것이 전혀 없으며, 자신은 며칠 전 비어 있던 집에 이사 왔다고 했다. 서나래가 필사로 전 주인의 인상착의를 묻자 집주인은 전 주인은 뚱뚱한 데다 머리가 짧은 사람이라고 답했다.

"정명훈과는 다른 인물이네? 동영상을 보여줄 테니 다시 한 번 확인해달라고 해봐."

노트북 컴퓨터를 꺼낸 최나한이 당시의 영상을 집주인에게 보여 주었다. 동영상을 확인한 집주인은 정명훈 부부는 전 주인이 아니라며 고개를 저었다.

"허, 대명천지에 이런 일이 생길 수가 있나?"

최나한이 뭔가에 홀린 듯한 표정을 지었다.

"이럴 게 아니라 정명훈이라는 자부터 알아봐야겠어."

서나래가 뭔가 짚이는 게 있다며 최나한을 데리고 인근에 있는 단동 조선족 문화예술관으로 갔다. 건물은 단동에 살고 있는 조선족을 위한 문화예술 공간으로 공연장과 전시장 등으로 꾸며져 있었다. 서나래가 근무자를 찾아 정명훈에 대해 물었다. 근무자는 정명훈이 지역에서 활동하는 역사학자가 맞다며 무슨 일이냐고 되물었다.

"확인할 게 있어서 그러는데 정명훈 선생님의 연락처를 알 수 있을까요?"

서나래가 물었다.

"연락처야 드릴 수 있지만 선생님께선 지금 단동에 계시지 않습네다."

"어디 가셨습니까?"

"한 달 전 심양으로 떠나셨는데, 빨라야 보름 후에나 돌아오실 겁네다."

"한 달 전에요?"

"예, 그렇습네다."

근무자의 말에 두 사람은 황망한 듯 고개를 설레설레 흔들었다.

"그럼 혹시 정 선생님의 저서가 있으면 구할 수 있을까요?"

서나래가 근무자에게 부탁했다.

"잠시만 기다려보시라요."

근무자가 서고로 들어가더니 책 꾸러미를 들고 왔다.

"정명훈 선생님께서 쓰신 책들입네다. 필요한 게 있으시면 가져가시라우요."

근무자의 말에 서나래가 "감사합니다." 하며 책을 펼쳤다. 책들을 살피던 서나래는 『간도 지방의 독립운동사』와 『안중근에 관한 연구』등 몇 권의 책을 골랐다.

단동 시내 커피전문점에 앉아 정명훈의 책을 살피던 최나한이 어이가 없다는 표정을 지었다.

"허, 우리가 만났던 사람과 정명훈의 얼굴이 다르잖아?"

"그러게."

서나래도 할 말이 없다는 듯 책에 실린 정명훈의 사진을 몇 번이나 들여다보았다. 책에 실린 정명훈은 덥수룩한 수염에다 부리부리한 눈을 하고 있었지만 송국영과 만난 정명훈은 뿔테 안경에다 올망졸망한 얼굴을 하고 있어 한눈에도 다른 사람임을 알 수 있었다.

"가짜 정명훈을 내세운 걸 보니 송국영 그놈이 우릴 속이려고 작정을 했구먼."

"그런데 가짜 정명훈이 말한 안중근과 김달삼에 관한 이야기는 다 사실인걸. 가짜 정명훈이 말한 내용이 이 책에 다 나와 있어."

서나래가 책을 뒤적이며 말했다.

"우리가 뭘 원하는지 알고 있었으니 미리 공불 했겠지."

"그렇다면 송국영이 우릴 왜 만나자고 한 걸까?"

서나래가 창밖으로 시선을 옮기며 물었다.

"우리에게 볼일이 더 남았다는 얘기겠지."

최나한이 커피를 홀짝이며 말했다.

"평양행은 사기가 아닐 수도 있단 거네."

"나래는 아직도 그놈을 믿는 거야?"

"준비가 다 되었다잖아."

"허, 사기라는 건 말야. 사기가 진행 중일 땐 피해자가 사기를 당하고 있다는 걸 인지하지 못해. 당하고 난 후에야 땅을 치며 후회하는 게 사기의 특성이야.

눈 뜨고 당한다는 말이 왜 생겼겠어."

최나한이 답답하다는 듯 말했다. 그때 거리를 바라보고 있던 서나래가 최나한의 팔을 쳤다.

"저기 좀 봐. 저 여자 정명훈 부인 아냐?"

최나한이 "어, 맞네?" 하며 자리에서 벌떡 일어섰다.

"나래야, 나가자."

최나한이 서나래의 팔을 끌었다. 거리로 나오니 여자는 횡단보도에서 신호등이 바뀌기를 기다리고 있었다. 머리 모양과 옷차림이 달라지긴 했지만 정명훈의 집에서 본 여자가 분명했다. 두 사람은 재빨리 모자와 선글라스를 챙겨 쓰곤 여자의 뒤를 따랐다. 사거리를 지난 여자는 편리점에 들러 무슨 물건인가를 사더니 맞은편 건물로 들어갔다. 여자는 잠시 후 건물을 나섰는데, 놀랍게도 그 뒤를 송국영과 가짜 정명훈이 따르고 있었다.

"저 사기꾼 연놈들을 그냥 지켜봐야만 하는 거야?"

최나한이 차를 타고 사라지는 송국영 일행을 바라보며 가슴을 텅텅 쳤다.

"어쩌겠어. 아직은 증거도 없는 데다 우리가 한 일도 있으니 중국 공안에 신고를 할 수도 없잖아. 그랬다간 우리만 잡혀갈 걸."

"아, 내가 미친다."

최나한이 두 손으로 자신의 머리를 감싸며 말했다.

조선한국민속거리 등을 다니며 송국영에 대해 취재를 한 두 사람은 밤늦게야 호텔로 돌아왔다. 취재 결과 그들은 하나의 패거리를 이루고 있으며, 그 수는 셋이 아니라 열 명도 넘는다는 사실까지 알아냈다. 송국영의 본명은 김일권이었고, 정명훈 행세를 한 사내의 이름은 홍석구라고 했다. 다만 정명훈의 부인 역을 했던 여인만큼은 알아내지 못했는데, 취재에 응해준 사람들은 그녀가 한족 출신이며 마 여사라 부른다고만 했다.

　송국영 일당의 사기 수법은 의외로 간단했다. 북한에 있는 이산가족의 안부를 궁금해하는 남한 가족들을 상대로 사기를 치거나 대북 송금을 대신 해주겠다며 접근해 그 돈을 가로채기도 했다. 그들은 또 남한으로 가려는 탈북자나 조선족 사람들을 상대로 위조 여권을 만들어 주기도 하고, 남한의 조직과 연계하여 인신매매에도 손을 대고 있었다. 그들은 그렇게 벌어들인 자금을 사채 시장에 풀었는데, 빌려준 돈을 받아 내기 위해선 협박과 납치, 심지어 청부살인도 서슴지 않았다.

　"이런 놈들이 감옥에 가지 않고 활개를 친다는 건 중국 공안과도 연결이 되어 있다는 거 아니겠어?"

　자료를 정리하던 최나한이 말했다.

　"그렇겠지. 그렇지 않고서야 이런 일이 생길 수는 없겠지."

　서나래가 맥주를 마시면서 말을 받았다.

　송국영 패거리에 대해 분석을 끝낸 최나한은 지금까지 파악한 그들의 행적을 살펴볼 때 평양에 보내 주겠다는 송국영의 말은 사실이 아닐 가능성이 높다고 결론을 내렸다. 최나한은 또 그럼에도 그들이 평양행을 들먹이며 만나자고 한 것은 돈을 더 뜯어내기 위한 목적밖에는 없다고 말했다.

　"그럼 지난번 돈은 떼인 걸로 치고, 우리는 우리 길을 가자 이거야?"

　서나래가 빈 캔을 와작 구기며 물었다.

　"상황이 그렇잖아."

　"아냐, 그래도 난 송국영을 만나 본 다음 결정했으면 좋겠어."

　"송국영을 믿자고?"

"사기를 당했는지 아닌지는 만나 봐야 하는 거 아닌가?"

"이봐, 서나래. 넌 너무 착하게 살아서 그런 거 같은데, 송국영에게 당한 사람이 한둘이 아니야. 사기는 기본이고 돈을 더 뜯어내기 위해 협박과 납치, 그래도 안 되면 청부살인까지 저지르는 놈들이야. 영화에나 나올 법한 어마어마한 놈들이라는 거 나래도 알잖아. 그런데도 송국영을 만나자는 거야?"

말을 마친 최나한이 답답하다는 듯 맥주를 벌컥벌컥 들이켰다.

"응, 만나자고 했으니 약속은 지켜야지."

서나래가 당연하다는 듯 말했다.

호텔에서 단동역까지는 걸어서 10분도 채 걸리지 않았다. 단동역 광장엔 송국영이 말한 마오쩌둥의 대형 동상이 세워져 있었으며 동상은 주변 건물까지 압도할 정도로 크고 웅장했다. 광장은 기차를 타고 내리는 사람들로 분주해 보였는데, 한쪽에서는 기공 체조를 하는 사람들의 모습도 보였다.

두 사람은 평양행 기차 시간을 알아보기로 했다. 평양행 기차표는 광장에 있는 국제여행사에서 판매하고 있었는데, 오전 10시에 단동역을 출발하며 기차는 하루 한 차례뿐이었다.

"오전 열 시라……."

평양행 열차 시간을 확인한 두 사람은 송국영이 말한 마오쩌둥 동상으로 갔다. 담배를 피워 문 최나한은 인라인 스케이트를 타고 있는 젊은이들에게 시선을 던졌다.

"설을 앞둔 서울역 광장 같다."

서나래가 광장을 바라보며 말했다.

"그러게. 중국이 저 인구를 바탕으로 세계를 제패할 날도 머지않은 듯하다."

그때 광장을 돌며 북한 화폐를 팔던 여인이 두 사람에게 다가왔다.

"북한 기념 화폡네다. 싸게 드립네다."

여인이 화폐첩을 펼치며 말했다. 서나래가 고개를 흔들자 여인이 작은 소리로 물어왔다.

"혹시 남조선에서 온 서 기자님이십네까?"

서나래가 그렇다며 고개를 끄덕이자 여인이 "누가 보자고 합네다. 날 따라 오시라요." 했다. 그 말을 들은 서나래가 긴장하며 최나한의 팔짱을 끼었다.

"겁먹을 거 없어."

최나한이 서나래를 안심시키며 단추에 달린 소형 카메라를 작동시켰다. 여인은 두 사람을 길가에 주차된 검은 승용차로 데리고 갔다. 승용차에는 처음 보는 운전자와 송국영이 타고 있었다. 서나래와 최나한이 도착하자 앞자리에 있던 송국영이 차에서 내렸다.

"자, 타시라요."

송국영이 뒷문을 열며 말했다.

"어디로 갑니까?"

최나한이 물었다.

"사업 이야기니 아무래도 조용한 곳이 좋지 않갔습네까?"

송국영의 말에 서나래가 고개를 끄덕였다. 두 사람을 태운 차는 압록강 하류인 단동항 방향으로 달렸다. 한참을 달리자 갈대숲과 갯벌이 나타났고, 넓은 하늘엔 노을이 물들고 있었다. 그때까지 송국영은 아무런 말이 없었다. 서나래는 최나한의 팔을 꼭 붙들고 있었고, 최나한은 주변을 살피며 차가 지나가는 곳을 기억하려 애썼다. 강변을 따라 속도를 높이던 송국영의 차는 갈대숲을 헤치며 조금 더 달렸다. 다시 갯벌이 나타나자 송국영이 운전자에게 "저기 서라우." 라고 말했다. 차가 멈추자 갯벌에서 먹이를 찾던 갈매기들이 일제히 날아올랐다. 송국영은 갈매기들이 다시 갯벌에 내려앉는 모습을 오랫동안 지켜보더니 입을 열었다.

"쓸데없는 짓을 하셨습네다."

"무슨 말씀이신지?"

"우리같이 지저분한 인간들 뒷조사는 해서 뭐한다고 그런 짓을 합네까?"

송국영이 조금은 언짢다는 듯 말했다. 순간 두 사람은 얼어붙은 듯 입도 떼지 못했다. 송국영이 담배를 피워 물며 말을 이었다.

"뭐 사업을 하다 보면 그럴 수도 있디요. 다 이해합네다."

"이해해주셔서 감사드립니다. 그럼 평양은……?"

최나한이 어렵게 입을 뗐다. 송국영이 창밖으로 담뱃재를 톡톡 털더니 말했다.

"평양? 당연히 보내 드려야디요. 하하."

송국영이 어깨를 들썩이며 큰 소리로 웃었다.

"그럼 출발은 언제……?"

"이틀 후 저녁 6시, 오늘 만난 장소로 2만 불을 가져오시라요. 그럼 평양까지 고이 모셔 드리갔습네다. 대신 약속을 어기면 어카는지는 잘 아실 테니 긴말하지 않갔습네다."

송국영이 그렇게 말하곤 차를 출발시켰다. 차는 왔던 길을 되짚어 단동 시내로 진입했다. 단동역 앞에 차를 세운 송국영이 갑자기 생각났다는 듯 "아, 서 기자님 몸매가 요정처럼 삼삼합디다." 하고 말했다.

"예?"

서나래가 무슨 말이냐는 듯 눈을 동그랗게 떴다.

"우리가 지켜보고 있다. 그러니 괜한 짓 하지 말아라 뭐 그런 뜻입네다."

송국영이 빙긋 웃으며 차를 출발시켰다. 송국영의 차를 멍하니 바라보던 서나래가 "저 놈 나보고 지금 뭐라고 한 거야?" 하고 물었다.

"나래 몸매가 어쩌고 하는 걸 보면 놈들이 우릴 감시하는 것 같아. 나래야, 어서 돌아가자."

최나한이 서나래의 팔을 잡아끌었다.

호텔로 돌아온 두 사람은 급히 짐을 챙겨 강변에 있는 호텔로 숙소를 옮겼다. 대충 짐을 푼 두 사람은 송국영과의 만남이 담긴 동영상부터 확인했다. 하지만 밀입북을 위해 접촉한 사람이라 어디에다 신고는커녕 하소연할 여지조차 없었다. 최나한이 컴퓨터를 접으며 말했다.

"송국영이 지금까지 감옥에 가지 않은 이유가 다 있었네."

"나 같은 사람이 있는 한 놈들의 사기는 영원하겠지."

"우리만 당한 게 아니니 자책할 건 없어."

"내가 고집을 부려서 생긴 일이잖아."

서나래는 자기 때문에 일이 꼬이게 되었다며 침대에 얼굴을 묻었다. 최나한은 답답한 마음에 캔 맥주를 들고 창가로 갔다. 야경은 이전 호텔에 비해 옮긴 호텔이 훨씬 더 좋았다. 단동의 번화가는 물론 압록강철교에서 비친 조명으로 인해 압록강은 더욱 아름답게 보였다. 화려한 번화가와 달리 어둠이 내려앉은 강 건너 마을은 오늘도 고요했고, 강변에 정박해 있는 북한 선박들도 정물처럼 움직임이 없었다.

"2만 불을 더 요구하는데, 어떻게 할까?"

압록강을 내려다보던 최나한이 물었다. 침대에 얼굴을 묻고 있던 서나래가 고개를 들었다.

"2만 불을 건네면 기차표 줄 테니 또 얼마 요구할 거고 기차 태워 준다며 또 달라고 하고 그럴 거 아냐. 그렇게 당할 바엔 준비도 다 됐는데, 차라리 내일 밤 압록을 넘자."

"놈들이 지켜보고 있다잖아."

최나한이 말했다.

"내일 집안으로 떠나자. 거기에다 숙소를 정하고 밤이 되면 움직이는 거지. 그럼 놈들도 우릴 찾지 못할 거야."

"좋아, 어차피 계획했던 일이니 문제는 없어."

"고마워."

서나래가 최나한의 품을 찾아들었다.

"그럼 우리 새로운 신혼여행을 위해 축배라도 들어야 하는 거 아냐?"

최나한이 분위기를 바꿔 보려는 듯 목소리를 높였다. 서나래가 그런 최나한을 보며 치, 하고 웃었다.

"또 고마워."

"별말씀을!"

최나한이 그렇게 외치며 테이블에 놓여 있던 술병을 땄다.

급보

단동의 아침은 여느 때와 마찬가지로 안개로 시작되었다. 안개는 해가 뜨고 서야 걷혔는데, 안개가 압록을 지배하는 동안 유람선은 뜨지 않았다. 그 때문에 두 사람은 며칠이 지나도록 '아침 해가 떠오르는 붉은 도시'라는 뜻의 도시 지명이 주는 황홀함을 경험하지 못했다.

햇살에 반짝이는 압록강을 말없이 내려다보던 두 사람은 간밤의 열기를 이어가려는 듯 뜨겁게 포옹했다. 짐작할 수 없는 앞날은 두 사람을 더욱 달아오르게 했고, 때론 거칠게 때론 부드럽게 상대의 몸을 옥죄었다. 압록강철교로 트럭의 행렬이 지나가고 압록강을 비추는 햇살이 은빛으로 돌아설 즈음 두 사람은 비명과 함께 거친 숨을 토해 냈다. 황홀하고도 아름다운 절정의 순간이 지나자 서나래는 눈물을 주룩 흘렸다. 최나한은 서나래가 흘리는 눈물의 의미를 알고 있기에 등을 가만히 쓸어 주었다.

"김달삼 취재만 끝나면 우리 금방 돌아오자."

최나한의 말에 서나래가 고개를 끄덕였다.

샤워를 마친 두 사람은 짐을 꾸리기 시작했다. 도강에 필요한 물품으로 인해 짐은 턱없이 커졌지만 새로운 신혼여행지로 떠나는 두 사람의 표정은 어느 때보다 밝아 보였다. 여장을 챙겨 로비로 내려오니 김남철이 환하게 웃으며 두 사람을 기다리고 있었다.

단동을 떠난 김남철의 차는 길을 따라 압록강 상류로 거슬러 올라갔다. 이미 몇 차례 답사를 했던 터라 서나래와 최나한의 눈에도 익숙한 길이었다. 안개가 걷힌 접경의 하늘은 더없이 화창했고, 밭에 심어진 옥수수는 며칠 사이 훌쩍 커 제법 바람에 흔들릴 줄도 알았다.

집안으로 가는 길은 오랜 벗을 만나러 가는 길처럼 언제나 친근하고도 푸근했다. 두 사람이 차창으로 스치는 풍경을 카메라에 담으며 콧노래를 부르자 김남철이 "오늘 두 분 생일이라도 됩네까?" 라고 물었다.

"호호, 아닙네다. 기냥 기분이 좋아서 그렇습네다."

서나래가 김남철의 말투를 흉내 내며 말했다. 그러자 김남철이 "기렇습네까? 두 분이 좋으시다니 저도 마냥 즐겁습네다." 하며 어깨가 들썩이도록 웃었다. 서나래와 최나한도 그런 김남철의 말이 우스워 깔깔거리며 웃었다. 한바탕 웃음이 지나가자 김남철이 말을 이었다.

"사실 이 지역은 옛날 고구려 땅이긴 했디만 조선인과 항일 운동가들의 피와 땀이 서린 땅이기도 합네다. 역사의 현장인 것이디요."

"그래서인지 마을의 풍경이 낯설지 않습니다. 꼭 고향 마을에 온 듯 푸근하기도 하고요."

최나한이 말했다.

"어서 통일이 되어 편케 이 지역을 둘러보면 좋을 텐데, 그날이 언제 올 지 답답하기만 합네다."

김남철이 한숨을 내쉬었다.

"그런 날이 곧 오지 않겠습니까."

최나한이 차창 밖으로 시선을 던지며 말했다.

"선생님 말씀처럼 되기만 한다면 소원이 없갔습네다. 하하."

김남철이 큰 소리로 웃으며 고갯길을 올랐다.

　집안에 도착한 두 사람은 장백현으로 가던 날 묵었던 호텔로 들어갔다. 두 개의 룸을 잡은 최나한은 김남철과는 저녁 식사 시간에 만나기로 하고 각자 자유 시간을 갖기로 했다. 룸에 들어간 최나한은 커튼을 열어 호텔 마당부터 내려다보았다. 그 사이 주차된 차량이 없는 것으로 보아 누군가 미행을 하고 있다는 느낌은 없었다.

　서나래가 잠시 눈을 붙이는 동안 최나한은 영상 메시지를 휴대용 메모리칩 에다 옮겼다. 그 칩은 김남철에게 부탁해 한국 영사관으로 보낼 것이었다. 작 업을 끝낸 최나한은 서나래가 일어나기를 기다렸다가 압록강으로 나갔다. 산 으로 둘러싸인 집안과 만포는 장백현과 혜산이 그러하듯 마치 한 마을 같았 다. 이쪽 강변에서 술 한잔하러 오라고 소리를 지르면 저쪽 강변에서 알았다 며 달려올 정도로 두 마을은 가까웠다. 만포 사람들의 걸음걸이나 집안 사람 들의 걸음걸이가 다를 바 없었고, 두 마을 사람들이 입은 옷이나 외양 또한 별 차이가 나지 않았다.

　두 사람은 압록강변을 산책하듯 걸었다. 강변에선 고기잡이가 한창이었고, 투망을 던져 고기를 잡아 올리는 어부들의 얼굴에서 환한 웃음이 피어났다. 고기 잡는 모습을 지켜보던 만포 사람들도 덩달아 신명이 나 저들끼리 웃고 떠들었다. 왁자하게 떠드는 소리가 강변을 떠돌자 서나래가 말했다.

　"여기 오니까 할아버지가 생각나네. 잘 계시겠지?"

　"아줌마가 잘 돌보고 있으니까 염려 마."

　"우리가 돌아갈 때쯤이면 건강도 회복해 아우라지도 가고 제주도도 함께 갔으면 좋겠다."

"할아버지와 함께 한라산을 오르는 장면을 이번 다큐의 엔딩으로 하면 어떨까?"

"오, 굿!"

서나래가 손가락을 튕기며 최나한의 허리에 팔을 둘렀다.

강변을 따라 걷던 두 사람은 집안 시내로 향했다. 둘은 시장을 돌아 국내성 성벽이 있는 마을을 따라 한참을 걸었다.

"2천 년 전 대륙을 호령했던 고구려인의 기상을 집안의 저잣거리에서 만나네."

서나래가 돌로 쌓아올린 성벽을 손으로 쓰다듬었다.

"그래서인지 집안 사람들은 남의 나라 사람이라기보다 고구려 후손처럼 느껴져."

최나한이 거리를 지나가는 사람들을 보며 말했다.

"집안에 조선족이 많이 살아서 그런 건 아닐까?"

"그럴 수도 있겠지. 하지만 집안으로 오는 길이나 유적이나 여기 사는 사람들이나 친근해 보이는 건 사실이잖아."

"그렇긴 해."

서나래가 고개를 끄덕였다.

서나래와 최나한이 호텔로 돌아오자 김남철이 "단고기 드실 줄 아십네까?"라고 물었다. 서나래가 "개고기요?" 하며 기겁을 했다. 김남철이 "하하, 개고기가 아니라 단고깁네다." 하고 웃었다. 서나래가 단고기든 개고기든 못 먹는다고 말하자 김남철이 "단고기 싫어하는 조선 사람도 있습네까? 암만해도 단고기를 먹지 못하는 걸 보니 조선 사람이 아닌 모양입네다." 하고 놀렸다.

"그래도 우린 단고기 못 먹습네다."

서나래가 손사래를 쳤다.

"하하, 알갔습니다. 알갔으니 일단 타시라요. 집안에서 가장 맛있는 집으로 모시갔습네다."

김남철이 차 문을 활짝 열며 말했다. 두 사람이 차에 오르자 김남철은 압록강으로 차를 몰았다. 강변을 따라 달리던 김남철의 차는 만포 시내가 훤히 들여다보이는 곳에서 멈추었다.

"두 분 춘원 리광수 선생 아시디요?"

"그럼요. 친일파 이광수를 모르는 사람이 어디 있겠습니까."

"그분의 묘가 저기 보이는 만포에 있었습네다."

"금시초문인걸요?"

서나래가 놀랍다는 반응을 보였다.

"전쟁이 나면서 춘원 선생께서 월북을 하시지 않았습네까? 그건 아시디요?"

두 사람이 "예." 하며 동시에 고개를 끄덕였다.

"그때 선생께선 폐병을 심하게 앓았다고 하는데, 전쟁 중이라 선생을 어디 모실 곳도 없고 하여 만포의 인민병원으로 급히 후송을 했다 합네다. 그런데 안타깝게도 선생께서 만포에 다 이르렀을 때 차안에서 피를 토하며 운명하셨다 합네다. 그날이 1950년 10월 25일이라고 하는데, 경황도 없고 하여 선생을 만포 고개리 중턱에 모셨디요. 당시 선생의 나이 58세라 하니 세상을 뜨기엔 이른 감이 없진 않았겠디요. 암튼 전쟁 중이지만 선생을 예를 다해 모셔 두었는데, 미국 놈들이 만포에 얼마나 많은 폭격을 가했는지 봉분은 물론이고 언덕이 깨지면서 평지가 되어 버렸다 합네다. 전쟁이 끝나자 만포 사람들은 평지로 변한 그 자리를 다듬어 문화주택을 지었다고 합네다. 그렇게 세월이 흐르면서 선생의 묘가 잊혀지는가 싶었는데, 공화국에서 선생의 묘를 찾으라는 지시가 떨어졌다고 합네다."

"그래서 묘는 찾았습니까?"

최나한이 물었다.

"명이 떨어졌으니 선생의 묘를 찾긴 해야 하는데, 고개가 사라진 데다 집까지 들어섰으니 찾을 길이 막연했다고 합네다. 결국은 인근의 집들을 다 헐고 나니 선생의 유골이 발견되었고, 그 유골을 평양으로 모셔가 재북인사묘역에 안장했다 합네다."

"그런 사실이 있었군요. 그런데 남쪽에선 춘원을 친일파라 하여 입에 올리지도 않는데, 북에선 춘원을 정중하게 모셨네요."

"선생께서 비록 친일은 했디만 자진하여 월북을 했다 하여 정중하게 대접한 모양입네다."

말을 마친 김남철이 차에 시동을 걸었다.

김남철이 두 사람을 데려간 곳은 조선족이 운영하는 불고깃집이었다. 화롯불에 구워 먹는 불고기는 한국에서 먹는 불고기에 비할 바가 아니었다. 서나래와 최나한이 고기가 입안에서 사르르 녹는다고 말하자 김남철이 "여기 소들은 남조선처럼 우리에다 가둬서 키우는 기 아니라 들에다 풀어놓고 키웁네다. 그러니 맛이 좋을 수밖에 없디요." 라고 말했다.

"아, 그렇습네까? 그러잖아도 압록강변에 소들을 풀어놓은 거 많이 봤습네다."

최나한이 김남철의 말투를 흉내 내며 말했다.

"허, 왜 이러십네까? 오늘 두 분이서 절 놀리기로 작심을 하셨습네까?"

김남철이 서나래와 최나한을 번갈아 보며 말했다. 그 표정이 재미있기도 하여 서나래와 최나한은 숨이 넘어가도록 웃고 또 웃었다. 시간이 흐르자 식당 안은 고기 굽는 연기로 가득했고, 화롯불을 나르는 주인 남자의 걸음 또한 바빠졌다.

식당을 나와 호텔로 돌아오니 시간은 퍽 흘러 있었다. 최나한은 김남철에게 한 시간만 쉬었다가 출발할 것이라 일러두고 룸으로 돌아왔다. 침대에 몸을 누인 두 사람은 그동안의 여정을 되돌아보았다. 노인을 만나 김달삼에 관한 취재를 하면서 단동을 거쳐 집안에 오기까지 정말로 많은 일들이 있었다.

"오늘 우리가 강을 건너 북으로 간 걸 알면 송국영이 펄쩍 뛰겠지."

최나한이 지난 생각을 하며 풀썩 웃었다.

"한국으로 돌아가면 송국영이 그놈을 그냥 두지 않을 거야. 반드시 죗값을 받아낼 테니 두고 봐."

서나래가 이를 갈며 주먹을 쥐어보였다.

"여자가 한을 품으면 오뉴월에도 서리가 내린다는데 송국영이 이제 죽었다."

최나한이 킬킬거리며 말했다.

"그러니 자기도 조심해. 알았지?"

서나래가 최나한에게 주먹을 들어 보이며 을렀다. 최나한이 자신만큼은 봐달라며 두 손으로 싹싹 비는 시늉을 했다.

"좋아, 자긴 내 남편이니까 특별히 봐주지."

서나래가 새침한 표정을 지으며 말했다. 그 모습이 자극적으로 보였던지 최나한이 "고맙다. 나래!" 하며 서나래의 가슴을 파고들었다. 순간 서나래의 몸이 젖혀지면서 신음이 흘러나왔다.

"아, 자기야 우리 나가야 하는데 어쩌면 좋아."

"잠시만… 잠시면 돼……."

최나한과 서나래의 몸은 이미 뜨거워져 있었고, 두 사람은 마치 생의 마지막 순간을 맞이한 사람처럼 상대에게 모든 것을 쏟아 냈다.

잠시 후 두 사람은 호텔을 나섰다. 시동을 걸고 있던 김남철이 두 사람의 여장을 트렁크에 실었고, 차는 이내 출발했다. 집안을 떠난 김남철의 차가 어둠을 뚫고 압록을 따라 내려갔다. 길은 오가는 차량조차 없어 적요했다. 한참을 달려 목적지에 도착한 최나한은 가방을 내리고 있는 김남철에게 메모리칩을 건네주었다.

"우린 이곳에서 하룻밤을 머물 테니 내일 아침까지 우리에게 전화가 없으면 이 칩을 한국 영사관에 전해 주세요."

김남철이 알았다며 고개를 끄덕이고는 어둠 속으로 사라졌다.

밤은 깊어 국경을 사이에 둔 중국 마을은 불빛 하나 없이 잠들어 있고, 강건너 북한 마을 또한 다들 곤한 잠에 빠졌는지 개 짖는 소리조차 들리지 않았다. 북한 측 초소는 마을 뒷산에 있을 것이니 두 사람과의 거리는 제법 떨어져 있었다. 밤에는 북한 병사들이 강변을 따라 순찰을 돌긴 하지만 두 시간에 한 번꼴이라 마을로 숨어들 여유는 충분했다. 강변 마을을 지나 초산까지만 가면 평양으로 가는 길은 어렵지 않을 것이었다.

"막상 강을 건넌다고 하니 두려운걸."

서나래가 추위를 만난 사람처럼 몸을 후들후들 떨었다.

"걱정 마. 설령 발각된다 해도 우리에게 총을 쏘거나 하진 않을 거야."

최나한이 서나래를 안으며 볼에 입을 맞추었다.

"정말 괜찮겠지?"

"그럼, 아무 일 없을 테니 장비나 챙겨 입자."

최나한이 배낭을 열어 도강에 필요한 물품을 꺼냈다. 장화와 우비를 챙겨 입은 서나래와 최나한은 헤드 랜턴과 적외선 망원경까지 목에 걸었다. 도강 준비를 끝낸 서나래와 최나한은 북한 땅을 바라보며 마른 침을 꿀꺽 삼켰다. 그러곤 서로의 눈빛을 교환하며 고개를 끄덕였다.

"출발!"

배낭을 맨 최나한이 앞서고 서나래가 조심스럽게 뒤를 따랐다. 언덕을 내려 가자 강이 나타났는데, 먹빛 어둠 속에서도 물 흐르는 소리는 청아했다. 최나 한이 자신의 휴대폰을 끄고는 서나래를 바라보았다. 서나래가 전원 버튼을 누 르려고 할 때 진동으로 둔 휴대폰이 부르르 떨렸다. 서나래가 이 중요한 시간 에 누가? 하는 표정으로 전화를 받자 박카스아줌마의 목소리가 들려왔다.

— 서 기자 난데, 언제 돌아와?

박카스아줌마의 떨리는 음성이 최나한의 귀에까지 들려왔다. 최나한이 움 직임을 멈추며 주변을 살폈다. 서나래가 무슨 일이냐고 작은 소리로 물었다.

— 할아버지에게 며칠 전 패혈증인가가 왔는데 급성이라며 의사 말이 위험 하다는 거야. 혼자 있으려니 무섭고 떨리고, 하여튼 그래.

박카스아줌마의 다급한 목소리가 어둠을 타고 주변으로 퍼져갔다. 서나래 는 일단 알았으니 할아버지를 잘 지켜봐 달라고 했다.

"어쩌지?"

서나래가 작은 소리로 최나한에게 물었다. 최나한이 강 건너 마을을 힐끗

보았다. 몇 걸음이면 건널 수 있는 강이 눈앞에 있었다. 강만 건너면 김달삼의 다큐는 완성이나 다름없었다.

"어쩌냐고?"

서나래가 최나한의 팔을 흔들며 또 물었다. 검은 하늘을 올려다보던 최나한이 한숨과 함께 탄식을 내뱉었다.

"아, 이게 뭐야……."

"자기야, 여긴 다시 올 수 있지만 할아버지는 두 번 다시 못 볼 수도 있어. 그러니 일단 돌아가자. 응?"

서나래가 발을 구르며 말했다. 최나한은 대답 대신 강 건너 마을을 망연히 바라보았다. 서나래가 그런 최나한을 돌려세우며 말했다.

"자기 심정은 알겠는데 난 아직 할아버지에게 들을 말이 많단 말야. 할아버지가 김달삼이 맞다면 우리 둘 다 중요한 순간을 놓칠 수도 있어. 우리 돌아가자. 응?"

강 건너 마을과 서나래를 번갈아 보던 최나한이 깊은 숨을 토해 내더니 고개를 끄덕였다.

"그래, 돌아가자."

최나한의 결정이 내려지자 서나래는 서둘러 김남철에게 전화를 걸었다.

덕재

다롄에서 출발한 첫 비행기는 한 시간을 날아 인천공항에 도착했다. 한 시간이라는 시차가 있었지만 서울은 아직 오전이었고, 떠날 때와 같이 비가 내리고 있었다. 공항버스를 타고 시내로 들어온 두 사람은 급한 대로 호텔에다 여장을 풀었다.

"한국에 돌아와도 이젠 머물 집이 없네."

서나래가 어깨를 으쓱하며 말했다.

"이럴 줄 알았으면 오피스텔은 남겨둘 걸."

"곧 다시 떠날 텐데 뭐."

서나래가 엘리베이터에 오르며 말했다.

호텔에서 나온 두 사람은 곧장 병원으로 향했다. 중환자실 앞을 지키고 있던 박카스아줌마는 두 사람이 병원에 나타나자 눈물부터 글썽거렸다.

"아이고, 이제 왔네. 고맙다 고마워."

박카스아줌마가 두 사람의 손을 번갈아 잡았다.

"할아버지는요?"

서나래가 물었다.

"나흘째 중환자실에서 저러고 계시네."

박카스아줌마가 마른 입술을 적시며 말했다.

"병원에서는 뭐래요?"

"뭐 패혈증이 합병증으로 왔다는데, 상태가 어떠냐고 물으면 연세가 많으셔서 하면서 고개만 자꾸 흔들어."

박카스아줌마가 눈가에 맺힌 눈물을 훔치며 말했다. 그 사이 김 반장이 병원으로 들어섰다. 서나래와 최나한을 발견한 그는 "아이고, 드디어 돌아오셨네요." 라며 반갑게 두 사람의 손을 잡았다.

"그동안 고생 많으셨습니다."

"저야 뭐 한 게 있나요. 고생은 양 여사님께서 다 하셨지요."

김 반장이 가져온 음료수를 하나씩 돌리며 말했다. 그때 중환자실을 담당하고 있는 간호사가 면회 시간이 되었음을 알렸다.

"면회는 두 사람밖에 안 돼. 우린 밖에 있을 테니까 서 기자와 최 피디만 들어가."

박카스아줌마가 두 사람을 이끌어 손을 씻게 하고 면회객이 입는 가운도 입혔다. 이어 육중한 유리문이 열렸고, 두 사람은 다른 면회객과 함께 중환자실로 들어갔다. 중환자실에 누워 있는 노인은 그 사이 몰라보게 야위었으며 답답한지 숨을 거칠게 몰아쉬고 있었다.

"할아버지 저희가 왔어요."

서나래가 노인의 손을 잡으며 말했다. 순간 노인이 손을 꿈틀하며 감았던 눈을 떴다. 서나래가 노인의 귀 가까이에 입을 대곤 작은 소리로 말했다.

"할아버지, 우리 신혼여행 다녀왔어요. 중국엘 갔었는데요. 압록강도 보고 신의주도 보고, 만포도 보고, 혜산도 보고 그랬어요. 만포로 가기 위해선 집안이라는 동네로 가야 하는데요. 산도 높고 강도 깊은데, 구불구불 이어지는 길이 마치 할아버지와 함께 가던 아우라지 길을 꼭 닮았어요. 그 길을 따라가면 압록강이 나오는데요. 압록강가에서 만포를 바라보며 할아버지 빨리 낫게 해

달라고 마음속으로 기도도 했는걸요."

서나래의 말이 들리는지 노인은 눈을 껌벅거리거나 손가락을 움찔거렸다.

"그런데 할아버지 가족을 만나겠다고 한 약속은 지키지 못했어요. 할아버지가 아프시다고 해서 강을 건너지 않고 돌아왔거든요. 하지만 할아버지 병이 다 나으면 또 출발할 거예요. 그러니 얼른 일어나셔야 해요. 아셨죠?"

서나래가 노인의 손등을 쓸며 말했다. 노인은 서나래의 말을 알아들었다는 듯 고개를 끄덕이더니 이내 눈물을 주룩 흘렸다. 노인이 눈물을 흘리자 간호사가 다가와서 "환자에게 충격을 주는 말씀을 하면 안 됩니다." 라며 주의를 주었다. 간호사가 노인의 눈물을 닦아 주며 상태를 이리저리 살피더니 자신의 자리로 돌아갔다. 서나래는 간호사의 눈을 피해 중국에서 있었던 이야기를 더 했는데, 그 이야기가 끝나기도 전에 노인의 면회는 종료되었다.

면회를 마친 서나래 일행은 담당 의사를 찾아갔다. 서나래가 노인의 현재 상태를 물었다. 담당 의사는 합병증이 급격하게 진행되어 병원에서도 할 수 있는 일은 없다고 했다. 의사의 말에 다들 낙담했지만, 박카스아줌마는 그럴 리가 없다며 할아버지는 반드시 일어날 것이라고 말했다. 그러나 김 반장은 조심스럽지만 마지막을 대비해야 할 것 같다며 서나래에게 어떻게 했으면 좋겠냐고 물었다. 서나래와 최나한은 할아버지에게 무슨 일이 생기면 고향인 제주도로 모시는 게 좋겠다고 했다.

중환자실은 일반 병실과 달리 보호자나 간병인이 머물 공간이 마땅치 않았다. 환자 면회도 하루 두 차례로 제한되어 있어 병원에서 밤을 지샌다는 것은 무리한 일이었다. 그럼에도 박카스아줌마는 병원을 떠나지 않았는데, 서나래가 잠만큼은 집에 가서 자야 한다고 했으나 그녀는 할아버지 곁에 있겠다는 고집을 꺾지 않았다.

　다음 날 두 사람은 여독이 풀리지 않은 듯 잠에서 쉬 깨어나지 못했다. 일어나야지 하는 마음과 달리 도무지 몸이 말을 듣지 않았다. 둘의 잠을 깨운 건 박카스아줌마였다.

　— 서 기자, 병원으로 빨리 와. 영감님이 두 사람을 찾아.

　— 예? 할아버지께서요?

　— 그려, 영감님 말문이 트였어. 그러니 언능 와.

　— 와, 진짜요? 금방 갈게요!

　전화를 끊은 두 사람은 급히 카메라를 챙겨 호텔을 나섰다. 하지만 도심의 길은 오전임에도 대책 없이 밀렸고, 두 사람이 탄 택시는 도로에 갇혀 꼼짝도 하지 않았다. 서나래가 발을 동동 구르며 도로 상황을 살피고 있을 때 박카스아줌마로부터 전화가 또 걸려왔다.

　— 아이고, 언능 와. 영감님 숨넘어가실라고 해.

　박카스아줌마의 울음 섞인 음성이 서나래의 귓전을 울렸다.

　— 예? 숨이 넘어가신다니요?

　— 나도 몰러. 서 기자가 왜 안 오느냐고 몇 번 묻더만 나보고 그동안 고생했다, 애썼다 하시며 손을 꼭 잡아 주시더니 숨이 갑자기 꼴깍꼴깍하시네.

　— 아, 그럼 안돼요. 우리 금방 도착하니 할아버지께 조금만 기다려 달라고 해 주세요.

　전화를 끊은 서나래가 눈물을 글썽이며 택시 기사를 바라보았다. 택시 기사가 서나래의 비통함을 보았던지 비상등을 켰다.

　"차보담 사람이 우선이라 안 합니꺼. 가 보입시더."

차창을 열어 반대편 도로를 살피던 택시 기사가 어느 순간 유턴을 하더니 청계천으로 꺾었다. 다행히 청계천 길은 막히지 않았고, 택시가 병원 입구에 도착했을 때 박카스아줌마가 또다시 전화를 했다.

— 아이고, 대체 어디야. 우리 영감님 이렇게 가시네. 가셔…….

두 사람이 중환자실에 이르자 뒤를 이어 김 반장이 도착했고, 중환자실 문이 활짝 열렸다. 세 사람이 병실로 뛰어들어가니 박카스아줌마가 "영감님 좀 살려주세요."라며 의사의 팔을 잡고 애원하고 있었다. 하지만 의사는 말없이 고개를 흔들었고, 간호사들도 노인의 죽음을 지켜만 보고 있다. 서나래가 "할아버지, 이렇게 가시면 어떡해요. 무슨 말씀이라도 해 주고 가셔야지요."라며 노인을 흔들어 보았지만 노인은 끝내 깨어나지 못했다.

노인이 숨을 거둔 날 서울의 하늘은 쾌청했고, 바람은 간간이 불어 주었다. 최종 사망 진단을 받은 노인은 행려병자로 분류되어 시신 안치실로 내려갔다. 누군가 시신을 인도받지 않으면 노인은 연고자가 없는 시신이 되어 무연고자 추모의 공간으로 갈 것이었다. 서나래와 최나한은 김 반장과 박카스아줌마의 의견을 들어 조촐하나마 장례를 치르기로 했다. 그 뜻을 안치실에 전하니 직원은 장의사를 불러 주겠다고 했다.

노인의 장례를 담당할 장의사와 차량은 곧 도착했다. 서나래는 장의사에게 노인의 관보에 「조국 통일을 위해 치열하게 살다간 조선 인민유격대 사령관 김달삼」이라고 써 달라고 했다. 관 속에는 반론산에서 발견한 수첩과 숟가락 등을 넣었고, 잠시 후엔 관 뚜껑이 닫혔다. 관 위에 유격대 사령관임을 알리는 붉은 관보까지 씌워지자 박카스아줌마는 눈물을 훔쳤다.

"영감님, 이제야 진짜 사령관 같습니다. 정말 멋지십니다."

노인의 시신은 검은 리무진에 실려 벽제화장장으로 옮겨졌다. 두어 시간여 만에 뼛가루로 돌아온 노인은 한없이 가벼워 무게조차 가늠할 수 없었다. 화장장을 나온 김 반장은 경찰서로 돌아갔고, 박카스아줌마가 제주까지 동행하기로 했다.

장마가 시작된 제주는 흐린 하늘을 하고 있었으며, 바다로부터 후끈한 바람이 불어왔다. 공항을 빠져나온 세 사람은 렌트 차량을 타고 제주 4·3 평화공원부터 들렀다. 위령탑 인근에 한줌 뼛가루를 뿌리고 있는데, 까마귀들이 날아들었다. 최나한이 까마귀 떼를 카메라로 쫓고 있을 때 한라요양원에서 전화가 왔다. 이춘득 할머니가 만났으면 한다는 내용이었다. 서나래는 마침 제주에 와 있으니 내일 오전 중으로 들르겠다고 했다.

평화공원을 나선 서나래와 최나한은 대정으로 향했다. 박카스아줌마는 차창으로 펼쳐지는 이국적인 풍경에 넋을 잃고 있었다.

"영감님 고향이 이렇게 아름다운 곳이라니. 살아생전 함께 와봤으면 얼마나 좋았을까."

박카스아줌마는 넋두리를 하듯 혼자 중얼거렸다. 그 말을 들은 서나래가 "제주에 처음이세요?" 하고 물었다.

"그럼, 처음이지. 우리가 남들처럼 직장이 있나, 누구처럼 계모임이 있나, 아마도 영감님이 아니었으면 죽을 때까지 제주엔 못 와봤을 거야."

박카스아줌마가 지난 시절을 회상하며 눈시울을 또 적셨다.

"지난봄 눈만 맞지 않았어도 할아버진 지금껏 건강하셨을 텐데, 하는 생각에 마음이 더 아파요."

"그렇지 않아. 영감님 정선에 다녀오시고 아주 행복해하셨어. 죽어도 여한이 없다고 말하는 거, 서 기자도 들었잖아. 그러니 행복하게 가셨을 거야.”

박카스아줌마가 서나래의 손을 쓰다듬으며 말했다.

대정에 도착하니 해가 뉘엿뉘엿 지고 있었다. 김달삼의 생가터에 들른 최나
한은 추사 유적지로 변한 강문석의 집에도 들렀다. 차는 이어 노제를 지내듯
김익렬과 평화 협상을 벌였던 구억국민학교에 들렀고, 제주 4·3의 흔적이 남
아 있는 오름을 돌며 노인이 돌아왔음을 알렸다. 제주에 어둠이 내리고 서나
래가 마지막 뼛가루를 뿌리고 있을 때 박카스아줌마는 두 손을 모았다.

“영감님, 그토록 오고 싶어하던 고향에 돌아오니 좋으시죠? 이제 길고 고단
했던 일생 다 내려놓으시고 편히 쉬세요. 그리고 저승에서나마 영감님께서 원
하시던 통일된 조국 만나시길 기원하고 또 기원할게요.”

다음 날 아침 식사를 마친 세 사람은 서귀포에 있는 한라요양원으로 갔다.
할머니는 이전보다 상태가 좋지 않았던지 이동 중에도 링거 주사를 맞고 있
었다.

“그 김달삼, 본래 이름이 덕재야 덕재.”

“덕재요?”

서나래가 물었다.

“그래, 덕재. 김덕잰지 이덕잰지 강덕잰지는 모르겠다만 하여튼 산사람들
이 덕재라고 불렀어. 나이도 어린 소년병이었는데 아주 용맹했지. 김달삼 사
령관님과 같은 동네 출신이라 하여 사령관님도 애정해 주었지. 나이도 나보다
는 한 살인가 어렸을 거야. 덕재는 사령관님을 그림자처럼 따라다녔는데, 우
리가 분신도 저런 분신이 없다고 했어. 그해 팔월 김달삼 사령관님이 해주로

떠나시고 얼마 안 있다 덕재도 슬그머니 사라졌는데, 당시 들리는 풍문으로는 사령관님을 따라 북으로 갔다는 얘기도 있고 어디 가서 빨치산 활동을 한다는 얘기도 잠시 돌았지만 그때뿐이었어. 그 후 지금까지 아무런 소식이 없어, 우린 덕재가 죽은 줄만 알았지. 그런데 덕재가 살아 있다니 이게 뭔 기적인가 싶어."

할머니의 말에 서나래가 "그분 어제 아침에 돌아가셨어요." 라고 말했다. 할머니가 "저런!" 하며 혀를 쯧쯧 차더니 "하긴 지금껏 살아 있었던 게 용한 세월이지." 했다.

"덕재라는 분, 가족이나 일가친척이 혹 제주에 있을까요?"

최나한이 물었다.

"없어. 그때 산사람 가족이라면 놈들이 다 죽였어."

"생전, 북에 가족이 있다는 말씀을 하시던데, 그건 사실이 아닌가요?"

박카스아줌마가 물었다.

"덕재가 제주를 떠날 때 함께 갔으면 그럴 수도 있겠지요."

말을 마친 할머니가 몇 차례 숨을 몰아쉬자 함께 나온 직원이 더 이상은 무리라며 고개를 흔들었다. 서나래가 할머니에게 고맙다는 말을 거듭 전하자 직원은 휠체어를 밀고 건물 안으로 사라졌다.

"할아버지는 분명 본인이 김달삼이라고 했는데, 그 김달삼이 아니라니. 이말을 또 믿어야 하는 거야, 믿지 말아야 하는 거야."

서나래는 정리가 되지 않는다는 듯 머리를 흔들었다.

"그러게. 할아버지가 김달삼은 맞다. 그러나 세상 사람들이 알고 있는 그 김달삼은 아니다. 이 말이잖아."

최나한도 정리가 되지 않기는 마찬가지였다.

"1948년 4월 28일 김달삼과 평화 회담을 했던 김익렬은 자신의 자서전에서 김달삼의 시체 소동에 관해 언급했는데, 김달삼을 사살하였다 하여 사체를 확인하러 가면 늘 아니었다는 거야. 다들 투항한 빨치산이나 공명심을 노린 부대장들의 조작극이었다는 거지. 그래서 그는 정선 반론산에서 죽은 김달삼 또한 진짜가 아니라 가짜 김달삼이라는 거야."

"군인 중에서 김달삼의 얼굴을 아는 사람은 김익렬뿐일 텐데, 그가 그런 말을 했다면 신빙성이 있다는 거 아닌가?"

"김익렬은 김달삼이 죽었다는 설은 많지만 진짜 김달삼의 시신은 지금까지 발견되지 않았다고 했어. 그렇다면 김달삼이 아직 살아 있을 수도 있다는 이야기고 할아버지의 말이 진실일 수도 있다는 거지."

"할아버진 전인석이 자신의 대원을 김달삼이라 하여 목을 쳤다고 했잖아."

"그랬지. 김익렬의 자서전과 할아버지의 증언이 상통하는 점이 바로 거기에 있거든. 당시 국내 언론들도 김달삼을 사살했다는 국방부 발표를 믿지 못했던 것 또한 사실이고."

"김익렬의 가짜 김달삼 설은 그럴듯한데."

"사실 지금까지 나온 인물만 보면 김달삼이 여럿이야. 애초 김달삼이라는 가명을 쓴 강문석도 김달삼이고, 강문석의 사위 이승진도 김달삼이고, 할아버지도 김달삼이고. 이춘득 할머니 말대로라면 덕재라는 사람도 김달삼이라는 건데, 그렇다면 그 외에도 몇 명의 김달삼이 또 있다고 봐야 하는 거지."

"아, 이거 점점 복잡해지네."

최나한이 답답하다는 듯 한숨을 내쉬었다. 그런 두 사람과 달리 박카스아줌마는 "영감님 함자가 이제 보니 덕재였네. 어쩌면 그 이야길 한 번도 안 할 수가 있었을까"라며 노인의 이름을 알게 된 게 신기하다는 듯 말했다.

서나래와 최나한이 한국에 돌아와 노인의 장례를 치르는 동안 단동에 있는 송국영은 하루에도 몇 번씩 전화를 걸었다. 그는 두 사람이 귀국한 것을 알고 있다며 돈을 당장 보내지 않으면 독침을 맞게 될 것이라고 협박했다. 두 사람이 송국영의 제안을 거부하자 그는 김일성—김정일 부자의 초상화를 배경으로 찍은 사진을 숙소로 보내며 협박을 계속했다.

　"송국영이 저래도 우릴 죽이거나 신고하진 못할 걸?"

　사진을 받던 날 최나한은 그렇게 말했다.

　"그걸 어떻게 알아?"

　"우리가 죽거나 잡혀가면 2만 불이 날아가는데, 애써서 그런 짓을 하겠어?"

　"호호, 듣고 보니 그렇네."

　"우리가 송국영을 신고하지 못하는 거와 비슷한 이치야."

　최나한이 그렇게 말하며 김일성—김정일 부자를 배경으로 찍은 사진에 라이터 불을 댕겼다.

아우라지강

서울로 돌아온 서나래와 최나한은 노인이 사용하던 쪽방을 정리하며 하루를 보냈다. 노인이 남긴 것은 낡은 세간과 몇 권의 책 그리고 한 번도 신은 적 없는 구두 한 켤레뿐이었다. 통일이 되면 북에 있는 가족을 만나러 갈 때 신으려고 장만했다는 새 구두는 노인이 병원에 입원한 사이 먼지가 뽀얗게 앉아 있었다. 최나한은 노인의 구두를 따로 챙겨두곤 나머지 유품들은 트럭으로 옮겼다. 잠시 후 노인의 유품을 실은 트럭은 고양시에 있는 이삿짐보관센터로 향했고, 최나한은 그 사실을 김 반장에게 알렸다.

세간 정리를 끝낸 두 사람은 노인이 남긴 일기나 메모 혹은 심경을 적은 작은 쪽지라도 있을까 싶어 쪽방의 천정과 벽지는 물론 장판까지 뒤집어 보았다. 하지만 방을 아무리 뒤져도 두 사람이 찾는 것은 발견되지 않았다.

"이런, 방이 벌써 말끔하게 치워졌군요."

먼지를 먹어 가며 방을 정리하고 있는데, 김 반장이 나타났다.

"아, 반장님. 할아버지의 유품은 잘 보관되었죠?"

최나한이 수건으로 땀을 닦으며 김 반장을 맞이했다.

"예, 통일될 때까지 보관이 될 겁니다. 그나저나 얼추 정리가 끝났으면 나가시죠. 오늘 저녁은 제가 내겠습니다."

"하루 종일 먼지를 먹어서 그런지 그러잖아도 목이 컬컬하던 참이었는데, 이거 감사합니다."

최나한이 너스레를 떨며 먼지로 가득한 방안을 둘러보았다.

"감사는요. 도와드리지 못한 죄가 있어 그러는 걸요."

"하하, 그런가요?"

최나한이 어깨를 들썩이며 웃었다.

두 사람이 김 반장을 따라간 곳은 낙원동에 있는 삼겹살집이었다. 퇴근 무렵의 삼겹살집은 모임이 있는지 입구부터 떠들썩했다. 구석 자리를 찾아들어간 세 사람은 삼겹살구이를 안주로 술과 식사를 했다.

식사가 마무리될 즈음 김 반장이 "이거 말입니다." 라며 가방에서 작은 상자 하나를 꺼냈다.

"뭔가요?"

서나래가 호기심 어린 눈으로 상자를 받아들었다.

"탑골공원에서 칼부림이 날 때 사용되었던 칼입니다. 증거품으로 보관하고 있었는데, 가해자인 할아버지께서 사망한 터라 사건을 종결시켰습니다."

"아, 할아버지 유품이로군요."

최나한이 상자를 풀며 말했다.

"예. 이 칼은 일제 강점기 때 일본군이 사용하던 단검인데, 할아버지께서 김 달삼으로 활동하면서 사용했던 칼이라고 합니다."

"그래요?"

최나한이 놀랍다는 듯 칼을 자세히 살폈다.

"할아버지 냄새가 칼에도 배어 있네요."

서나래가 칼자루를 코에 대며 흠흠 하고 냄새를 맡았다.

"사건이 종결되었으니 이 칼이 할아버지께로 돌아가야 할 텐데, 어쩌죠?"

최나한이 칼을 김 반장에게 건네며 물었다.

"사연이 많은 칼이니 이 칼에 대해서는 두 분이 결정하시는 게 좋겠습니다."

김 반장이 술잔을 비우며 말했다.

"할아버지는 이미 고향으로 돌아가셨으니 제주로 옮기는 것도 그렇고, 유품은 이미 이삿짐보관센터로 갔고, 차라리 반론산에 묻으면 어떨까?"

서나래가 최나한을 향해 물었다. 최나한이 "반론산?" 하며 고개를 갸웃하더니 손가락을 튕겼다.

"그래, 반론산으로 옮기자. 반론산은 할아버지 동지들이 묻혀 있는 곳이니 할아버지도 동지들도 반가워할 거야."

최나한의 말에 김 반장도 좋은 생각이라며 고개를 끄덕였다.

다음 날 아침, 서나래와 최나한은 반론산이 있는 정선으로 향했다. 영동고속도로를 달려 새말에서 42번 국도로 갈아탄 두 사람은 정오가 되기 전 정선에 도착했다. 그날은 마침 정선 장날이기도 하여 읍내는 사람들로 북적였다. 장터 공연장에선 정선아리랑 소리판이 벌어지고 있었고, 여행객들은 소리꾼들의 신명난 가락에 맞춰 어깨춤을 추었다. 두 사람은 잠시 공연을 지켜보다 지역에서 유명하다는 곤드레밥으로 점심을 해결했다.

식사를 마친 두 사람은 서둘러 차를 몰아 아우라지로 향했다. 정선에서 아우라지로 가는 길은 강변을 따라 구불구불 나 있었다. 그 길은 압록강변의 단동에서 집안으로, 집안에서 장백현으로 가는 길과 비슷했다. 걸음을 성큼 내딛으면 닿을 듯 보이는 강 건너 마을은 철조망이 쳐진 압록강변 마을과 달리 평화롭게만 느껴졌다.

"정선 참 좋다!"

최나한이 굽이쳐 흐르는 아우라지강을 바라보며 소리쳤다.

"동감이야. 근데 난 왜 압록강변 마을을 오갈 땐 정선의 길이 생각나더니, 정선에 오니 압록강변 마을이 생각나는지 모르겠어."

"내가 봐도 정선과 압록강변의 국경 마을은 많이 닮았다."

최나한이 강에서 물고기를 잡고 있는 사람들을 보며 말했다. 그들은 족대를 한 번씩 들어올릴 때마다 와와 함성을 질렀는데, 그 소리는 최나한의 귀에까지 들려왔다.

"중국의 집안 사람이나 정선 사람이나 천렵하는 모습은 똑 같네."

"그러게. 마치 압록강에 와 있는 것 같다."

서나래가 아우라지강으로 시선을 던지며 말했다.

"서 기자도 그렇습네까? 이 사람도 아까부터 그런 느낌이 듭네. 저기 보이는 정선선 철교가 압록강을 사이에 두고 집안과 만포를 이어주는 철교 같습네다."

최나한이 강 건너 마을로 연결된 철교를 가리키며 너스레를 떨었다.

"호호, 자기가 그렇게 말하니 김남철이 생각난다. 그나저나 그 사람 우리 짐은 잘 보관하고 있는지 모르겠다."

"곧 간다고 했으니 잘 보관하고 있을 거야."

최나한의 말이 있을 즈음 차는 여량 마을에 도착했다. 강변으로 나간 두 사람은 박카스아줌마에게 전화를 걸어 아우라지에 왔음을 알렸다. 아줌마는 자신만 빼고 갔다며 몹시 서운해했으나 이내 안 가길 잘했다고 했다.

"에휴, 연락 안 하길 잘했어. 아우라지에 가봤자 영감님 생각밖에 더 나겠어. 서 기자, 영감님 잘 모시고 와."

아우라지를 떠난 두 사람은 제수용품을 마련한 후 반론산으로 향했다. 골지천 길을 따라 '김달삼 모가지 잘린 골'이라는 긴 지명을 가진 마을에 이르니 지난봄 눈이 쌓였을 때와는 지형부터가 달라져 있었다. 속살까지 훤히 들여다보이던 산은 숲이 우거져 있었고, 노인과 함께 올랐던 산길은 초입부터 헷갈려어디가 길이었는지조차 짐작할 수 없었다. 두 사람은 지난봄에 찍었던 영상을돌려본 후에야 간신히 길을 찾아 산을 올라갔다. 잡목 숲을 헤치자 이어 갈나무 군락이 이어졌고 가파른 산을 오르니 비로소 완만한 능선이 나타났다. 능선을 따라 한참을 오르니 소나무와 푸른 이끼를 쓴 바위가 나타났다.

"어, 저 소나무와 바위는 지난봄에 본 듯한데?"

서나래가 숨을 몰아쉬며 고개를 갸웃거렸다.

"본 듯한 게 아니라 여기가 대원들의 유물이 발견된 현장이다."

최나한의 말에 서나래가 "눈이 쌓였을 때와 여름의 풍경이 이렇게 다를 수가 있구나." 하며 주변을 둘러보았다.

"그래서 자연을 이해하려면 사계절을 다 살펴야 한다고 하잖아."

배낭을 내려놓은 최나한은 지난봄 노인이 제상을 차렸던 곳을 찾아나섰다. 풀숲을 이리저리 헤치던 최나한이 "여기로군." 하며 그 자리에 제상을 진설했다. 최나한이 술잔을 올리고 절을 하는 동안 서나래는 그 모습을 카메라에 담았다. 제를 마친 최나한이 땅을 헤집어 칼을 묻고는 작은 봉분도 만들었다.

"반론산에서 살아남았던 여러분의 동지 김달삼 사령관이 유품으로나마 이렇게 돌아왔습니다. 반겨 주시고요. 이승에서 못 이룬 통일 조국에 대한 염원이 저승에서나마 이루시길 기원하겠습니다. 두 물이 하나로 뭉쳐지는 아우라지강처럼 남과 북이 하나 되는 날 통일의 깃발 들고 다시 찾아뵙겠습니다. 할아버지, 할아버지도 이제 피맺힌 한 다 내려놓으시고 동지들과 함께 편히 쉬세요."

봉분을 갈무리하던 최나한의 눈가에 눈물이 고여왔다. 제주에서 노인의 뼛가루를 뿌릴 때만 해도 느끼지 못했던 감정이었다. 최나한에게 카메라를 넘긴 서나래는 격동의 한 시대가 이렇게 저무는구나, 하면서 반론산에서 죽어간 이들을 향해 술잔을 올렸다.

정선에서 돌아온 서나래와 최나한은 여량여인숙으로 갔다. 좁은 골목을 따라 여량여인숙으로 향하는데, 앞서 걷던 노인이 힐금거리며 주변을 경계했다. 이집 저집을 기웃거리던 노인이 여량여인숙 앞에 멈추었다. 두 사람은 순간 노인이 전인석이라는 것을 직감하곤 지나가는 사람인양 여인숙을 지나쳐 걸었다. 서나래와 최나한이 다른 골목으로 사라지는 걸 확인한 노인은 재빨리 여량여인숙으로 뛰어들어갔다. 그 모습을 지켜보던 최나한이 굿, 하며 손가락을 튕겼다.

서나래와 최나한이 노인을 따라 여인숙에 들어서자 주인 여자가 "에구머니나!" 하며 들고 있던 쟁반을 떨어트렸다. 놀라기는 전인석도 마찬가지라 두 사람에게 "당신들은 누구요?" 하고 물어왔다.

"오빠, 오빠를 칼로 찔렀던 노인네와 함께 왔던 사람들이야."

주인 여자의 말에 전인석이 두 사람을 향해 "여긴 왜 또 나타났소?" 하고 언성을 높였다. 서나래와 최나한이 전인석을 진정시키며 찾아온 연유에 대해 말했다. 서나래가 말끝에 노인이 며칠 전 돌아가셨음을 알리자 전인석이 험, 하며 헛기침을 두어 번 했다.

"칼 들고 날 죽인다고 설칠 때 보니 나보담 정정해 보이더만, 거 안 됐소."

"할아버지께서 생전 어르신을 뵙고 싶어하셨는데, 병원에 한번 오시지 그러셨어요."

서나래가 말했다.

"병원에 있다는 얘긴 들었지만 일부러 안 갔소."

"왜요?"

"내가 그이를 만난다고 해서 뭐가 달라지겠소. 지난 일이라는 게 잊는다고 해서 잊혀질 것도 아니고 둘이 손잡으며 화해를 한다고 해서 화해가 되는 세상도 아니잖소."

"그래도 만나면 연민이나 뭐 이런 게 생기지 않을까요?"

"그 영감이 날 죽이려고 했는데, 우리 사이에 무슨 연민이 생기겠소. 다 부질없는 짓이오."

"당시 반론산에서 죽은 빨치산의 목을 친 건 맞으시죠?"

최나한이 물었다.

"허허 참. 그기 그렇게 궁금하오?"

"그렇습니다. 그중에 김달삼이라는 인물이 있었다고 하는데 사실입니까?"

"그날 군인들이 시체를 쭉 모아 놓고 이놈이 김달삼이다, 저놈이 김달삼이다, 하며 지네끼리 뭐라 한참을 떠들어요. 그러더니 날 불러서는 몇 놈의 목을 치라고 해요. 그래서 목을 쳤는데, 군인들이 피가 철철 나는 목을 헬기에 싣고 서울로 갑디다. 그러니 그중에 김달삼이 있었는지, 개똥이가 있었는지, 소똥이가 있었는지, 내가 어떻게 알겠소."

"빨치산의 목을 친 건 맞지만 그중에 김달삼이 있었다는 건 모르신다, 이 말씀이군요."

"그렇소. 죽은 영감도 나보고 자신의 동료 목을 쳤다며 칼을 들이대더만, 그 시절에 난들 뭘 알아서 그리 험한 일을 했겠소. 군인들이 시키니까 했지. 나도 그 일 때문에 인민군에게 잡혀가 죽을 고비까지 넘긴 사람이오. 이제 영감도 죽고 했으니 댁들도 날 그만 괴롭히고 이쯤에서 놓아 줘요."

말을 마친 전인석이 한숨을 길게 내쉬더니 내실로 들어갔다. 여주인이 그런 전인석의 등 뒤에다 "오빠, 피곤할 텐데 한숨 자요." 라고 말했다. 내실 문이 닫히자 주인 여자가 이제 돌아가라는 듯 두 사람을 향해 손을 홰홰 저었다.

"김달삼에 대한 확실한 증언자는 역시 가족밖엔 없는 것 같다. 우리 북으로 가자."

여인숙을 나서며 서나래가 말했다.

"좋아, 국내에서의 취잰 여기서 마무리 짓고 내일 당장 떠나자."

"그래도 송국영은 조심해야겠지?"

"하하, 물론이지. 지금도 죽이니 살리니 협박을 해대는데, 단동에서 만나기라도 하면 김달삼이고 뭐고 물고기밥이 될까 겁난다."

최나한이 몸을 푸득 떨며 말했다.

이튿날 오전 호텔을 나온 두 사람은 공항 리무진 버스를 탔다. 출근 시간이 지난 강변도로는 막히지 않았으며 한강은 푸르게 흐르고 있었다. 공항에 도착한 두 사람은 출국 수속부터 밟았다. 모든 수속을 끝내자 서나래는 박카스아줌마에게 전화를 걸었다.

— 아줌마 어디세요?

— 내가 어디 갈 데가 있나. 탑골이지.

— 아줌마, 우리 어딜 좀 가거든요. 한동안 못 뵈니 그동안 잘 계시라는 인사하려고 전화드렸어요.

박카스아줌마가 "그래, 내 걱정은 말고 잘 다녀와." 하더니 "아참, 내 정신 좀 봐. 영감님이 서 기자에게 전해주라고 한 게 있었는데, 경황이 없어 깜박하고 있었네." 했다.

— 할아버지가요? 그게 뭔데요?

— 뭔 쪽지인데, 이걸 어떻게 전해주나? 지금 만날까?

— 우린 이미 공항에 와 있어서 그럴 시간은 없고요. 메모를 할 테니 그냥 읽어 주세요.

— 읽어 주는 건 그렇고 영감님이 남긴 글이니 내 사진을 찍어서 보내 줄게.

전화를 끊은 박카스아줌마는 잠시 후 공원에서 장기를 두고 있는 노인들의 사진과 함께 노인이 남긴 쪽지를 보내왔다.

"잉? 이건 할아버지께서 우리에게 남긴 편지잖아?"

박카스아줌마가 보낸 사진을 확인하던 서나래의 눈이 휘둥그레졌다.

"어, 정말이네."

최나한이 사진에 담긴 글을 읽으며 말했다. 박카스아줌마가 보낸 쪽지에는 「서 기자, 할 말이 많지만 내 생이 얼마 남지 않은 듯하니 짧게 쓰오. 북에 가거들랑 평양공업출판사에 근무하고 있는 안기철을 찾으시오. 그를 만나면 서 기자가 원하는 답을 구할 수 있을 거요. 그동안 고마웠소.」라고 적혀 있었다.

"가만, 안기철이라면 안우생 선생의 아들로 김달삼의 딸과 결혼한 사람 아닌가?"

서나래가 고개를 갸웃했다. 최나한이 고개를 끄덕이며 "안기철이라면 김달삼의 사위가 맞아." 했다.

"그렇다면 할아버지가 김달삼이 맞다는 거 아니겠어?"

"안기철을 만나 보면 알겠지."

"아무튼 할아버지께서 평양 가서 헤매지 말라고 유언 하나는 확실하게 남겨 주시는군."

"하하, 김달삼에 관한 특종을 잘 마무리하라는 뜻 아니겠어?"

"그럼 유언을 집행하러 당장 떠나야지."

"오케이, 출발!"

최나한이 서나래의 손을 잡고 출국 게이트로 향했다. 두 사람이 출국 게이트를 지나고 있을 때 송국영으로부터 전화가 걸려왔다. 서나래가 최나한에게 휴대폰을 보여 주며 "어쩔까?" 했다.

"그 인간 꽤나 질기네. 폰 줘 봐. 내가 받을게."

최나한이 서나래의 휴대폰을 건네받아 통화 버튼을 눌렀다.

— 이쌍, 종간나 새끼! 내래 지금 남조선으로 가고 있으니 가만히 있으라우. 알간!

최나한이 그동안 미안하게 됐다며 돈은 준비되어 있으니 내일 오후 6시 서울광장 분수대 앞에서 보자고 했다.

— 이번에도 약속을 어기면 내래 국정원에 신고해 버리갔어. 콩밥 먹고 싶디 않으면 꼭 나오라우.

최나한이 이번엔 약속을 지킬 것이라며 전화를 끊자, 서나래가 "어떻게 하려고 그래?" 하고 근심어린 표정을 지었다.

"하하, 내일 그 시간쯤이면 우린 평양에 도착해 있을 텐데 무슨 걱정이야."

최나한과 서나래는 어깨가 들썩일 정도로 웃으며 다롄행 비행기에 올랐다.

〈끝〉

풍화하는 해방 공간에 맞선 정치적 상상력

고명철

문학평론가, 광운대 국문과 교수

1

제2차 세계대전의 종전 후 미국과 소련의 양극화로 새롭게 재편되기 시작한 냉전 체제는 한반도에서 북위 38도선을 경계로 대한민국과 조선민주주의인민공화국으로 분단되는 두 개의 정부를 출범시켰다. 그 과정에서 우리가 익히 알고 있듯, 해방 공간의 혼돈 속에서 모스크바 3상 회의가 결렬되고 미국 중심의 UN 주도로 38도선 이남에 제한된 단독 선거를 통해 이승만 정부가 출범하는 것을 결코 용납하지 않겠다는 민중 항쟁이 제주에서 일어났다. 1948년 4월 3일 새벽 2시 제주의 오름마다 훨훨 타오른 봉홧불, '4·3 항쟁'이 그것이다.

강기희의 장편 『위험한 특종』은 4·3 항쟁의 초기 무장대를 지휘한 사령관 김달삼의 정체를 밝히는 데 초점을 맞추고 있다. 소설 속 인물들의 여러 증언에서도 드러나듯이, 김달삼에 관한 가장 기본적 기록, 가령 출생과 죽음 시기가 제 각각이다. 특히 김달삼의 죽음과 연관된 기록들은 어느 것을 신뢰해야할지 모호할 따름이다. 심지어 김달삼의 죽음 자체에 대한 의문까지 꼬리를물고 있다. 해방 공간의 혼돈과 한국전쟁을 거치는 동안 분단 체제의 질곡 속에서 김달삼의 정체는 특히 한국 사회에서 심하게 왜곡된 채 역사의 풍화를 겪고 있다 해도 과언이 아니다. 게다가 4·3의 역사적 진실과 결부된 김달삼에 대한 역사의 평가가 맞물려 있다는 점에서 김달삼의 정체와 관련한 문제는 결단코 접근하기 쉽지 않다.

이러한 점을 생각해 볼 때 강기희의 『위험한 특종』은 제명에서 뚜렷이 드러나듯, 그동안 한국 사회에서 음습한 금단의 영역으로 남겨둠으로써 역사의 수면 위로 호명되어서는 안 될 사실과 그 사실의 이면에 가려진 진실을 세상 밖으로 끄집어 내는 서사적 모험을 감행한다. 그리하여 『위험한 특종』을 읽는 동안 김달삼 개인의 정체는 물론, 김달삼과 연루된 해방 공간의 숨 가쁜 역사의 숨결(4·3 항쟁을 비롯한 태백산맥 일대 파르티잔의 활동)을 만난다. 이 과정에서 우리는 분단 체제의 억압이 우리의 일상 속에서 엄연히 작동하고 있다는 점을 체감하되, 이러한 현실에 속수무책 안주하는 게 아니라 분단 체제를 전복하고 어떠한 억압으로부터도 해방되는 세상을 향한 꿈꾸기를 결코 포기하지 않는 『위험한 특종』의 서사적 매혹에 흠뻑 빠지게 된다.

2

『위험한 특종』의 사건은 이렇게 시작된다. 어느 날 서울의 탑골공원에서 칼부림이 일어난다. "제주 4·3의 주역이자 인민유격대장 김달삼"(23쪽)이라고 주장하는 노인이 죽은 빨치산 대원의 목을 친 것에 대한 복수를 하기 위해 어느 노인을 칼로 찌른 사건이 일어난다. 말 그대로 "무슨 전쟁영화 한 편을 보"든지 아니면 "어떤 소설 이야기"(25쪽)를 듣는 것처럼 탑골공원에서 일어난 노인들 사이의 칼부림에 얽힌 사연은 황당무계하다. 한국 사회에서 공식적으로 통용되는 정보에 따르면, 제주 출생 김달삼은 4·3 항쟁 초기 무장대의 사령관으로서 1948년 8월 해주에서 열린 남조선인민대표자대회에 참석하기 위해 제주를 떠났고, 조선민주주의인민공화국이 수립된 이후 빨치산 양성소인 강동정치학원을 나와 1949년 8월 백두대간을 따라 남하하여 빨치산 활동을 하다가 1950년 3월 22일 강원도 정선 반론산에서 국군 토벌대에 의해 사살당한 후 목을 잘린 것으로 기록돼 있다. 따라서 한국의 공식 기록에 따르면, 김달삼은 이미 죽은 사람이다. 게다가 소련과 북한의 기록에 따르더라도 김달삼은 죽은 시기가 한국의 그것과 달라도 1950년 9월 30일 사망한 것으로 기록돼 있기 때문에 남과 북의 모든 공식 자료에서 김달삼은 생존하지 않은 죽은 사람이다. 그럼에도 불구하고 탑골공원에서 칼부림을 해 체포된 노인이 자신을 김달삼이라고 막무가내로 주장하는 이유는 무엇일까. 등장인물 서나래 기자와 최나한 다큐감독은 이 노인의 말에 반신반의하면서도 김달삼의 정체를 추적해 들어간다. 노인의 말이 사실이라면, 김달삼에 대해 남과 북은 거짓 정보를 사실로 둔갑시킨 셈이다. 한국 사회가 이승만 정부 이래 반공주의의 전횡 속에서 어떻게 해서든지 김달삼의 존재를 절대악으로 간주한 채 그와 관련한 기록의 정확성 여부에 무관심했다고 한다면, 북한 사회의 경우 자신의 체제에 적극 동조한 김달삼에 관한 정보를 잘 관리하지 못한 이유는 무엇일까. 북한 사회의 김달삼에 대한 기록 역시 신빙성이 높지 않은 것은 매한가지다. 때문에 서 기자와 최 감독은 "잘만 하면 엄청난 특종을 건질 수 있겠다는 생각"(24쪽)에 한국사회에 남아 있는 김달삼에 관한 모든 흔적을 찾는다.

따라서 『위험한 특종』에서 우리가 주목해야 할 것은 서 기자와 최 감독의 시선을 통해 성찰해야 할 해방 공간의 격동의 시대를 살아간 사람들의 삶이다. 그들은 애초 김달삼의 생존과 관련한 특종을 취재하기 위한 다큐 제작에 들어갔지만, 김달삼과 관련한 인물들의 증언과 사건에 가깝게 접근하면 할수록 그동안 멀찌감치 피상적으로 스쳤던 해방 공간의 삶과 시대 현실에 대해

래디컬한 인식에 이르게 된다. 그러면서 그들은 더 나아가 "그 시기 김달삼이 이루려고 했던 세상과 그가 추구하고자 했던 이상은 무엇이었을까"(80~81쪽)라는, 해방 공간의 시대에서 정작 정면으로 마주해야 할 물음에 맞닥뜨린다.

여기서, 가볍게 간과해서는 안 될 해방 공간의 역사에 대한 작가의 접근 태도는 매우 중요하다.

"화해와 상생을 위해 평화공원을 만들었다고 하는데, 이 나라 정부나 보수 단체에서는 폭도들의 위패를 철거해야 한다는 등의 주장을 끊임없이 하고 있으니 화해는 언제 되고 상생은 또 언제나 이루어질 지 답답하기만 하다."

최나한이 차창을 올리며 말했다.

"그러니 4·3은 여전히 진행형이라고 하잖아."

"완결되지 않은 4·3의 중심에 김달삼이 있으니 이를 어떻게 풀어야 할지 원."

"뭘 어떻게 풀어. 역사는 현재의 시점으로 볼 게 아니라 그 당시의 시점에서 출발해야 오류가 없는 거야. 김달삼이 소영웅주의에 빠져 4·3을 일으켰다는 주장이나 미국과 이승만은 좋고, 이승만과 미국에게 저항하다가 죽어간 이들은 나쁘고 하는 식의 이분법적 평가로는 역사를 제대로 진단할 수 없어. 그러니 역사를 제대로 이해하기 위해선 시점을 그 시대로 옮겨야만 해."

"해방 공간으로 시점을 옮긴다…… 그래야겠지."

해방 공간에서 백성들은 나라가 둘로 쪼개진다는 건 상상도 하지 못했다. 하지만 나라는 둘로 갈라졌고, 남쪽을 점령한 미군정은 일제 때보다도 더 높은 직급과 권력을 주면서 민족 반역자와 친일파를 등용했다. 이에 백성들은 분노했고, 일제에 저항하듯 미제 점령군에게 저항했다. (161쪽)

서나래와 최나한은 제주 4·3 평화공원을 방문하여 4·3 피해자의 이름이 새겨진 각명비를 보면서 4·3이 여전히 진행 중에 있음을 새삼 인지한다. 우리가 알고 있듯, 4·3의 역사적 진실을 추구하는 제주 안팎의 양심적 시민 사회의 노력으로 4·3 특별법이 제정 및 공포되었고(2000), 4·3 진상보고서가 여야 합의로 채택되었으며(2003), 고(故) 노무현 대통령은 국가 폭력으로 인해 제주 도민이 무참히 희생된 것에 대해 국가차원에서 사과를 하였다(2003). 그리고 4월 3일을 국가추념일로 지정하기도 하였다(2014). 그럼에도 불구하고 여전히 지난 이명박 정부와 박근혜 정부 시절 극우보수단체 및 극우 시민들과 맹목적 반공주의에 갇힌 정치인과 지식인들은 기존 4·3의 역사적 진실을 추구했던 노력을 부정하고 심지어 역사의 퇴행을 저지르는 시도를 하고 있다. 이 같은 역사의 파행적 시선은 해방 공간에 대한 인식으로 고스란히 이어지며 김달삼과 4·3에 대한 인식 역시 마찬가지임을 알 수 있다. 작가 강기희는 서 기자와 최 감독의 말을 빌려 해방 공간에 대한 이 편협한 역사적 시선을 매우 간결히 날카롭게 비판한다. 4·3을 비롯하여 해방 공간에서 일어난 역사의 사건들을 제대로 이해하기 위해서는 "현재의 시점으로 볼 게 아니라 그 당시의 시점에서 출발해야 오류가 없"다는 등장인물의 전언(161쪽)은 곧 작가 강기희가 해방 공간을 비롯한 역사를 인식하는 간명한 가늠자다.

3

이와 관련하여, 소설의 위 맥락을 염두에 둘 때 신중히 생각해야 할 역사적 사안이 있다. 『위험한 특종』에서도 서 기자와 최 감독의 제주 4·3에 대한 취재에서 강조되고 있듯, 4·3 항쟁은 1948년에 일어났지만 그 직접적 촉발은 1947년 3월 1일 기념식에서 자행된 공권력의 무자비한 탄압 때문이다. 4·3 항쟁의 핵심을 이해하기 위해서는 1947년 3월 1일 제주에서 일어난 기념식의 내용을 주목해야 한다. 제주 민중은 3·1기념식에서 "3·1 혁명 정신을 계승하여 외세를 물리치고 조국의 자주통일 민주국가를 세우자"고 부르짖었으며, "삼상회의 결정 즉시 실천!", "미소공동위원회의 재개!", "친일파를 처단하자!", "부패 경찰을 몰아내자!", "양과자를 먹지 말자!" 등의 구호를 외친 바, 제주 민중의 이러한 구호는 해방 공간에서 어떠한 정치경제적 성격의 정부가 들어서야 하는지에 대한 염원이 잘 드러나 있다. 그것은 일본 제국주의 식민주의에 대한 완전한 청산이며 통일된 민족의 자주 민주국가를 세우는 데 있다. 그런데 해방 공간에서 전개되는 정세는 이와 딴판으로 흘렀다. 해방 직후 전국적으로 여운형 주도로 꾸려진 건국준비위원회(후에 인민위원회로 변경)는 1945년 9월 6일 '조선인민공화국'을 공포하였으나, 38도선 이남에 점령군의 지위로 들어온 미군정은 미군정을 제외한 어떠한 정치체(政治體)도 인정하지 않은 채 동아시아에서 미국의 지배력을 강화하기 위해 이승만 정치 세력을 비롯한 친일파와 협력하는 새로운 제국주의 통치 세력으로 등장한다. 그리하여 38도선 이남만이라도 미국 주도의 질서로 편재하기 위해서는 이것에 문제를 제기하는 그 어떠한 정치 세력도 불허하는 강경한 입장을 취한다. 따라서 제주에서 일어난 3·1기념식의 주된 정치적 요구를 미군정은 용납할 수 없는 것이다. 무엇보다 제주 민중의 요구에서 뚜렷이 드러났듯이, 제주 민중은 해방 공간의 혼돈을 극복하기 위해서는 '3·1 혁명 정신'을 근간으로 한 새로운 체제, 즉 완전한 해방을 쟁취하는 정치체로서 그 어떠한 외세의 간섭 없는 자주 민주국가를 염원했던 것이다. 이것은 다시 강조하건대, 일제로부터 완전한 해방이며, 민족의 분단을 획책하는 그 어떠한 정치적 억압으로부터 완전한 해방을 향한 혁명의 실현이다. 이러한 3·1 혁명 정신을 계승하자는 제주 민중을 공권력은 압살했고, 그 이듬해 미군정은 분단을 기정사실화하는 남한만의 단독 선거를 실시하고자 하였다. 이에 대해 김달삼을 사령관으로 한 무장 봉기가 제주에서 일어난 것이 바로 4·3 항쟁이다. 이처럼 4·3 항쟁의 안팎을 그 당시의 시점에서 살펴보지 않고 무턱대고 역사의 승자독식의 관점만으로, 4·3을 대한민국 정부 수립을 방해하는 반국가적 폭동으로 본다든지, 심지어 북한의 김일성의 명령을 받고 저지른 공산주의 혁명을 위한 용공 세력의 폭동으로 보는 것은 4·3 항쟁의 역사적 진실을 호도하고 가치를 왜곡하는 것 이상도 이하도 아니다.

『위험한 특종』에서 우리가 마주하는 4·3 항쟁의 역사적 진실과 가치도 예외가 아니다. 무엇보다 4·3 무장대를 진압하는 과정에서 미군정과 이승만 정부는 국가를 참칭하여 무장대뿐만 아니라 무장대와 조금이라도 연루된 무고한 제주 민중들을 반인간적 폭압으로 압살하는 죽음의 향연에 도취되었다. 이 과정에서 "제주 사람들이 지목한 가해자는 미국과 친일파를 등에 업은 이승만 세력에 이어 서북청년단과 대동청년단 같은 극우 단체들이었다. 하지만 그들은 지금껏 제주 사람들에게 한 번도 용서를 구하지 않았고, 4·3을 빨갱이들의 짓이라 공격하는 호전성 또한 변하지 않았다."(116~117쪽) 말하자면, 4·3 항쟁을 일으킨 제주 민중은 대한민국 정부가 수립되는 과정에서 그리고 그 이후 분단 체제 아래 철저히 절대악으로 간주되고 배제되어야 할 비(非)국민의 차별적 대우와 이념적 구속 속에서, 해방 공간의 혼돈을 극복하기 위한 제주 민중의 민주적 정치 상상력은 들어설 여지가 아예 없었던 것이다. 사정이 이럴진대 4·3 항쟁을 일으킨 무장대 사령관 김달삼에 대한 한국 사회의 이렇다 할 역사적 평가를 기대하는 것은 현재 요원할 수밖에 없을 터이다.

그래서일까. 『위험한 특종』에서 눈에 띄는 것은 이렇게 강제로 압살당한 김달삼과 제주 민중의 정치적 상상력이 작가의 서사적 재현의 힘으로 증폭되고 있다는 점이다.

　"왜 우리 동족끼리 피를 흘리며 싸워야 합니까?"

　"허허, 우리가 봉기를 일으키고 싶어서 일으킨 줄 아십니까? 조선의 전 인민이 떨쳐 일어나 민족 자주독립을 쟁취해야 할 때임에도 불구하고 오히려 탄압받고 있으니 일어난 것이지요. 당신도 알다시피 일제하의 민족 반역자인 경찰과 일제의 고관을 지낸 자들이 제주에만도 얼마나 많습니까. 그런 자들이 자신들의 죄상이 드러날까 두려워 미제국주의자들의 주구가 되어 일제 때보다 몇 배나 더 되는 압정을 가하고 있으며, 특히 경찰은 무고한 도민의 재산을 약탈하는 것도 모자라 살인, 강간, 고문치사 등을 연일 일삼고 있습니다. 그 구체적인 사례들은 얼마든지 있으며 원한다면 제공할 수 있습니다. 이뿐 아니라 만주와 이북에서 일제 때 악질 경찰이나 민족 반역자 노릇을 하던 자들이 월남하여 반공 애국자 노릇을 하고 있으며, 최근에는 서북청년단을 조직하여 그중 수백 명이 제주의 친일 경찰과 합세하여 도민의 재산을 약탈하고 있습니다. 그래서 선량한 도민들은 견디다 못해 친일파와 일제 시대의 악질 경찰들을 제주도에서 몰아내기 위하여 무장의거를 일으킨 것입니다."

　"그 심정 충분히 이해합니다. 그래서 우리가 이렇게 만난 게 아니겠습니까. 그래 우리가 어떻게 하기를 원하십니까."

　"우리의 요구는 간단합니다. 제주도 내에 있는 일제 경찰과 민족 반역자 관리들을 축출하고 제주도민으로 구성된 경찰과 관리를 채용하여 제주도민을 위한 행정과 치안을 담당하게 해 주십시오. 그렇지 않으면 이리 죽으나 저리 죽으나 매일반이니 우리는 최후의 일인까지 사투하여 우리의 목적을 달성할 것입니다. 그러나 오늘 우리의 요구 조건을 들어주고 자유롭게 살 수 있게만 해 준다면 우리는 무기를 내려놓고 당장이라도 집으로 돌아갈 마음의 준비 또한 되어 있음을 밝혀 드립니다." (139~140쪽)

4·3 항쟁 초기 무장대 사령관 김달삼과 토벌대의 김익렬 연대장은 평화 협상을 하기 위해 자리를 함께한다. 이 협상에서 김달삼은 4·3 무장 봉기를 일으킨 이유를 구체적으로 얘기한다. 그리고 요구 사항을 전달한다. 그것은 앞서 언급했듯이 3·1 기념식에서 요구한 내용에 명확히 나타난 그대로다. 이 요구에 대해 김익렬은 무장대의 귀순과 무장 해제를 순조롭게 이행한다는 조건부를 내걸면서 김달삼의 요구를 최대한 들어줄 것을 약속하고, 김달삼은 "당당히 자수하여 의거에 관한 모든 책임을 질 것"이며 "법정에서 우리들의 행동이 자위를 위한 정당방위였음을 밝히면서 경찰의 압정과 만행을 만천하에 공표할 것"(143쪽)임을 당당히 밝힌다. 작가는 이른바 '4·28 평화협상'으로 불리우는 김달삼과 김익렬의 협상 장면을 주요 사실을 근거로 하여, 협상 진행 과정 속에서 서로 공유하고 있는 정치적 상상력의 실재에 초점을 맞춘다. 하지만 역사는 냉정하다. '4·28 평화협상'은 미군정과 이승만 정치 세력에 의해 결렬되고 이후 토벌대의 무자비한 탄압은 인간의 상식을 초월한다. 이렇게 평화 협상이 결렬된 후 김달삼은 제주도를 벗어나 해주로 떠났으며 사령관의 빈자리를 대신하여 새로운 사령관 이덕구가 맡음으로써 4·3 항쟁은 지속된다.

『위험한 특종』에서는 이처럼 4·3 항쟁의 발발과 그 도정에서 훼손되어서는 안 될 김달삼과 제주 민중의 정치적 상상력을 주목한다. 어쩌면 이것을 망각하지 않고 기억해 내야 하는 일이야말로 해방 공간에 대한 '특종'이다. 그리고 작품 속에서 4·3 항쟁을 취재하는 과정에서 서나래와 최나한은 김달삼의 존재가 하나가 아니라 여러 김달삼이 존재하는 사실을 알아 낸다. 무장대는 다수의 김달삼을 전술적으로 둠으로써 진짜 김달삼 사령관을 보호할 수 있을 뿐만 아니라 무장대의 게릴라 작전을 효과적으로 수행할 수 있기 때문이다. 그렇다면, 탑골공원에서 칼부림을 한 노인이 자신을 김달삼이라고 주장한 것은 액면 그대로 본다면 사실일지 모른다. 제주에서 무장대 활동을 한 어느 할머니가 증언했듯이 탑골공원의 노인은 실제 김달삼 사령관이 아니라 여러 김달삼 중 하나이고 그 노인은 '덕재'라는 이름을 가진 무장대원이라는 사실이 작품 속에서 드러난다.

4

하지만, 서나래와 최나한은 여기서 포기하지 않는다. 김달삼의 존재에 대해 아직도 석연치 않은 점이 있는데 그것은 김달삼과 연관된 가계도로 촉발된다. 여기서, 『위험한 특종』을 읽으면서 김달삼의 가계도를 바탕으로 한 작가의 서사적 상상력은 매우 흥미롭다. 그것은 김달삼이 항일 운동가 안중근의 가계와 깊은 연관을 맺는 바, 안중근의 조카 안우생의 아들 안기철이 북한에서 김달삼의 외동딸과 결혼하여 그 슬하에 안덕준이란 아들을 두고 있다는 점이다. 작품에서는 김달삼이 안중근 집안과 이처럼 사돈 관계를 맺고 있는 것에 대한 가계도가 매우 신빙성 높게 기술되고 있다. 그래서 작품 속 서 기자와 최 감독은 북한 밀입국을 시도하려고 한다. 통일부를 통한 남북 교류를 공개적으로 시도하였으나 거부되었기 때문이다. 작품 속에서 이러한 그들의 밀입국 시도는 이 작품을 읽는 또 다른 의미를 부여한다. 단동을 비롯한 북한과 중국의 압록강 접경지대를 두루 답사하면서 그들의 카메라 앵글에 담긴 국경지대의 풍경은 휴전선을 경계로 대치하고 있는 남북의 분단의 현실과 엄연히 다른 실감으로 다가온다. 특히 안타까운 것은 국경 지대에서 분단의 현실을 악이용하여 돈을 버는 데 혈안인 조직적 사기꾼들이 활동하고 있다는 점인데, 분단을 돈벌이 수단으로 정략적으로 이용하고 있는 데 대한 작가의 날카로운 비판은 점차 남한 사회에서도 이와 유사한 범죄가 증가하고 있다는 현실을 씁쓸히 상기시킨다.

　북한과 중국의 접경지대의 이러한 세태를 무릅쓰고 서 기자와 최 감독은 북한 밀입국을 포기하지 않는다. 그들이 확인하고 싶은 것은 북한 사회에서 살고 있다는 안덕준의 실체이며, 안덕준을 통해 바로 김달삼의 존재에 대한 보다 신빙성 높은 사실과 진실을 만날 수 있기 때문이다. 그런데, 눈치 빠른 독자라면 짐작하기 쉬울 것이다. 『위험한 특종』의 서사 전개는 바로 여기까지 다. 소설이 아무리 허구적 상상력의 힘을 보여 준다고 하지만, 대한민국 국민 으로서 휴전선과 압록강 및 두만강 유역의 국경을 넘는 일은 매우 특별한 일 이 아니고서는 불가능하다. 하물며 북한으로의 밀입국은 말할 것도 없는 일이 다. 그럼에도 불구하고 작중 인물들은 온갖 어려움과 위험 요인에도 아랑곳하 지 않은 채 북한으로의 밀입국을 감행하려고 한다. 그것은 남북한 체제 중 어 느 체제에 대한 정치적 선택과 상관이 없는, 김달삼의 불투명한 행적을 취재 함으로써 그와 관련한 해방 공간의 역사적 진실을 추구하기 위한 언론의 소 명 그 이상도 이하도 아니다. 이것은 또한 작가 강기희의 문학적 소명과 다를 바 없는 것으로, 분단 체제를 살고 있는 작가가 해방 공간을 마주하는 가운데 풀리지 않는 역사의 진실을 해명하기 위한 간절한 문제의식의 투영이다. 게다 가 해방 공간의 혼돈에서 정치적 상상력을 실현하지 못한 비운의 혁명가들에 대한 작가의 인도적 차원에서 애도의 윤리를 실현하는 것이기도 하다.

　이와 관련하여, 『위험한 특종』의 마지막 장을 덮은 후 쉽게 가시지 않는 소설 속 장면이 떠오른다. 김달삼이 아니라 '덕재'로 실명이 밝혀진 노인의 장례를 치른 후 서 기자와 최 감독은 노인이 소장하고 있던 칼을 강원도 정선 반론산에 묻는다. 그곳은 노인과 함께 빨치산 활동을 하던 유격대원들이 묻힌 곳으로, 그들은 조촐한 제상을 차리고 칼을 묻으며 애도의 진솔한 감정을 최 감독은 토로한다. 여기서, 4·3 항쟁 70주년을 맞이하여, 그의 토로는 해방 공간에서 통일된 자주 민주국가를 염원했던 제주 민중의 정치적 상상력이 좌절되었으나, 언젠가 우리의 현실로 이 정치적 상상력이 구체화될 것이라는 역사적 희망을 북돋워준다. 이 희망을 포기하지 않고 새롭게 발견하는 것이야말로 분단 체제를 종식시키고자 하는 작가의 서사에서 주목해야 할 '특종'이리라.

"반론산에서 살아남았던 여러분의 동지 김달삼 사령관이 유품으로나마 이렇게 돌아왔습니다. 반겨 주시고요. 이승에서 못 이룬 통일 조국에 대한 염원이 저승에서나마 이루시길 기원하겠습니다. 두 물이 하나로 뭉쳐지는 아우라지강처럼 남과 북이 하나 되는 날 통일의 깃발 들고 다시 찾아뵙겠습니다. 할아버지, 할아버지도 이제 피맺힌 한 다 내려놓으시고 동지들과 함께 편히 쉬세요." (262쪽)

위험한 특종

— 김달삼 찾기

1판 1쇄 발행 2018년 3월 26일
1판 2쇄 발행 2018년 6월 20일

지은이　　　강기희
발행인　　　윤미소
발행처　　　(주)달아실출판사

책임편집　　박제영
디자인　　　안수연
마케팅　　　배상휘

주소　　　　강원도 춘천시 서부대성로 48번길 12. 2층
전화　　　　033-241-7661
팩스　　　　033-241-7662
이메일　　　dalasilmoongo@naver.com
출판등록　　2016년 12월 30일 제494호

ⓒ 강기희, 2018

ISBN 979-11-88710-07-2 03810